Das andere Ich

SIEGFRIED RISTAU

Das andere Ich

Bibliografische Information der Deutschen Nationalbibliothek:
Die Deutsche Nationalbibliothek verzeichnet diese Publikation in
der Deutschen Nationalbibliografie; detaillierte bibliografische Daten
sind im Internet über dnb.dnb.de abrufbar.

© 2021 Siegfried Ristau
Satz, Umschlaggestaltung, Herstellung und Verlag: BoD – Books on
Demand, Norderstedt
ISBN: 978-3-7534-1619-9

Geboren bin ich 1974, in dem Jahr, als Deutschland Fußballweltmeister geworden ist. Mein Vater Heinz Meyer, Chefarzt einer Klinik und Fußballfan, erzählt uns heute noch immer, wie toll der 2:1-Sieg gegen Holland war. Meine Mutter Heidi Meyer ist eine anerkannte Rechtsanwältin. Ich, Paul, bin der Jüngste von drei Kindern. Meine Eltern haben ein Landgut in Norddeutschland gekauft, auf dem ich mit meinen älteren Geschwister Detlef und Claudia aufgewachsen bin. Da meine Eltern beide berufstätig waren, hatten wir zu Hause natürlich eine Nanny, einen Gärtner und eine Köchin. Man kann mit Fug und Recht behaupten, dass wir Kinder wohlbehütet aufgewachsen sind. Eigentlich lief unser Leben in ganz ruhigen Bahnen ab. Unsere Wünsche wurden überwiegend erfüllt.

Die Eltern achteten im Wesentlichen darauf, dass wir lernten und etwas aus unserem Leben machten. Mein Bruder Detlef studierte Medizin und wurde Doktor an der Universität in Köln. Meine Schwester Claudia eiferte unserer Mutter nach und wurde Rechtsanwältin in München. Da ich der Nachzügler in der Familie war, denn meine Geschwister waren zehn und acht Jahre älter als ich, war ich das Nesthäkchen. Mir wurde fast jeder Wunsch erfüllt, was mich im Laufe der Zeit zu einem Tyrannen und Sadisten machte. Ich war nicht ausgelastet und übermütig. Mit meiner freien Zeit wusste ich nie richtig etwas an zu fangen. Es begann mit kleinen Bösartigkeiten. Wenn ich es mein Lieblingsessen mal nicht gab und die Köchin nicht aufpasste, habe ich das Essen versalzen, im Garten habe ich die Blumen rausgerissen und über die Nanny habe ich Lügen verbreitet. Da meine Eltern ihrem Nesthäkchen glaubten, kam es über kurz oder lang zum Austausch des Personals. In der Schule trieb ich meine Späße mit Schülern und Lehrer. Heute sehe ich es so, dass meine Eltern mich strenger und konsequenter Erziehen hätten sollen.

Auch meine Geschwister blieben nicht verschont. Kurz vor meinem 6. Geburtstag platzte der Familie der Kragen, denn sie waren es leid, von mir tyrannisiert zu werden. Ich bekam im Beisein meiner Mutter und meinen Geschwistern von meinem

Vater eine richtige Abreibung. Ich hatte noch nie von meinem Vater den Hintern voll bekommen. Heulend und voller Wut lief ich in mein Zimmer. Mein Zorn steigerte sich so sehr, dass ich nur noch Rache wollte. Ich musste das Ganze geschickter anstellen. Aus impulsiver Wut und Rache wurde nun eine geduldige und berechenbare Rache. Ich änderte mein Verhalten und wurde für die nächsten Monate ein fleißiger sowie lieber Sohn und Bruder. Meine Eltern erlaubten mir sogar, dass ich in eine Kung-Fu-Schule ging. Sie waren der Meinung, dass das gut für meine Selbstbeherrschung ist und ich mich außerdem sportlich betätigen konnte. Es machte mir sogar Spaß, so dass ich dort drei- bis viermal in der Woche trainierte. Meine Eltern waren richtig stolz auf mich und ich hatte mein Ziel erreicht.

Mein Vater bekam meine Rache als Erster zu spüren. Irgendwo hatte ich gelesen, dass Motoren keinen Zucker vertragen, und deshalb füllte ich bei passender Gelegenheit Zuckerwasser in den Tank. Das Auto verreckte bei der Fahrt zur Arbeit. Der Motor war kaputt und keine Spur führte zu mir. Nachdem sich die Lage beruhigt hatte, war meine Mutter an der Reihe. Sie brachte immer die ein oder andere Akte mit nach Hause, um dort weiter zu arbeiten. Als sich die Gelegenheit bot, packte ich meine Kung-Fu-Tasche und klaute eine Akte, die ich auf dem Weg zum Sport verbrannte. Drei Wochen Arbeit für die Katz.

In unregelmäßigen Abständen spielte ich diese Spielchen weiter. Bei meinen Geschwistern war das schon schwieriger. Meinen mittlerweile 16 Jahren alten Bruder versuchte ich immer, bei seinen Freunden zu blamieren. Seine erste Freundin, in die er total verliebt war, schockierte ich, indem ich behauptete und ihr auch zeigte, dass er öfters eine dreckige Unterhose anhatte, weil er sich den Hintern nicht richtig sauber machte. Das war natürlich nicht wahr, denn das Braune habe ich in die Hose geschmiert. Ohne Kommentar servierte sie ihn ab. Detlef war fertig und konnte es nicht begreifen. Er brauchte sechs Wochen, um darüber hinwegzukommen.

Meiner Schwester immerhin schon 14 Jahre alt, bekam es auf

andere Art und Weise mit mir zu tun. Ihre Slips rieb ich mit Juckpulver ein, so dass sie sich immer im Genitalbereich kratzen musste. Meinen Eltern fiel das direkt auf, ich weiß nicht, was sie gedacht haben, aber auf jeden Fall musste sie sofort mit meiner Mutter zum Frauenarzt zur Untersuchung. Claudia war das unangenehm, denn sie hatte noch nie beim Frauenarzt auf den Stuhl gesessen, um sich untersuchen zu lassen. Der Arzt verschrieb ihr ein Puder, mit dem sie sich mehrmals täglich behandeln sollte. Bei jeder Gelegenheit, bei der wir alleine waren, gab ich ein paar passende Sprüche zum Besten.

Mittlerweile ging ich in die Schule. Da ich nicht blöder als meine Geschwister war, fiel mir das Lernen leicht, so dass eine gewisse Langeweile auftrat. Es kam eine Phase, in der ich nicht wusste, was ich machen sollte. Die Scherze machten mir kein Spaß mehr, ich ging zur Schule und lernte nachmittags Kung Fu. Da ich nicht ausgelastet war und meinen innerlichen Frust loswerden musste, ging ich auch noch zum Thaiboxen. Meinen Frust ließ ich dann den Sandsack spüren. Eines blieb aber, meine innerliche Unruhe und Unzufriedenheit.

Im Jahre 1985, als ich elf Jahre alt war, gab es ein Ereignis, dass mich veränderte. Auf dem Nachhauseweg vom Kung Fu fiel ich einer Clique von sechs Jugendlichen in die Hände. Sie wollten Geld und meine Klamotten haben. Es kam zu Handgreiflichkeiten und ich wurde brutal zusammengeschlagen. Da nutzte mir mein Kung Fu und mein Thaiboxen auch nicht viel. Die Jungs und Mädchen der Clique, die zwischen 14 und 16 Jahren alt waren, hatten mich eingekreist und waren viel erfahrener als ich in diesen Dingen. Ich lag zwei Wochen im Krankenhaus. Meine Eltern erstatteten Anzeige, aber die Gerichtsverhandlung ergab keine hohen Strafen, da die Täter zum Teil unter 16 Jahre alt waren. Es bisschen Sozialarbeit, Wochenendarrest und das war die ganze Strafe. Zum Ende der Verhandlung lachten sie mich aus.

Sie ahnten noch nicht, welchen Fehler sie gemacht hatten. Der Jähzorn in mir wurde wieder erweckt. Ich ging zwar zur Schule, steigerte aber meine Aktivitäten beim Sport und in meiner freien

Zeit beobachtete ich die Clique, um ihre Gewohnheiten und Abläufe zu studieren. Abends las ich Bücher über menschliche Körper und Folterpraktiken. Nach etwa sechs Monaten kannte ich die Gewohnheiten der Clique. Ich wusste, dass sie Alkohol tranken und Rauschgift nahmen. An den Wochenenden waren sie immer voll und wussten nicht mehr, was sie taten. Meist wurden diese Exzesse in nahen Wald durchgeführt.

An einem Wochenende im Oktober 1985 waren meine Eltern bei Bekannten in Hamburg. Meine beiden Geschwister waren ebenfalls nicht zu Hause. Ich verkleidete mich, malte mein Gesicht schwarz an, packte einige Dinge ein und ging los. Dann traf ich die Clique und beobachtete, wie sie soffen, einen Joint rauchten und mit den Mädels rummachten. Gegen ein Uhr nachts wussten sie nicht mehr, was um sie herum los war. Als Erster machte sich einer der Jungen auf den Weg nach Hause. Ich ging hinter ihm her und als er weit genug von der Clique entfernt war, schlug ich ihn mit einem Baseballschläger nieder, fesselte und knebelte ihn. Dann nahm ich mein Messer und schnitt ihm die Klamotten vom Leib. Mit dem Baseballschläger schlug ich mit aller Macht auf seine Kniescheiben, so dass diese brachen. Danach schnitt ich ihm mit einem Messer in beide Backen, so dass sein Gesicht für immer Narben hatte. In diesem Augenblick war es für mich wie in einem Rausch. Ich fühlte mich wie befreit, der innerliche Druck war weg.

Mein nächstes Opfer in dieser Nacht war ein Mädchen, das offenbar nach Hause torkeln wollte. Sie brauchte ich nicht mit dem Baseballschläger niederzuschlagen, so voll war die. Ich fing sie auf dem Weg ab, fesselte sie und knebelte sie an einen Baum. Danach zog ich das Messer, entkleidete sie und fummelte erst mal an ihr herum, war ja Neuland für mich. Als ich damit fertig war, entstellte ich sie ebenfalls. Ich schnitt in ihr Gesicht und in ihre Brüste, um bleibende Narben zu erzeugen. Zu guter Letzt schnitt ich ihr die Haare mit dem Messer ab. Als ich mir mein Werk ansah, bekam ich es mit der Angst zu tun. Ich lief weg und hoffte, dass mich keiner gesehen hatte. Ich war in Panik und hatte Angst vor mir selbst. Ich konnte mir nicht erklären, warum ich zu so etwas fähig war. Zu Hause angekommen, zog ich mich aus, versteckte meine Sachen und ging duschen. An Schlafen war gar nicht zu denken, erst gegen morgen schlief ich ein. Als ich mittags aufwachte, war ich wieder ruhiger und überlegte, wie ich weiter vorgehen sollte. Mein Plan war, meine benutzten Sachen verschwinden zu lassen. Das tat ich auch: Das Messer verschwand mit der Müllabfuhr, den Baseballschläger und meine Kleidung verbrannte ich.

Montags stand ein großer Artikel über die beiden Opfer in der Zeitung. Beide hatten diese schreckliche Tat überlebt, würden aber die Folgen des Überfalls ein Leben lang spüren. Die Kripo untersuchte den Überfall und suchte überall nach Spuren. Ich bekam es wieder mit der Angst zu tun. In meiner Familie war der Vorfall natürlich auch Gesprächsthema Nummer 1. Nach etwa vier Wochen beruhigte sich die Lage und ich wurde ruhiger. Die Kripo fand keinerlei Spuren und die Allgemeinheit war der Meinung, dass es sich um Rache einer anderen Clique handeln musste.

Nach gut einem Vierteljahr sah ich die beiden wieder. Der Junge musste eine Krücke zum Laufen benutzen und das Mädchen schaute kein Junge mehr an. Selbst aus der eigenen Clique wurden sie ausgestoßen.

Als sich aus meiner Sicht die Lage wieder beruhigt hat, beobachtete ich die restlichen vier der Clique wieder. Da ich ja wusste, wo sie ihre Alkoholvorräte im Wald versteckten, machte ich mich in der Woche daran zu schaffen. Ich mischte die Getränke mit einem starken Abführmittel. Beim nächsten Trinkgelage am Wochenende war es so weit. Sie waren so voll, dass sie nicht wussten, ob sie Männlein oder Weiblein waren und hatten sich vollgeschissen. Der ein oder andere setzte sich ab und wurde mein Opfer. Einen Jungen schlug ich mit einem Ast nieder, fesselte und knebelte ihn. Danach benutzte ich das Messer, um ihn auszuziehen. Dabei musste ich vorsichtig sein, damit ich mich nicht mit Scheiße einsaute. Ich beschloss, dieses Abführmittel nicht mehr zu benutzen. Ich nahm den Ast und schlug ihm ein Knie und eine Hand kaputt. Dann nahm ich das Messer und entstellte ihn im Gesicht.

Eines der Mädchen erwischte ich auch noch, und zwar jenes, das mich damals mit extremer Wut zusammengeschlagen hatte. Meine Vorgehensweise war fast dieselbe wie beim ersten Mädchen. Ich schnitt ihr die Haare ab, rasierte sie mit dem Messer im Intimbereich, schnitt ihr in die Backen und in den Busen. Zu guter Letzt wurde ich übermütig und ritze ihr in den Bauch »Rache ist mein« . In die Wunden schmierte ich noch etwas Dreck, damit möglichst große Narben blieben. Als ich mir das Werk ansah, bekam ich ein mulmiges Gefühl und den Gedanken, dass ich es übertrieben hatte.

Zurück zu Hause das gleiche Procedere wie beim letzten Mal. Duschen und dann die Sachen verschwinden lassen. Ein gewisses Unbehagen blieb, denn ich war mir nicht sicher, ob ich Spuren hinterlassen hatte.

Montags stand es wieder in der Zeitung. Die Kripo untersuchte diesen Vorfall noch akribischer. Es kam zu Untersuchungen, Wohnungsdurchsuchungen anderer Cliquen, Festnahmen usw. Ein wahnsinniger Aufwand wurde betrieben, aber ohne Erfolg. Nach dieser Aktion war mir klar, dass ich das Ganze nicht wiederholen kann. Ich wurde vorsichtiger.

Von der Clique blieben noch zwei Jungen übrig, an die ich zurzeit nicht rankam, denn den Treffpunkt im Wald hatten sie aufgelöst. Ich wollte eigentlich aufgeben, aber mein inneres Ich akzeptierte das nicht.

Zu Hause hatte sich auch einiges verändert. Meine Geschwister studierten in Köln und München, waren also selten zu Hause, meine Nanny wurde entlassen und eine Haushälterin eingestellt. Wir hatten also noch einen Gärtner, der je nach Bedarf kam, eine Köchin und eine Haushälterin. Die Haushälterin organisierte praktisch unseren Ablauf im Haus, erledigte die anfallenden Arbeiten wie Reinigung, Botengänge usw. Praktisch Mädchen für alles. Sie kam in der Regel gegen 8:00 Uhr und besprach mit meinen Eltern die täglichen Aufgaben. Meine Mutter kam gegen 17:00 Uhr nach Hause und ließ sich von ihr über den Stand der Arbeiten berichten.

Ich besuchte mittlerweile das Gymnasium. In unserer Klasse gab es zwei Außenseiter. Der eine war ich, Streber genannt und der andere war Klaus, dem die Klassenkameraden aus dem Weg gingen. Das hatte auch seinen Grund, denn Klaus älterer Bruder Georg war der Boss einer stadtbekannten Gang, die dubiose Geschäfte in der Stadt machte. Folglich blieb mir nichts anderes übrig, als mich mit Klaus zusammenzutun. Im schulischen Bereich konnte Klaus mir nicht das Wasser reichen, also half ich ihm über die Runden zu kommen.

Eines Tages sagte mir Klaus, dass sein Bruder mich kennenlernen wollte. Ich war auf Grund seines negativen Bekanntheitsgrad eher skeptisch, aber schließlich war die Neugierde größer. An einem Freitagnachmittag trafen wir uns also bei Georg, der in einer Halle mit drei Stockwerken wohnte, von denen er die gesamte obere Etage für sich in Beschlag nahm. Die Möbel und die Frauen, die dort waren, waren schon erste Sahne. Die Einrichtung war nicht schlechter als bei uns zu Hause.

Georg fragte mich aus und ich erzählte ihm vor lauter Ehrfurcht alles. Ich berichtete über meine Eltern, welchen Sport ich treibe und über die Schule. Ziemlich am Ende des Gespräches schickte er Klaus unter einem Vorwand weg. Dann sagte er zu mir, dass er mich für ein cleveres Bürschchen hält und deshalb mit mir einen Deal eingehen wollte. Zugleich warnte er mich aber auch davor, den Deal nicht einzuhalten. Der Deal war eigentlich ganz einfach, denn ich sollte Klaus in der Schule weiterhin so helfen, so dass er den Abschluss schaffte. Georg wollte nicht, dass Klaus jemals in seine Fußstapfen trat. Ich versprach es und half Klaus, so gut es ging.

Da ein Deal immer zwei Seiten hatte, fragte Georg, was er denn für mich tun könnte. Ich überlegte kurz und erzählte ihm von meiner noch offenen Rechnung mit den beiden Jungs. Dann fragte ich ihn, ob er mir noch ein Wunsch erfüllen könnte. Er sagte nichts und schaute mich nur an. Unterwürfig fragte ich ihn, ob er mich nicht Streetfighting lehren könne. Er lachte und sagte, dass ich doch schon Kung Fu und Thaiboxen lernte. Schließlich sagte er unter der Bedingung zu, dass das Training samstags stattfand.

An dem folgenden Samstag begann mein Training. Im untersten Stock der Halle war eine Art Parcours aufgestellt, zwischen dem jede Menge Gerümpel lag. Ich bekam die Aufgabe, die beiden anwesenden Mädchen zu fangen und dann mit ihnen zu kämpfen. Ich versuchte eine halbe Stunde lang, die Mädchen zu fangen und zum Kampf zu stellen. Vergeblich. Die Mädchen waren zu flink, sprangen leichter über die Hindernisse und wichen dem herumliegenden Gerümpel besser aus. Nach dieser Trainingseinheit war ich fix und fertig. Die Mädchen sahen mich nur an und grinsten.

Nachdem ich wieder Luft bekam, begann die zweite Lektion. Die Mädchen stellten sich zum Kampf, aber ich konnte sie trotz meiner Kung-Fu-Kenntnisse nicht besiegen. Immer, wenn ich dachte, ein Mädchen gefangen zu haben, störten mich die Hindernisse oder ich bekam etwas von dem herumliegenden Gerümpel ab. Nach weiteren dreißig Minuten war die zweite Lektion beendet. Georg stoppte das Ganze und es kam zur Aussprache. Er sagte mir, dass ich zu langsam wäre, einfach nicht flink genug und dass ich bis dato nur gelernt hätte, im Ring oder in der Kung-Fu-Schule nach vorgegebenen Regeln zu kämpfen. Streetfighting hat aber keine Regeln. Georg sagte, dass alles, was sich in Umgebung befindet, registriert und eingesetzt werden muss. Sein Plan war, dass ich in den nächsten drei bis vier Monaten mit den Mädchen an meiner Schnelligkeit und meiner Flinkheit arbeite.

Diese vier Monate mit den Mädchen waren Stress pur. Jeden Samstag standen mindestens vierstündige Läufe über Berghalden, Kies- und Sandberge an. Ich lernte das Laufen auf Schienen und Seilen sowie das Umkurven und Nutzen diverser Hindernisse. Dann ging es weiter im Programm, ich lernte auf Bäume oder Häuser zu klettern und das Springen von Haus zu Haus. Gefährlich waren diese Übungen bei Regen, wenn alles glatt und rutschig war. Hier galt höchste Konzentration. Meine Prüfung bestand darin, von einer Brücke auf einen fahrenden Zug zu springen und auf den Dächern bis zum Ende des Zuges zu laufen. Wenn ich ehrlich bin, hätte ich es nicht geschafft, wenn ich nicht noch diverse Extra-Trainingseinheiten gemacht hätte.

Georg hielt auch sein zweites Versprechen, denn er setzte jemanden auf die letzten beiden Jungen an. Eines Tages las ich in der Zeitung, dass zwei Jungen fürchterlich verprügelt worden seien und im Krankenhaus lagen. Der Täter wurde nie gefasst.

Meinen Teil der Abmachung hielt ich auch ein. Bis zum Ende der Zeit im Gymnasium half ich Klaus zwei- bis dreimal in der Woche beim Lernen. Klaus wollte später einmal Sportmediziner werden.

Beim Kung Fu begann nun die Zeit in der ich an Langstock, Stöcken, Säbel, Schwert, Halbmondlanze und Sichel ausgebildet wurde. Diese Ausbildung dauerte etwa fünf Jahre. Unser Trainer achtete sorgfältig auf Disziplin, Regeln und Fairness. Meine Aktivitäten beim Thaiboxen reduzierte ich stark, denn ich ging eigentlich nur noch alle 2 Wochen zum Training. Die Termine bzw. Aufgaben wuchsen mir über den Kopf. Mir blieb nichts anderes übrig, als mir einen Zeitplan zu erstellen, an den ich mich strikt halten musste. Montags und freitags ging ich zum Kung Fu, dienstags und donnerstags half ich Klaus, samstags ging ich zum Streetfighting. Nur den Mittwoch und den Sonntag hielt ich mir für die Familie frei.

Klaus und ich waren in der Klasse immer noch die Außenseiter. Da ich ein Spätzünder war begann meine Pubertät erst mit 14/15 Jahren. Ich war zwar mit 1,86 Meter recht groß und durchtrainiert, hatte aber im Gesicht und am Körper eine Menge Pickel. In der Klasse bekam ich deshalb auch noch den Namen Pickelgesicht. Das machte mich so fertig und niedergeschlagen, dass mein Vater mich in die Klinik zur Untersuchung bestellte. Die Ärzte konnten keine Krankheit finden und schoben meine

Probleme auf die Pubertät. Zur Hilfe bekam ich diverse Cremes und Duschmittel. Die Zeit war schlimm. Ich ging kaum noch irgendwohin und trainierte dafür noch härter.

Mit 16 Jahren war das Ganze dann endlich vorbei. Meine Schüchternheit blieb aber. Alle anderen Jungen und Mädchen, sogar Klaus hatten schon diverse sexuelle Erfahrungen gemacht. Unsere Haushälterin, zu der ich ein gutes Verhältnis hatte und mit der ich mehr über solche Dinge reden konnte als mit meinen Eltern, merkte das natürlich. Gabi, so hieß die Haushälterin, war 31 Jahre alt, hübsch und geschieden. Ich weiß nicht, ob es Mitleid war, auf jeden Fall half sie mir. Sie ging ganz vorsichtig und einfühlsam zu Werke und führte mich in das Liebesleben ein. Wir hatten ein Verhältnis, wobei sie mir auch klar machte, dass aus uns nichts werden kann. Das Verhältnis hielt etwa sechs Monate, in denen sie mir alles Erdenkliche beibrachte.

Sie beendete die Beziehung . Als wir nach dem letzten Akt nackt auf dem Bett lagen, sagte sie zu mir: »So Paul, ich kann dir nichts mehr beibringen, es war schön mit dir, denn es hat mir auch gefallen, aber jetzt ist Schluss« . Ich war traurig, denn ich habe mich ein bisschen in Gabi verliebt. Da sie mir gegenüber von Anfang an ehrlich gewesen war, hegte ich keinerlei Groll gegen sie. Von nun an akzeptierte ich Gabi wie eine große Schwester, mit der ich über alles reden konnte.

Mir ging es jetzt besser. Selbst meine Eltern merkten das. Gefragt haben sie nie. Ob sie etwas ahnten, weiß ich nicht.

Schulisch hatte ich keine Probleme, meine Zensuren waren top. Sportlich entwickelte ich mich weiter. Beim Kung Fu wurde die Ausbildung an den Waffen fortgeführt und beim Streetfighting arbeitete ich weiter an meiner Schnelligkeit. Wie gesagt, ich trainierte immer noch mit den beiden Mädels. An einem solchen Trainingstag tauchte Georg auf einmal auf. Er fragte die Mädels, wie es mit mir läuft und bedankte sich bei mir für die Unterstützung von Klaus in der Schule. Hier sei noch erwähnt, das Klaus sportlich nicht so aktiv war. Sein Hobby war der Computer.

Dann forderte Georg mich auf, mich auszuziehen. Ich fragte

nicht nach dem Warum, sondern zog mich bis auf die Unterhose aus. Sven, der Bodyguards von Georg begutachtete mich von oben bis unten. Er war etwa zwei Meter groß und kräftig, praktisch ein Kerl wie ein Baum. Georg fragte Sven, ob er aus mir etwas machen könne, ohne dass ich meine Schnelligkeit verliere. Sven meinte, dass er das hinbekomme. Ich durfte mich anziehen und bekam den Auftrag, Sven anzugreifen. Die beiden Mädchen grinsten schon. Ich griff Sven mit allem, was ich beim Kung Fu und Streetfighting gelernt hatte, an. Es schien so, als würden alle Schläge bei ihm abprallen. Ab und zu schlug Sven kurz zu und ich lag auf dem Boden. Georg sagte im Anschluss zu mir: »Paul, in den nächsten zwölf bis achtzehn Monaten wirst du lernen, Schläge einzustecken, wir werden deine Muskeln aufbauen, wobei du deine Schnelligkeit nicht verlieren darfst« . Die Trainingseinheit am Samstag wurde umgestellt, so dass ich nun zwei Stunden mit Sven in die Muckibude ging und weiterhin zwei Stunden mit den Mädels meine Schnelligkeit trainierte. Georg warnte mich aber noch, denn er machte mich darauf aufmerksam, dass ich nach der Ausbildung ein sehr gefährlicher Mann sein könnte. Zum damaligen Zeitpunkt glaubte ich es ihm nicht.

Klaus und ich hatten noch etwa achtzehn Monate Schule vor uns. Mein Ziel war es, Psychologie und Physik zu studieren, während Klaus bei seinem Ziel, Sportmediziner zu werden, blieb. Georg gefiel das und er unterstützte ihn in allen Belangen. Er war stolz auf seinen Bruder.

Im letzten Schuljahr verliebte ich mich in ein Mädchen. Sie schien schüchtern zu sein und warf mir gelegentliche Blicke zu. Ich wusste gar nicht, was mit mir passierte, ich war voll und ganz weg. Beim ersten Mal trafen wir uns außerhalb der City. Wir saßen auf der Bank und sie erzählte mir, dass sie sehr strenge Eltern habe und streng katholisch erzogen wird. Ihre Eltern dürften auf keinen Fall wissen, dass sie sich mit einem Jungen trifft. Angeblich müsste sie dann in ein Internat. Ich glaubte es, denn sie hatte mich. Ihre treuen blauen Augen, ihr blondes Haar und ihre Figur hauten mich um. Ich war ein total verliebter Trottel.

Wir tauschten die Telefonnummern aus und ich erzählte ihr fast alles von mir. Als sie hörte, dass ich eigentlich nur mittwochs und sonntags nichts Festes geplant habe, sprang sie sofort darauf an und sagte mir, dass sie es langsam angehen möchte und zuvor noch nie einen Freund hatte.

Unser nächstes Treffen war sonntags um 17:00 Uhr an der gleichen Stelle. Wir saßen wieder auf der Bank, ich durfte ihre Hand halten und sie erzählte mir, wie gut es mir doch gehen würde. Meine Eltern hätten Haus, Grundstück und wohl Geld und ich bräuchte mir keine Sorgen zu machen, ganz im Gegensatz zu ihr. In meiner Verliebtheit fragte ich natürlich nach. Sie sagte mir, dass ihre Eltern nur wenig Geld hatten und weil ihre Klasse einen Ausflug nach Paris planen würde, sie voraussichtlich nicht mitfahren könnte. Dabei liefen ihr die Tränen über ihre Wangen. Um 18:30 Uhr durfte ich wieder ihre Hand nehmen und sie ein Stück nach Hause begleiten. Meine Eltern und unsere Haushälterin merkten natürlich, dass ich verliebt war. Lag vielleicht an meinen roten Ohren.

Mittwochs um 17:00 Uhr saßen wir wieder auf der Bank. Anke, so hieß sie nämlich, sah traurig aus und die Tränen liefen ihr wieder über die Wangen. Als ich fragte, was los sei sagte mir, dass sie aus finanziellen Gründen nicht an dem Ausflug teilnehmen könnte. Sie hätte weder Geld für die Fahrt noch passende Klamotten und kein Taschengeld. Das Schlimmste sei jedoch die Häme der Klassenkameraden. Da ich ja auch Außenseiter in der Klasse war und während meiner Pubertät viel Häme ertragen musste, wusste ich, wie weh das tut. Ich versprach ihr, das ich versuchen würde, zu helfen. Daraufhin fiel sie mir kurz um den Hals. Ich sagte ihr, sie solle mir beim nächsten Treffen sagen, wie viel Geld sie benötigte. Um 18:30 Uhr ging es wieder heimwärts. Die letzten 50 Meter durfte ich sie sogar in den Arm nehmen.

Als ich am Sonntag zu unserem Treffpunkt kam, saß sie schon da und es schien, dass sie sich freute mich zu sehen. Ich hielt ihre Hand, wir plauderten über dies und das, bis das Thema Schul-

ausflug kam. Ich fragte Anke: »Wie viel Geld benötigst du denn?«
Plötzlich liefen wieder die Tränen. Sie wollte es mir nicht sagen,
denn es sei zu viel Geld und das könne sie nicht von mir verlan-
gen. Ich trocknete ihr die Tränen und bohrte so lange, bis sie es
mir sagte. »1000 Euro? Wie kommst du denn auf diese Summe?«
Anke antwortete: »500 Euro für Hotel und Bus, 200 Euro für neue
Klamotten und 300 Euro Taschengeld, denn Paris ist teuer.« Sie
sah, dass ich schluckte und begann sofort, wieder zu heulen. Das
konnte ich in meiner Verliebtheit nicht ertragen und sagte ihr den
Betrag zu. Jetzt durfte ich sie sogar auf die Wangen küssen. Auf
dem Nachhauseweg sagte sie mir noch beiläufig, dass sie das Geld
am Mittwoch benötige, um die Klassenfahrt zu bezahlen, denn
schließlich sollte es morgen in einer Woche losgehen.

Mittwochs wusste ich gar nicht, was mir geschah. Anke
setzte sich auf meinen Schoß und nahm mich in den Arm. Als
sie merkte, dass sich in meiner Hose etwas regte, stand sie auf
und setzte sich neben mir. Ich bekam einen roten Kopf und sie
lächelte mich an. Sie versprach mir nach dem Ausflug eine un-
vergessliche Zeit. Anke hatte mich verliebten Gockel wieder
gefangen. Ich gab ihr das Geld und auf dem Weg nach Hause
sagte sie mir, dass wir uns erst Sonntag in einer Woche wieder
sehen würden, da sie ja am kommenden Sonntag ihre Tasche
packen müsste. Ich ahnte zu diesem Zeitpunkt noch nicht, dass
ich nichts mehr von ihr hören würde.

Den Sonntag darauf wartete ich wie immer auf der Bank.
Die Uhr tickte und ich schaute alle fünf Minuten darauf. Gegen 18:00 Uhr begann ich mir, Sorgen zu machen Viele Fragen
schwirrten durch meinen Kopf: Hatte Anke einen Unfall, ist
sie krank, wussten ihre Eltern von uns und was weiß ich sonst
noch. Um 18:30 Uhr rief ich sie an. Kein Anschluss unter dieser
Nummer. Das Telefon war tot. Da ich ja wusste, dass Anke ein
Prepaid-Handy hatte, dachte ich, dass kein Guthaben mehr auf
ihrer Karte war. Ich lief los und suchte sie. Leider wusste ich
nicht, wo sie wohnte, und so irrte ich durch die Stadt. Gegen
21:00 Uhr ging ich sorgenvoll nach Hause und sofort auf mein

Zimmer, wo das Kopfkino begann. Ich konnte die ganze Nacht nicht schlafen.

Ich war fertig und redete mit Klaus darüber. Meine häufigen täglichen Anrufe blieben ohne Erfolg. Die ganze Woche war ich fix und fertig. Gegen Ende der Woche fragte mich unsere Haushälterin, was los wäre. Da ich ja mit ihr über alles reden konnte, erzählte ich ihr die Geschichte. Sie hörte ganz ruhig zu und überlegte sich ihre Antwort lange. Dann sagte sie mir, dass es eigentlich nur zwei Gründe geben könnte. »Erstens, es ist etwas passiert und da du nicht weißt, wie du sie erreichen kannst, kannst du nur warten und hoffen. Zweitens, Anke hat deine Verliebtheit ausgenutzt und dich gelinkt.« Ich war nach dieser Antwort kurz vor der Explosion, nur unsere gemeinsame Vergangenheit hielt mich davon ab.

Als ich mich beruhigt hatte, sagte sie mir, dass wir mal den Ablauf der Treffen durchgehen sollten. Wir gingen Treffen für Treffen durch und zogen nach jedem Treffen ein Fazit. Es war schon seltsam mit Anke. Nach neunzig Minuten musste sie immer wegen der strengen Eltern nach Hause. Kein richtiger Kuss. Nach so kurzer Zeit schon nach Geld gefragt. Treffen nur außerhalb auf einer Parkbank usw. Mir kamen mehr und mehr Zweifel. Ich wollte noch zwei Wochen warten und wenn ich bis dann nichts von ihr gehört hatte, dann hatte sie mich gelinkt. Wenn dem so gewesen ist, dann sollte sie mich kennenlernen. Auf jeden Fall war mir das eine Lehre und die nächsten Frauen taten mir leid, denn nach den zwei Wochen vögelte ich alles, was mir vor die Flinte kam, und zwar ohne jegliche Gefühle.

Kurz vor Ende der Schulzeit kam mir Bruder Zufall zu Hilfe, denn ich sah Anke zufällig in der Stadt mit einem Lover. Mein Jagdinstinkt war geweckt. Ich besorgte mir aus der Klinik meines Vaters eine Spritze mit Betäubungsmittel, ein Ganzkörperkondom sowie die dazu gehörigen Überschuhe und Handschuhe. Zwei Wochen später hatte ich Anke aufgespürt. Sie war abends allein durch den Park gegangen und verfolgte sie. An einer unübersichtlichen Stelle betäubte ich sie und zog sie aus, verbrannte ihre Kleidung und fesselte sie an einem Baum. Dann rasierte ich ihr die Haare vom Kopf und klebte ihr Augen und Mund zu. Ich schnitt ihr in die Backen und in die Brüste. In den Bauch ritzte ich »Rache ist mein« .

Plötzlich hatte ich ein Problem. Ein Spaziergänger mit einem Schäferhund kam und ich lief weg. Als er gesehen hat, was passiert war, hetzte er den Hund auf mich und rief die Polizei an. Ich hatte zwar dreihundert Meter Vorsprung, doch der Hund war schneller. Er holte mich ein und ich musste ihn töten. Polizei und Krankenwagen kamen. Da der Spaziergänger weiter mit der Polizei telefonierte, kam auch kurzfristig Verstärkung, um mich einzukreisen. Ich hatte verdammtes Glück, blieb unerkannt und entkam.

Meine Sachen verbrannten, während ich duschte. Die Asche packte ich ins Auto, fuhr fast bis zur nächsten Stadt und verteilte sie über mehrere Kilometer hinweg. Am nächsten Tag brachte ich die Tonne, in der ich die Sachen verbrannt hatte, zur Mülldeponie. Der Spaziergänger machte eine Täterbeschreibung, die in der Zeitung stand und die Bevölkerung wurde um Mithilfe gebeten. Auch Anke wurde befragt. Sie konnte glücklicherweise nichts zu der Tat sagen, nannte aber einige Namen von Leuten, die ihr das angetan haben könnten. Unter anderem war auch mein Name dabei. Erkannt hatte Anke mich auch nicht.

Zwei Wochen später tauchte die Kriminalpolizei bei uns auf. Ich wurde gefragt, ob ich eine Anke W. kenne und wo ich zur Tatzeit war. Ich antwortete, dass ich eine Anke kenne, mit der ich mich vor einiger Zeit paarmal getroffen habe. Die Beamten zeigten mir ein Bild und ich bestätigte ihnen, dass ich diese Anke W. kannte. Als nächstes fragten sie nach meinem Alibi für die Tatzeit. Bevor ich antwortete, fragte ich erst mal, was das sollte und was passiert wäre. Die Beamten sagten mir, dass Anke W. überfallen wurde und sie nur Hinweisen nachgehen. Ich sagte ihnen, dass ich an jenem Abend zu Hause geblieben war. Sie fragten nach Zeugen, die ich nicht hatte. Folglich hatte ich kein Alibi und gehörte von nun an zu den Verdächtigen. Am

nächsten Tag musste ich im Präsidium erscheinen, um Finger-
abdrücke und DNA abzugeben. Zu dieser Zeit hatte ich Angst
und bereute meine Taten. Ich weis bis heute nicht, warum ich zu
solchen Taten fähig bin. Es ist als wenn jemand in meinem Kopf
ein Schalter um legt.

Eine Gegenüberstellung mit dem Spaziergänger erfolgte eben-
falls, aber glücklicherweise konnte er mich nicht identifizieren.
Als nächstes ging es zum Verhör. Mittlerweile hatten meine
Eltern einen Rechtsanwalt eingeschaltet, der rechtzeitig zum
Verhör da war. Er riet mir, erst einmal nichts zu sagen, was ich
dann auch machte. Die Beamten mussten mich laufen lassen.
Zu Hause war natürlich alles in Aufregung. Ich musste meinen
Eltern schwören, dass ich das nicht gewesen war.

Die Kriminalbeamten wühlten auch in der Vergangenheit
herum. Sie fanden natürlich heraus, dass es vor einigen Jahren
so einen ähnlichen Zwischenfall gegeben hatte. Sie versuchten
die Schriften auf dem Körper mit meiner Schrift zu vergleichen.
Kein Erfolg. Nur die Indizien sprachen gegen mich. Die Beamten rekonstruierten den Fall von vor einigen Jahren und fanden
heraus, dass, nachdem ich zusammengeschlagen worden bin, die
Täter alle irgendwie geschädigt wurden. Auch hier stand der Satz
»Rache ist mein« auf einem der Körper. Nur bei Anke W. passte
das Muster nicht. Wir haben uns zwar ein paarmal getroffen,
aber zugeben, dass sie mich gelinkt hatte, konnte und wollte sie
nicht. Vermutlich war ich nicht der Einzige, mit dem sie diese
Nummer durchgezogen hat.

Die Schulzeit neigte sich langsam dem Ende zu. Klaus bewarb
sich für das Studium zum Sportmediziner an einer renommier-
ten Universität, wo seine Ausbildung schon vier Wochen nach
der Schule begann. Ich bewarb mich an einer Universität für
Psychologie und Physik, so dass sich unsere Wege trennten. Zum
Abschluss verabredeten wir uns zu einem jährlichen Treffen.

Die Ausbildung zum Streetfighter endete ebenfalls. Georg verabschiedete sich auch von mir und bedankte sich nochmals für
die Unterstützung von Klaus. Seine letzten Worte mir gegenüber

waren: »Unsere Wege werden sich noch kreuzen.« Zum damaligen Zeitpunkt wusste ich gar nicht, was er damit meinte.

Ich zog nach Münster, um dort Psychologie und Physik zu studieren. Das Ganze war natürlich Neuland für mich. Mittlerweile 19 Jahre alt, weg von zu Hause, die erste eigene Studentenbude und null Ahnung von Haushalt. Die ersten drei Monate waren spannend und stressig. Ich musste lernen einkaufen zu gehen, zu kochen, putzen, Wäsche zu waschen und zu bügeln. Glücklicherweise hatte ich ja genügend Geld. Die Wäsche ließ ich von einer Putzfrau aus der Uni waschen und bügeln. Einkaufen war da schon etwas schwieriger, denn ich wollte meine Figur ja behalten. Also besorgte ich mir ein Kochbuch und kaufte dementsprechend ein. Aber wie gesagt, es dauerte seine Zeit. Fit hielt ich mich erst mal mit Jogging rund um den Aasee, bis ich eine Kung-Fu-Schule fand. Jetzt fehlte nur noch mein Training als Streetfighter, was in Münster nicht zu finden war. Folglich musste ich improvisieren. Ich fand einen Parcours außerhalb von Münster, bei dem eine Strecke durch einen Wald und einen Steinbruch ging und den ich zum Streetfighting nutzte. Ich hatte zwar keine Gegner, musste aber über Hindernisse und konnte auf dem Boden liegende Äste und Steine für meine Übungen nutzen.

Als ich meine Eltern am Wochenende besuchte und ihnen von meinen Schwierigkeiten erzählte, grinsten mich beide an. Mein Vater sagte nur: »Unser Jüngster wird erwachsen und lernt das Leben kennen.«

Im Studium lief es eigentlich wie in der Schule. Das Lernen fiel mir leicht und somit galt ich als Streber und Einzelgänger. In irgendwelche Studentenverbindungen ging ich auch nicht. So plätscherte die Zeit dahin, bis ich eine kleine Gruppe von weiteren Strebern kennenlernte. Diese saßen am Rande der Uni in einer Ecke und hatten fast nichts anderes zu tun, als in ihren Büchern zu lesen. Ab und zu kam es mal zu einer Diskussion. Ich setzte mich mit meinen Büchern einfach dazu und bekam so die ersten flüchtigen Kontakte. Diskutiert wurde über aktuelle Themen, Politik, Wirtschaft und Ziele. Persönliche Themen waren tabu.

Eine Studentin in der Gruppe studierte ebenfalls Psychologie. Ihr Ziel war es, später in der Wirtschaft bei einem großen Unternehmen zu arbeiten. Mit ihr diskutierte ich viel über die Menschen, Schicksalsschläge, Veränderungen und so weiter. Diese Diskussionen brachten uns beide in unserem Studium weiter. Da wir nicht denselben Professor hatten, lernten wir auch voneinander. Es entwickelte sich eine Art Freundschaft. Bei einem Kaffee fragte sie mich dann, ob ich ein Problem mit einer Freundschaft Plus hätte. Ich wusste nicht, was sie meinte. Sie grinste mich an und sagte: »Freundschaft Plus ist ganz einfach. Wir gehen ab und zu miteinander ins Bett ohne feste Beziehung und Verpflichtung. Einfach nur mal Sex haben.« Nach dem Kaffee gingen wir zu mir und hatten Sex. Anschließend ging sie duschen und verschwand. Als ich sie am nächsten Tag traf, diskutierten wir über eine Aufgabe, die ihr Professor ihr gegeben hatte, als wäre nichts gewesen. Wieder etwas gelernt. Freundschaft Plus lief bei uns etwa sechs Semester. Danach wechselte sie die Uni und ich sah sie nicht wieder.

Ich war danach nicht ausgelastet und kam durch Zufall in eine Situation, in der ich eigentlich nichts zu suchen hatte. Ein Studienkollege nahm mich mit nach Dortmund, wo wir in ein verlassenes Fabrikgebäude fuhren. Nach und nach trafen etwa 25 Nobelkarossen ein, die sich im Kreis aufstellten. Ich fragte meinen Studienkollegen, was das sollte. Er antwortete: »Warte es ab.« Aus den Nobelkarossen stiegen Leute, denen man ansehen konnte, dass sie reich waren. Dann kamen acht durchtrainierte Männer dazu. Jeder wurde vorgestellt und man konnte Wetten abschließen.

Ich begriff es nun. Hier fanden illegale Kämpfe ohne Regeln statt. Es wurde gelost, wer gegen wen kämpfen musste. Der Sieger sollte ein Preisgeld von 10.000 Euro bekommen. Ein Kampf endete erst dann, wenn der Gegner am Boden lag und nicht mehr in der Lage war, zu kämpfen. Ich will hier nicht die einzelnen Kämpfe beschreiben, nur so viel, es wurden Unsummen gewettet. Der Verlierer war fertig und bekam nichts. Das Ganze endete nach etwa zwei Stunden und der Sieger stand fest. Das Problem war, dass die Leute noch nicht genug hatten und es wurde noch ein Freiwilliger gesucht, der den Mut hatte gegen den Sieger anzutreten. Das Preisgeld wurde auf 20.000 Euro erhöht.

Ehe ich mich versah, meldete mein Studienkollege mich an. Ich konnte und durfte nicht kneifen, obwohl ich eine Stinkwut auf meinen Kommilitonen hatte. Ich stand nun im Ring mit einem 1,95 Meter großen Hünen. Wie ich zuvor beobachtet hatte, hatte der zwar eine Menge Kraft, war aber langsam und konditionell nicht so gut drauf wie ich. Taktisch musste ihn ermüden und dann niederschlagen. Die Wetten standen 10:1 gegen mich. Nur mein Studienkollege setzte auf mich.

Der Kampf begann. Ich passte auf, dass er mich nicht voll treffen konnte und konzentrierte mich bei meinen Schlägen und Tritten auf seinen Oberkörper sowie seine Beine. In der sechsten Runde hatte ich ihn, denn er war konditionell am Ende. Ich zermürbte ihn weiter, bis er nicht mehr konnte, er gab auf und ich bekam die 20.000 Euro Preisgeld. Natürlich hatte ich einige Blessuren, da er mich auch öfters getroffen hatte. Mein Studienkollege hatte durch die Wette 40.000 Euro gewonnen.

Als wir gehen wollten, hielt neben uns eine dieser Nobelkarren und ein Insasse fragte uns, ob wir Zeit für ein Gespräch hätten. Nichtsahnend stiegen wir ein und wir fuhren in eine abgelegene Gegend im Dortmunder Norden, wo schon ein SUV auf uns wartete. Der Insasse fragte mich, ob ich nicht sein Kämpfer werden wolle, denn er habe heute nicht nur seinen Kämpfer verloren, sondern auch noch 100.000 Euro. Ich schlug sein Angebot aus. »Okay«, kam als Antwort, »dann steigt bitte aus.« Wir verließen das Auto und bekamen es sofort mit den Männern aus dem SUV zu tun. Sie schlugen uns kurz und klein, nahmen uns das Preisgeld und den Wettgewinn ab und ließen uns dann liegen. Das Geld in Höhe von 60.000 Euro bekam der Insasse aus der Nobelkarre, deren Nummernschild ich mir glücklicherweise merken konnte.

Nachdem wir etwa zehn Stunden dort gelegen hatten, krochen wir zu einer Straße. Ob jemand den Krankenwagen gerufen hatte oder es purer Zufall war, kann ich bis heute nicht sagen. Ich lag im Streckverband in einem Dortmunder Krankenhaus mit mein Studienkollegen, als die Kriminalpolizei auftauchte und uns befragte. Wir erstatteten Anzeige gegen Unbekannt, sagten aber, dass wir von hinten überfallen worden waren und wir uns an nichts mehr erinnern konnten. Nach zehn Tagen wurde ich entlassen und ging zurück in meine Studentenbude. Ich ging wieder die Uni, denn ich wollte keine Studienzeit mehr verlieren.

Vier Wochen später fuhr ich mal wieder meine Eltern besuchen, aber nicht ohne vorher Georg anzurufen und ihn um Hilfe bezüglich des Autokennzeichen zu bitten. Meine Eltern hatten den Überfall natürlich mitbekommen. Meine Mutter als Rechtsanwältin versuchte der Dortmunder Polizei die Hölle heiß zu machen, aber ohne Erfolg, denn ich schwieg weiterhin. Ich wurde mit Fragen bombardiert und hatte Schwierigkeiten, die Fragen mit Lügen zu beantworten. Mein Vater bestand auf einer weiteren Untersuchung in seiner Klinik. Auch dagegen konnte ich mich nicht wehren.

Samstagabend fuhr ich zu Georg. Er hatte den Besitzer der Nobelkarre und seine Adresse herausgefunden. Er kannte mich gut und wusste, was jetzt passierte. Ich musste ihm die Wahrheit sagen, denn sonst hätte ich die Informationen nicht bekommen. Der Besitzer der Nobelkarre (Mercedes S 600) hieß Dr. Günter Klein, wohnt in Essen und ist Großinvestor in der Industrie. Ein in Nordrhein-Westfalen sehr bekannter und gefährlicher Mann. Er wohnt am Baldeneysee, ist mit einer hübschen jungen Frau verheiratet und hat zwei Kinder. Über seine dunklen Machenschaften wusste seine Familie natürlich nichts. In Bochum besaß er ein abgelegenes Haus, in dem seine Geliebte wohnt, die er zu den Kämpfen mitnahm. Georg mahnte mich zu äußerster Vorsicht, denn, wie schon erwähnt, Dr. Klein war gefährlich.

Die nächsten drei Monate arbeitete ich bzw. bereitete meinen Abschluss vor und war auf der Suche nach einer Stelle oder einem Thema für meine Doktorarbeit, denn mein Ziel war es, nach zehn bis zwölf Semestern fertig zu sein. Übrigens, mein Studienkollege, mit dem ich in Dortmund gewesen war, wechselte die Uni und verschwand aus Münster und dem Ruhrgebiet.

In meiner Freizeit meistens am Wochenende oder nach der Uni beobachtete ich Dr. Klein. Jedes Detail seines Tagesablaufs merkte ich mir und so fand ich heraus, dass nur zwei seiner Bodyguards von seiner Geliebten wussten. Von den beiden Bodyguards begleitete ihn aber stets nur einer zu seiner Geliebten. Diese Treffen fanden immer mittwochs statt. Die Recherchen dauerten etwa drei Monate.

Das Datum der »Rache ist mein« -Aktion kam immer näher. Am Wochenende fuhr ich wie gewohnt wieder zu meinen Eltern, um mir von Georg Narkosemittel besorgen zu lassen. Georg sagte nur zu mir: »Paul, du stehst jetzt in meiner Schuld.«

An einem Mittwoch im November 1998 fuhr ich abends nach Bochum. Ich fuhr erst mit dem Zug und dann weiter mit öffentlichen Verkehrsmitteln bis in die Nähe des Hauses der Geliebten von Dr. Klein. Dort angekommen, legte ich mich auf die Lauer und beobachtete zuerst nur. Da das Haus zum größten Teil kameraüberwacht ist, musste ich mich bei der Annäherung vorsichtig bewegen. Ich schaffte es unbemerkt bis an das Haus und auch hinein. Mit einem Blasrohr und Betäubungspfeilen betäubte ich den Bodyguard. Der Bodyguard saß im Wohnzimmer und schaute sich einen Film an. Die Terassentür stand offen, sodass ich von dort den Pfeil abschießen konnte. Dr. Klein und seine Geliebte hielten sich im Schlafzimmer auf. Sie wirkten ziemlich angetrunken. Somit konnte ich sie ebenfalls leicht betäuben. Als Nächstes suchte ich die Steuerung und das Aufnahmegerät der Überwachungskameras, um diese außer Betrieb zu nehmen und die Aufzeichnungen zu entfernen.

Nun fesselte und knebelte ich die drei. Der Bodyguard war als Erster dran, denn er war dabei, als sie mich zusammenschlugen. Ich brach ihm Arme, Beine und einige Rippen. Mit einem Schlagring schlug ich ihm ins Gesicht. Als Nächster war Dr.

Klein an der Reihe., der nackt im Bett lag. Seine Hände, Rippen, Knie und Füße bearbeitete ich mit einem Totschläger. Natürlich wurde er durch die Schmerzen wach, aber das interessierte mich nicht, denn ich war von Kopf bis Fuß schwarz gekleidet. Selbst meine Augen konnte er nicht erkennen. Ich sprach auch kein Wort. Seine Schmerzensschreie und seine Jammerei waren eine reine Genugtuung für mich. Auch er bekam den Schlagring zu spüren. Mein Werk war aber noch nicht vollendet. Ich fotografierte ihn, seine nackte Geliebte und den Bodyguard. Danach wurde es Zeit für mich, um meine Spuren so weit wie möglich zu beseitigen und alles Mitgebrachte sowie die Aufnahmen der Überwachungskamera mitzunehmen. Ich verschwand so leise wie ich gekommen war und passte auf, dass mich niemand sah.

Als ich weit genug vom Haus entfernt war, schickte ich jeweils die Bilder mit einem vorbereiteten Text über seine Geliebte und seine Machenschaften an die Ehefrau, an die großen Zeitungen im Ruhrgebiet, an die Polizei und an ein Krankenhaus. Nachdem die Nachrichten rausgeschickt waren, entfernte ich den Akku und die SIM-Karte aus dem Handy. Im Bochumer Bahnhof zog ich mich um und fuhr mit dem Zug über Dortmund nach Münster zurück. Unterwegs zerstörte und entsorgte ich alle mitgenommen Dinge sowie Handy, SIM-Karte, Akku und die Aufnahmen der Überwachungskameras. Schön verteilt über die gesamte Strecke.

Am nächsten und den folgenden Tagen standen die Zeitungen voll. Es kamen immer mehr Details ans Tageslicht, so dass Dr. Klein erledigt war. In den nächsten Monaten war ich wachsam und verhielt mich ruhig, denn es hätte doch sein können, dass ich etwas übersehen hatte. Dem war aber Gott sei Dank nicht so.

Ich blieb in Münster und schrieb meine Doktorarbeit über »Einflüsse auf Menschen und deren Wirkungen« . In der Freizeit trainierte ich weiter und hatte die ein oder andere Beziehung. Gelernt habe ich auch, dass Beziehungen während der Studienzeit selten von Dauer sind. Freundschaft Plus ist stattdessen angesagt.

Nach der Doktorarbeit ging ich erst mal zurück nach Hause und machte mir darüber Gedanken, wie mein weiteres Leben aussehen könnte. Es war das Jahr 2000 und ich war 26 Jahre alt. Eines Tages meldete sich Georg. Ich besuchte ihn und zu meiner Freude war Klaus auch zufällig da. Wir hatten beide unser jährliches Treffen verpennt.

Klaus und ich hatten uns eine Menge zu erzählen. Auch Klaus war mit seinem Studium fertig und konnte sich Sportmediziner nennen. Beworben hatte er sich beim deutschen Fußballbund und bei den Zweitligisten VFL Bochum und Alemannia Aachen, denn er wollte unbedingt zum Fußball. Mit den Frauen lief es bei ihm ähnlich wie bei mir. Freundschaft plus war in der ehemaligen Studienzeit angesagt. Klaus hatte das Ziel, einen Job zu finden, eine Frau zu heiraten, Kinder zu haben und ein Haus zu bauen. Georg begrüßte diese Entwicklung und Zukunftspläne seines Bruders. Er war richtig stolz auf Klaus.

Meine Zukunft war noch etwas ungewiss. Ich strebte natürlich auch nach Job, Familie und Eigentum, aber ich plante vorher noch eine Art Weltbesichtigung. Ich wollte, bevor ich mich festlegen würde, Teile der Welt sehen.

Wir genossen die nächsten fünf Tage gemeinsam. Wir zogen durch diverse Bars, Discos und Kneipen. Frauen wurden aufgerissen, geteilt oder auch getauscht. Man kann sagen, wir ließen die Sau raus. Geld hatten wir genug und gaben es auch mit vollen Händen aus. Was kostet die Welt, war unser Motto.

Nach diesen wilden Tagen kam Rückkehr zur die Realität. Als Klaus zurück nach Köln fuhr, rief Georg mich an, da ich am nächsten Tag zu ihm kommen sollte. Zuerst dankte er mir für die Unterstützung von Klaus. Das nächste Thema war, dass er etwas bei mir guthatte und ich deshalb für ihn in den nächsten vier Wochen 10 Millionen Euro in die Schweiz schmuggeln sollte. Der Bänker vor Ort war informiert. Ich schluckte und fragte ihn, warum er das Geld nicht überweist bzw. selbst hinbringt. »Ich werde zurzeit überwacht und muss einige Finanzen für den Notfall in Sicherheit bringen« , war seine Antwort. Daraufhin schluckte ich. War ich so einem Job gewachsen? Was wäre, wenn ich das Geld verliere? Georg antwortete nur: »Du schaffst das« . Im Nachhinein deutete er an, dass außer der Kripo auch seine Konkurrenz hinter mir her sein könnten. Ich nickte, um den Job anzunehmen und plante mit ihm die Vorgehensweise.

Wir einigten uns darauf, dass ich mit meiner Freundin eine Urlaubsreise quer durch Deutschland machen sollte. Meine Freundin hieß Regina. Als ich sie sah, erkannte ich sie kaum wieder. Aus dem Mädchen, welches mir Unterricht im Streetfighting gegeben hat, ist eine hübsche junge Frau geworden. Georg besorgte uns über Strohmänner ein Wohnmobil, in dem die 10 Millionen Euro versteckt waren. Das Wohnmobil stand uns in fünf Tagen in Hamburg zur Verfügung. Regina und ich spielten das verliebte Pärchen und es gab keinerlei Kontakt mehr zu Georg. Als wir das Wohnmobil abholten, lagen 100.000 Euro für unsere Unkosten auf dem Tisch. Die geplante Reiseroute ging über Lübeck, Rostock, Neubrandenburg, Berlin, Leipzig, Nürnberg, München nach Zürich.

Nach der Fahrt von Hamburg besichtigten wir in Lübeck, als unserer ersten Station, das Holstentor, die alten Salzspeicherhäuser und den Hafen. Da wir ja mit Verfolgern rechnen mussten, war unser Wohnmobil technisch hervorragend ausgerüstet. Telefonanlage, Alarmanlage, Kameras, die auch während der Fahrt Aufnahmen machten, gehörten zum Standard. Wir fuhren Umwege, verfuhren uns absichtlich, so dass Regina ständig den Verkehr beobachten und eventuelle Verfolger erkennen konnte. Diese Aufnahmen unserer Fahrt wurden auch zu Georgs Vertrauten übertragen. Folglich wussten sie immer, wo wir uns befanden. Aber was wir nicht wussten, war, dass sie uns auch in einem größeren Abstand verfolgten.

Am dritten Tag unserer Reise waren wir in Rostock, wo wir auch den Hafen und die Promenade besichtigten. Nach dem Kaffee legten wir uns hin, um drei bis vier Stunden zu schlafen. Weiter ging es um Mitternacht nach Neubrandenburg. Dort angekommen, frühstückten wir erstmal ausgiebig. Zehn Minuten nach uns betraten zwei Männer ebenfalls das Café, wobei wir uns zuerst nichts dabei dachten. Anschließend schauten wir uns die Stadtmauer, das Stargarder Tor und das Friedländer Tor. Während dieser Besichtigung sahen wir die beiden Männer wieder. Wir versuchten uns nichts anmerken zu lassen, gingen in ein Restaurant essen und dann zurück zum Wohnmobil. Irgendetwas stimmte hier aber nicht. Unser Wohnmobil war trotz Alarmanlage durchsucht worden. Einige Teile lagen anders, aber unser Geld war noch da. Wo die 10 Millionen Euro waren, wussten wir ja nicht genau. Den beiden Männern scheint die Zeit gefehlt zu haben. Hoffentlich waren wir nicht verwanzt worden.

Weiter ging es nach Berlin. Wir fuhren hier nur durch, denn wir waren wegen der Verfolgung unsicher geworden. Auf dem Weg nach Leipzig verließen wir die Autobahn und fuhren über Landstraßen. Ab und zu sahen wir in der Ferne einen grauen BMW, der uns scheinbar verfolgte. An einer unübersichtlichen Stelle hielten wir an und bereiteten uns auf einen Angriff vor. Leider bzw. auch gewollt hatten wir keine Waffen. Da Regina und ich Streetfighter waren, nahmen wir das zu Hilfe, was uns in der Küche zur Verfügung stand. Der BMW kam näher, fuhr an uns vorbei und hielt etwa 300 Meter entfernt an. Die beiden Männer konnten aber noch nichts machen, weil ein Lkw kam. Der Lkw fuhr ebenfalls an uns vorbei und rammte plötzlich den BMW. Die beiden Männer wurden von Georgs Leuten überwältigt und in den Lkw verfrachtet.

Kurze Zeit später kam ein Pkw und hielt neben uns an. Aus dem Wagen stieg Mary, die wir kannten und ein anderer Mann. Mary stellte uns den Mann mit dem Namen Harry vor. Harry untersuchte unser Wohnmobil und entfernte zwei Wanzen. Wir bekamen den Auftrag unverzüglich weiter zu fahren und eine andere Strecke zu benutzen. Wir starteten wieder und Regina suchte eine alternative Strecke in die Schweiz. Regina schlug die Route Frankfurt, Mannheim, Straßburg nach Zürich vor. Damit ging es ein Stück durch Frankreich.

Zunächst fuhren wir durch bis Frankfurt, gehalten wurde nur

an Autobahnraststätten. Am siebten Tag kamen wir in Frankfurt an und fuhren noch ein Stück weiter, bis wir eine Raststätte zwischen Frankfurt und Mannheim gefunden hatten. Diese Pause war nötig, damit die Anspannung von uns fiel und wir schlafen konnten. Am nächsten Morgen beim Frühstück in der Raststätte sahen wir, dass Mary und Harry einige Tische weiter saßen und ebenfalls ein verliebtes Pärchen spielten. Nach einem ausgiebigen Frühstück fuhren wir weiter Richtung Straßburg. Bei der Einreise nach Frankreich hatten wir keine Schwierigkeiten. In Straßburg machten wir zwei Tage Pause, um uns die Sehenswürdigkeiten anzusehen. Wir sahen uns die Altstadt von Straßburg an, das La Wantzenau (Weltkrieg-Ausstellung) und gönnten uns eine Gourmet-Tour. Am nächsten Tag besichtigten wir das Straßburger Münster, das Barrage Vauban und La Petite France. Regina kaufte sich hier ein französisches Parfüm, von dem die Flasche mal eben 659 Euro kostete.

Am Tag 12 fuhren wir entlang der französischen Grenze in Richtung Schweiz. An der Grenze wurden wir angehalten und unser Wohnmobil wurde durchsucht. Wir schwitzten innerlich mächtig. Den Zollbeamten erzählten wir, auf ihre Nachfrage hin, dass wir ein verliebtes Pärchen sind, die zusammen eine Reise durch Deutschland, Frankreich, Österreich und zurück nach Deutschland machen und anschließend unsere Hochzeit planen wollen. Die Beamten hatten nichts im Wohnmobil gefunden und wünschten uns weiterhin eine gute Fahrt.

In Zürich angekommen, kontaktierten wir den Bänker, der schon auf uns wartete. Er schickte uns in eine Lagerhalle in der Nähe der Bank und dort erwarteten uns Georg, Mary und Harry. In der Halle wurde schon das Innere des Wohnmobils zerlegt, denn die 10 Millionen Euro waren hinter der Verkleidung versteckt. Das Geld wurde in Koffer verpackt und von Georg, Mary und Harry in die Bank gebracht. Vorher verabschiedete sich Georg von Regina und mir, bedankte sich und wünschte uns einen schönen Urlaub mit den restlichen 100.000 Euro. Wir durften die Halle erst dreißig Minuten nach ihnen verlassen, damit wir auf keinen Fall zusammen gesehen werden konnten. Das Wohnmobil hat dann später der Bänker verkauft.

Regina und ich sahen uns an und wir überlegten, was wir jetzt machen könnten. Uns fiel im ersten Augenblick nichts ein und so entschieden wir uns, ein Zimmer zu nehmen. In dieser Nacht kamen wir uns sehr viel näher. Regina gefiel mir. Am nächsten Tag hatten wir noch nichts geplant, erinnerten uns aber, dass Georg uns einen schönen Urlaub gewünscht hatte.

Wir hatten noch etwa 90.000 Euro und erkundigten uns im Hotel nach einem Reisebüro. Dort fragte uns die Reisekauffrau nach unseren Wünschen. Als wir mit den Schultern zuckten, schlug sie uns einige Ziele vor. Wir entschieden uns für eine Fernreise auf die Philippinen und so ging es fünf Tage später mit dem Flugzeug nach Manila.

Am Flughafen ließen wir uns ein Hotel empfehlen. Im Nachhinein hätten wir auf die Reisekauffrau hören und eine organisierte Reise buchen sollen, anstatt alles selbst zu organisieren. Die ersten drei Tage war ja noch alles in Ordnung, wir mieteten uns einen Guide, der uns die Sehenswürdigkeiten von Manila zeigte. Wir sahen uns die Quiapo-Kirche an, den Rizal-Park und den Pagsanjan-Wasserfall, der etwa zwei bis drei Stunden von Manila entfernt, mitten im Dschungel war.

Während einer Pause am Pagsanjan-Wasserfall passierte es dann. Uns trafen zwei Pfeile und wir fielen um. Wir wurden gefesselt und geknebelt. Da wir unter Drogen gehalten wurden, wussten wir nicht, wo wir waren. Unser Geld, vermutlich auch unser Hotelzimmer und unsere Wertsachen waren weg. Nach etwa vier bis fünf Tagen erwachten wir in einem zwei mal zwei Meter großen Erdloch, welches mit einem Bambusgitter abgedeckt war. Überall liefen Hunde herum, die oberhalb unseres Lochs standen und uns anknurrten. Wir verstanden unsere Entführer natürlich nicht. Zu Essen bekamen wir deren Reste und schmutziges Wasser. Das führte dazu, dass Regina und ich Montezumas Rache spürten und wir immer schmächtiger wurden.

Nach etwa fünf Tagen kam jemand, der Englisch sprach. Er forderte mehr Geld von uns. Falls wir dem nicht Folge leisten konnten, drohte er, uns zu töten oder zu versklaven. Durch den Unrat in unserem Loch bearbeiteten uns auch die Insekten. Wir bekamen Fieber, nahmen noch mehr ab und resignierten. Wir waren gebrochen. Die nächsten Wochen kämpften wir um unser Leben. Der Körper musste sich an die Umstände gewöhnen. Während dieser Zeit verlor ich jegliches Zeitgefühl.

Es begann die Regenzeit. Wir wurden aus dem Loch geholt und in einen Käfig gesperrt. Es regnete tagelang. Zum Schutz gegen den Regen bekamen wir eine Plastikfolie. Während der Regenpausen mussten wir arbeiten: Wasser und Holz holen und die Fischreusen entleeren. So bekamen wir eigentlich erst mit, dass wir auf einer Insel waren. Wenn das alles nicht schnell genug ging oder die Philippinos unzufrieden waren, gab es Prügel. Wehren konnten wir uns nicht, denn wir waren saft- und kraftlos. Nach und nach merkten wir, dass nur etwa zwanzig Menschen hier lebten, und zwar neun Männer, sechs Frauen und vier Kinder zwischen drei und zwölf Jahren. Sechs bis sieben Männer verschwanden in unregelmäßigen Abständen und kamen immer nach drei bis vier Tagen mit reicher Beute zurück. Regina und ich vermuteten, dass wir in Gefangenschaft von Piraten waren. Nach der Rückkehr gab es ein Saufgelage und eine Orgie. Am nächsten Tag hatten alle einen Kater. Wir bekamen dann noch mehr Prügel, wenn alles nicht schnell genug ging.

Schätzungsweise waren wir schon drei bis vier Monate auf der Insel. Wir wunderten uns, dass wir noch lebten. Ich denke, dass wir in den Augen der Philippinos gute Sklaven waren, da wir alles taten, was sie verlangten. In mir kam langsam, aber sicher meine Wut zurück. Nachts sprach ich mit Regina darüber und wie wir uns befreien konnten. Zuerst mussten wir wieder zu Kräften kommen und weiter so tun, als wenn wir gebrochen waren. Die Hunde hatten sich an uns gewöhnt und ließen uns ohne Kommando in Ruhe. In den nächsten vier Wochen beobachteten wir noch genauer die Umgebung und das Dorf und merkten uns, was wir als Waffen benutzen könnten.

Mittlerweile waren wir schätzungsweise sechs Monate hier. Eines Tages gingen die Piraten wieder auf Beutejagd und als uns die restlichen Zwei zur Arbeit holen wollten, schlugen wir bei den Reusen zu. Wir töteten beide und schlichen zurück ins Dorf. Jetzt begann der schwierige Teil, es gab nämlich noch sechs Frauen und die Kinder. Die Frauen würden sicher kämpfen, aber wie würden sich die Kinder verhalten? Was war mit den Hunden?

Die Hunde mussten zuerst dran glauben. Wir lockten sie mit Fischen vom Dorf weg und erschlugen sie mit der Machete, wobei mich ein Hund an der Wade erwischt hat. Die Hütten standen zum Glück nicht eng beieinander. Regina und ich nahmen uns getrennt Hütte für Hütte vor. Es gab keine Gnade. Die sechs Frauen und der 12-jährige Junge kämpften wie die Löwen, aber nur Regina und ich sowie 3 verängstigte Kinder überlebten.

Regina und ich mussten nach den Kämpfen unsere Wunden verpflegen. Verbandszeug war genügend vorhanden, denn die Piraten kamen von ihren Raubzügen auch nicht ohne Wunden zurück. Die Frage war jetzt, was tun wir. Fliehen, in eine Gegend, die wir nicht kannten und wo die Piraten jederzeit Verstärkung holen konnten oder kämpfen und auch die restlichen sieben Piraten erledigen? Waffen und Verbandszeug hatten wir zur Genüge. Wir fanden auch Geld und andere Wertgegenstände. Alle Kommunikationsmittel wie Handy und Funkanlagen vernichteten wir. Die überzähligen Waffen wurden verbrannt.

Am dritten Tag sperrten wir die Kinder in den Käfig, damit sie die Piraten nicht schon am Strand warnen konnten. Am vierten Tag kamen die Piraten mit reichlicher Beute und drei Verwundeten zurück. Zwei Verwundete legten sie am Strand unter den Palmen ab und der Dritte humpelte schwer hinter ihnen her. Als der Abstand zwischen den Vieren und dem Humpelnden größer und größer wurde, holte ich ihn mir und schnitt ihm die Kehle durch. Dasselbe Schicksal traf die Verwundeten, die am Strand lagen. An den Motoren der Boote entfernten wir die Zündkabel, so dass die Vier die Insel nicht verlassen konnten. Als die vier Piraten im Dorf ankamen, befreiten sie die Kinder und ließen sich erzählen, was ihnen alles passiert war.

Die Jagd begann. Natürlich fanden sie schnell ihre drei toten Kameraden. Ihr großer Vorteil war, dass sie die Insel besser kannten als wir. Ausgleichen konnten wir das nur durch unsere Schnelligkeit und unsere Erfahrung im Streetfighting. Sie jagten uns schon über eine Woche und das ein oder andere Mal hatten wir Glück, dass sie uns nicht erwischten. Man merkte ihnen, aber auch an ihrem Verhalten an, dass sie immer wütender wurden. Somit wurden sie auch unaufmerksam. Wir beobachteten, dass sich abwechselnd einer nach dem anderen jeweils für einen Tag absetzte. Als wieder einer der Piraten ins Dorf ging, um zu essen und zu saufen, denn schließlich hatten sie reiche Beute gemacht, schnappten wir ihn im betrunkenen Zustand und erledigten ihn.

Als er nicht zurückkam, gingen die drei übrigen ins Dorf. Sie wollten uns eine Falle stellen und taten so, als wären sie total betrunken. Die Versuchung war groß und wir waren drauf und dran dem Ganzen ein Ende zu bereiten. Wir wollten es in den frühen Morgenstunden tun, aber in der dunkelsten Stunde schlichen zwei von ihnen aus dem Dorf. Wir bemerkten es erst gar nicht und erst ein Rascheln warnte uns. Etwa zehn Meter neben uns schlich jemand durch das Gebüsch und wir sind sofort hinterher. Kurz bevor wir ihn überwältigen konnten, schoss er. Er traf mich an der Hüfte., aber zum Glück nur ein Streifschuss. Wir töteten ihn und flohen, denn die anderen beiden kamen und schossen wild durch die Gegend.

In den nächsten drei Tagen musste ich meine Wunde pflegen. Unser Problem war jetzt der Hunger., denn wir wollten unser Versteck erst nachts verlassen, um uns um das Essen zu kümmern. Die beiden restlichen Jäger kamen gefährlich nahe an unserem Versteck vorbei. In der Dunkelheit verschwanden wir aus dem Versteck und unser Ziel waren die Fischreusen. In das

Dorf konnten wir nicht, da uns die Kinder verraten würden. Wir aßen rohen Fisch, um unseren Hunger zu stillen.

Die dritte Woche der Jagd begann. Wir suchten nach einer Chance und hatten Glück. Einer der beiden war auf dem Weg zu den Booten. Ich folgte ihm und Regina passte auf, dass uns der Zweite nicht folgte. Am Boot angekommen, nahm er erst mal einen tiefen Schluck, schnappte sich einen Beutesack und ging zurück. Ich saß auf einem Baum, warf ihm eine Schlinge über den Kopf und zog ihn hoch. Er versuchte noch mich zu erschießen, aber so zappelnd am Baum war das nur schwer möglich. Die Schüsse alarmierte den letzten Piraten, der schwer bewaffnet mit einem Maschinengewehr in Richtung Boot ging. Regina erwischte ihn am Oberschenkel, musste dann aber schnellstens in Deckung gehen, denn er schoss mit dem Maschinengewehr in Reginas Richtung. Ich näherte mich von der anderen Seite, denn er wusste ja nicht, dass wir uns getrennt hatten. Auch ich traf ihn nur in das andere Bein, denn mit Pistole und Gewehr bin ich ungeübt. Er schoss mit allem, was er hatte, bis seine Munition zu Ende war. Wir gingen auf ihn zu und drehten ihn auf dem Rücken. Es war der Anführer und unser schlimmster Peiniger. Ich zog ihn nackend aus und erschlug ihn. Mein ist die Rache.

Wir leckten noch drei Tage unsere Wunden und wollten mit dem Geld und Wertsachen verschwinden, denn wir mussten nach Manila zur deutschen Botschaft. Die Kinder ließen wir zurück, denn sie konnten uns wegen der Morde verraten. Ein Glücksfall kam uns zu Hilfe, als unser Guide, der mit den Piraten zusammengearbeitet hatte, auf der Insel auftauchte. Entweder er wollte seinen Teil der Beute oder den Piraten neue Opfer bringen. Es war ein Leichtes, ihn zu überwältigen. Auch ihn hingen wir auf.

Unser Geld war natürlich weg, deshalb durchsuchten wir die Boote nach Geld und Wertsachen. Eine Karte war ebenfalls vorhanden. Die nicht von uns gebrauchten Boote wurden zerstört. Jetzt ging es zurück zur Hauptinsel und wir landeten mit dem

Boot in der Nähe von Batangas. Auch dieses Boot ließen wir im Meer verschwinden.

Regina wollte schon vor Freude schreien, ich warnte sie und erinnerte sie daran, dass wir noch nicht in der Botschaft in Malina waren. Wir waren nicht wie Touristen gekleidet und sahen erbärmlich aus, als wir nach einigen Tagen die deutsche Botschaft betraten. In der Botschaft war es gar nicht so einfach, denn die wahre Geschichte durften wir nicht erzählen. Also erzählten wir eine Geschichte von Rucksacktouristen, die allein unterwegs waren, sich verlaufen hatten, krank wurden und von den Philippinos gesund gepflegt worden sind. Unsere Angaben wurden überprüft, die Reisekauffrau wurde befragt und auch im Hotel wurde nachgefragt. Als wir alle Prüfungen bestanden hatten, dann erst bekamen wir Ausreisepapiere. Am 207. Tag nach unserer Einreise auf die Philippinen ging es zurück nach Frankfurt. Bye Bye Philippinen.

Am Frankfurter Flughafen wurden wir abgeholt, was meine Eltern organisiert hatten. Regina und ich waren uns einig, dass wir zusammenbleiben würden. Die Geschehnisse auf den Philippinen hatten uns zusammen geschweißt. Aus Freundschaft wurde Liebe. Wir erholten uns die nächsten beiden Wochen bei meinen Eltern zu Hause. Mein Vater bestand natürlich darauf, dass wir gründlich untersucht wurden. Erzählt haben wir dort natürlich auch die Geschichte der Rucksacktouristen. Na ja, ein bisschen Wahrheit war ja in der Story enthalten.

Nach gut zwei Wochen hatten wir im positiven Sinne genug von meinen Eltern. Wir besuchten Georg und machten ihm klar, dass Regina und ich zusammenbleiben werden. Er wünschte uns viel Glück. Nachdem wir das geklärt hatten, fragte er uns, was wirklich passiert war. Wir erzählten es ihm und als Antwort bekam ich zu hören: »Ich habe immer gesagt, dass du ein gefährlicher Mann bist.«

Da wir körperlich noch nicht auf der Höhe waren, trainierten wir die nächsten drei Monate bei Georg. Langsam, aber sicher kamen Kondition, Ausdauer und Beweglichkeit zurück. Eines

Abends, ich weiß nicht mehr, wie das kommen konnte, sprachen wir plötzlich über Heirat. Im ersten Anlauf lachten und scherzten wir über das Thema, aber der Stachel saß. Die nächsten Tage sprachen wir kaum miteinander und jeder hing seinen Gedanken nach. Nach einer knappen Woche redeten wir über das Thema und beschlossen an meinen 28. Geburtstag zu heiraten. Bis März 2002 waren es noch gut neun Monate. Die Verlobung feierten wir heimlich, still und leise.

Wir informierten unsere Freunde, Bekannte und Eltern. Regina tat sich schwer damit, mir ihre Mutter vorzustellen, da sie ein ehemaliger Junkie war. Aus diesem Grund ist sie mit 15 Jahren von zu Hause getürmt und hat auf der Straße gelebt, wo sie ihre Freundin Mary kennenlernte. Als sie irgendwann Georg begegneten, begann er, sich um die beiden zu kümmern. Regina und Mary, ich will es mal so nennen, arbeiteten für Georg. Einbruch, Diebstahl und Hehlerei waren ihre Aufgaben und dafür bekamen sie von Georg Schutz und Unterkunft.

Wir suchten und fanden ihre Mutter schließlich in Hamburg, wo sie mit einem Typen zusammenlebte, der trank und sie regelmäßig verprügelte. Leider war Reginas Mutter von dem Typen abhängig. Als wir sie besuchten, lag sie auf dem Sofa und konnte sich kaum rühren, denn sie hatte tags davor mal wieder Prügel erhalten. Regina kümmerte sich um ihre Mutter, als der Typ plötzlich leicht angetrunken auftauchte. Er meckerte, schrie uns an und wollte uns aus der Wohnung werfen, aber leider geriet er an den Falschen. Der Typ bekam von mir die Prügel seines Lebens. Plötzlich begann Reginas Mutter, uns anzuschreien, weil ich den Typ verprügelt hatte. Sie liebte den Typen und wir sollten uns verpissen, war ihre Ansage. Eine Drohung kam noch dazu, die ich aber nicht ernst nahm, denn zu dem Zeitpunkt wusste ich ja noch nicht, dass der Typ bei den Banditos war. Weinend verließen Regina und ich die Wohnung. Regina wollte ihre Mutter nie wiedersehen. Wir verbrachten noch eine Nacht in Hamburg und fuhren am nächsten Tag nach Hause. Regina hatte sich wieder einigermaßen beruhigt. Sie bedauerte inzwischen, dass sie mir ihre Mutter vorgestellt hatte.

Eigentlich wollten wir heimlich, still und leise heiraten, aber das dachten wir nur. Meine Eltern übernahmen sofort die Hochzeitplanung, denn aus ihrer Sicht sollte das eine riesige Feier werden. Auf der Gästeliste meiner Mutter standen etwa 80 Personen. Einen Hochzeitplaner wollte sie auch noch organisieren. Es kam, wie es kommen musste, denn es gab einen gewaltigen Streit mit meiner Mutter. Regina und ich drohten ihr sogar, dass wir irgendwo anders ohne Eltern heirateten. Mein Vater gab Regina und mir recht, da es schließlich unsere Hochzeit war. Mutter gab weinend nach, obwohl sie doch nur das Beste für ihren Jüngsten wollte.

Der Kampf um die Gästeliste begann. Regina und ich wollten meine Geschwister mit Partnern und Kindern einladen. Da stimmte Mutter natürlich zu. Dazu kamen noch meine Onkel und Tanten mit deren Anhang, was aus Mutters Sicht noch okay war. Freunde und Bekannte meiner Eltern wollte ich nicht dabeihaben, was Mutter missfiel. Sie kam mit dem Satz: »Denke doch mal an unsere gesellschaftliche Stellung. Was meinst du wohl, was die Leute über uns denken?« Regina und ich blieben hart. Wir setzten noch Georg und Klaus mit Freundin auf die Gästeliste, was meiner Mutter wiederum nicht passte. Somit standen 25 Personen auf der Gästeliste.

Um meine Mutter wieder zu beruhigen, durfte sie nach Rücksprache mit Regina, die Hochzeitplanungen übernehmen. Die Hochzeitsplanungen gingen über Einladungen, Auswahl der Kirche, Essen, Getränke, Dekoration usw.

Nach diesem Stress informierten wir Georg über unsere Hochzeitsplanungen und darüber, dass wir Klaus besuchen wollten. Georg nahm mich an die Seite und fragte mich, ob ich ihm einen Gefallen tun könnte, wenn ich zu Klaus fahre. Ich sagte sofort zu und er gab mir 50.000 Euro für Klaus, aber die Sache hatte natürlich einen Haken. Klaus wollte kein Geld von Georg, da er es allein schaffen wollte. Klaus hatte sich mit seiner Freundin eine

Wohnung gemietet und Möbel usw. gekauft. Das ging natürlich nur mit einem Kredit, denn als Berufsanfänger verdient man ja nicht das Meiste. Klaus Freundin Petra arbeitete als Friseurin. Mit den beiden Gehältern kamen sie so gerade über die Runden.

Wir fuhren also los. Da Klaus und Petra arbeiteten, konnten wir erst gegen Abend ankommen. Mit vier Personen in einer 2,5-Zimmer-Wohnung war es ganz schön eng, aber auch lustig. Es gab eine Menge zu erzählen. Da Klaus und Petra arbeiten mussten, fuhren Regina und ich in die Stadt und schauten uns die Gegend an. Regina kaufte noch ein und bereitete das Essen vor, damit Petra abends nicht noch kochen musste. Eines Abends wollten Regina und Petra unbedingt ins Kino, aber da es sich um eine Romanze handelte, streikten Klaus und ich. Wir versprachen den beiden, sie vom Kino abzuholen.

Ich nahm die Gelegenheit wahr, um allein mit Klaus zu reden. Wir sprachen von Gott und der Welt und letztendlich auch übers Finanzielle. Ich erzählte Klaus von den 50.000 Euro von Georg, aber er wurde sauer, denn er wollte kein Geld von Georg. Klaus wollte absolut nichts von dem Geld. Ich redete wie ein Pastor, aber Klaus blieb stur. Schließlich machte ich ihm den Vorschlag, das Geld als Kredit zu sehen. Er würde so die Zinsen sparen und konnte ein Sparbuch anlegen. Die Summe, die die beiden monatlich übrighatten, konnten sie dann auf das Sparbuch einzahlen und später die 50.000 Euro an Georg zurückzahlen. So zu sagen als zinsloses Darlehen. Damit war er einverstanden, aber nur weil er seinem Bruder nicht vor dem Kopf stoßen wollte.

Abends holten wir die Mädels vom Kino ab. Regina und ich setzten Petra und Klaus zu Hause ab, von denen wir uns für verabschiedeten. Die Mädels schauten ganz entsetzt, sie wussten ja nicht was los war. Nachdem wir die beiden abgesetzt hatten, erzählte ich Regina von dem Disput mit Klaus wegen den 50.000 Euro. Unser Problem war jetzt, dass wir kein Hotelzimmer hatten und unser Gepäck in der Wohnung von Klaus und Petra war.

Mittlerweile war es fast Mitternacht. Die einzige Übernachtungsmöglichkeit war ein Stundenhotel. Es war eine schreckliche Nacht. Betten durchgelegen, komischer Geruch im Zimmer, nichts zu trinken auf dem Zimmer und ein Wahnsinnspreis von 75 Euro. Gegen 9 Uhr verließen wir das Hotel. Wir fuhren zurück in die Stunden und frühstückten erst mal ausgiebig. Dann fuhren wir zur Arbeitsstelle von Petra, um uns den Hausschlüssel von ihrer Wohnung ab zu holen. Petra gab uns den Schlüssel und bedankte sich für die unruhige Nacht, denn Klaus hatte ihr natürlich ebenfalls von den 50.000 Euro erzählt. Wir ahnten Fürchterliches. Hoffentlich zerbrach durch diese Aktion nicht meine Freundschaft zu Klaus. In der Wohnung duschten wir erst mal und zogen uns saubere Klamotten an. Gegen 18:00 Uhr kamen Petra und Klaus nach Hause. Regina hatte Kaffee gekocht und gab jedem eine Tasse Kaffee. Keiner sagte etwas. Ich schätze nach etwa 15 Minuten des Schweigens übernahm Klaus das Reden. Er habe stundenlang mit Petra über die 50.000 Euro diskutiert und sowohl Vorteile wie Nachteile aufgeführt. Sie würden das Geld unter der Voraussetzung annehmen, dass Georg das Geld von ihnen zurückbekommt. Zudem übergab Klaus mir einen zugeklebten Brief für Georg. Der Inhalt des Briefes blieb das Geheimnis von Petra, Klaus und Georg.

Nachdem das geklärt war, fragten uns die beiden, wo wir denn die Nacht gewesen wären. Regina und ich erzählten von dem Stundenhotel und wie es uns ergangen ist. Klaus und Petra lachten und sagten: »Folglich hattet ihr wenigstens auch eine schlaflose Nacht.« Am nächsten Sonntag frühstückten wir gemeinsam und fuhren dann zurück. Bevor wir zu meinen Eltern fuhren, hielten wir bei Georg und gaben ihm den Brief. Georg wollte natürlich wissen, wie es gelaufen ist. Regina sagte nur: »Lese den Brief und wenn du willst, unterhalten wir uns dann nächste Woche.«

Wieder bei meinen Eltern angekommen, überfiel uns meine Mutter, denn sie wollte uns unbedingt auf den neuesten Stand ihrer Hochzeitsplanung bringen. Ich sagte nur zu ihr: »Wir sind müde, lass uns morgen darüber reden.« Am nächsten Abend wurde uns der Stand der Hochzeitsplanung vorgestellt und meine Mutter präsentierte uns drei Exemplare für die Einladung. Diese Entscheidung überließ ich Regina. Regina einigte sich mit Mutter auf das weiße Exemplar mit roten Rosen und den Text überließ sie ihr ganz. Passend zu den Einladungen wurde die Dekoration ausgesucht. Für mich war diese Veranstaltung langweilig. Ich war froh, dass Regina das mit Mutter erledigte. Standesamt und Kirche war geplant, Termin stand mit dem 13 März fest. Ablauf, Essen usw. hatte noch Zeit, da es nun erst Mitte Dezember 2001 war. Mutter war zufrieden und kümmerte sich erstmal um das bevorstehende Weihnachtsfest. Heiligabend waren Regina und ich mit meinen Eltern allein. Meine Geschwister mit Anhang kamen erst am 2. Weihnachtstag und blieben dafür aber bis Neujahr.

Eines Abends sprach mein Vater mich an, ob ich nicht endlich einer geregelten Arbeit nach gehen möchte, denn ich würde ja bald eine Familie gründen, für die ich zu sorgen hatte. Eine Ausbildung hatte ich bereits, denn ich war Doktor der Psychologie und Diplomphysiker. Ich wusste nicht, was ich Vater antworten sollte. Er hatte ja recht. Mit der Ausrede, dass ich erst mit Regina darüber reden wollte, gab er sich erst mal zufrieden. Wir hatten noch gar nicht darüber nachgedacht, denn unser bisheriges Leben gefiel uns. Unser Entschluss fiel erst, als Regina und ich über das Leben, das Älterwerden und Kinder nachdachten. Am nächsten Tag sprachen wir mit meinen Eltern darüber, wie wir uns unser Leben vorstellten. Nach der Hochzeitsreise wollte ich arbeiten gehen und Regina würde sich um das Anwesen und die Eltern kümmern, denn die beiden hatten mittlerweile auch die 60 überschritten.

Am 2. Weihnachtstag wurde es auf dem Anwesen unruhig, denn meine Geschwister mit ihrem Anhang besuchten uns. Jetzt waren wir acht Erwachsene und drei Kinder im Alter von 6 bis 10 Jahren. Nach einer herzlichen Begrüßung tauschten wir die Geschenke aus und die Unruhe mit den Kindern begann. Kinder wissen ganz genau, dass sie bei Oma und Opa mehr durften als zu Hause. Als die Kinder gegen 22:00 Uhr im Bett waren, konnten wir uns endlich vernünftig unterhalten. Regina kannten meine Geschwister noch nicht und deshalb gingen die meisten Fragen in ihre Richtung. Als das Thema auf Reginas Eltern kam, sagte sie nur, dass ihre Eltern tot seien. So war es auch mit mir abgesprochen. Meine Geschwister bohrten natürlich weiter, aber ich griff ein und sagte meinen Geschwistern, dass Regina kein Wort mehr darüber verlieren will, Aus und Ende zu dem Thema. Sie waren ein bisschen eingeschnappt, akzeptierten aber die Antwort. Vermutlich würden sie, wenn wir zu Bett gehen, weiter bei meiner Mutter bohren. Aber meine Mutter weiß auch nicht mehr.

Die Tage bis Silvester waren anstrengend. Die Kinder stellten das Haus auf den Kopf und wir unterhielten uns über Belangloses. Hauptthemen waren Politik, Urlaub und Kinder. Da ich mir das am Silvesterabend nicht auch noch antun wollte, fuhren Regina und ich zur Silvesterparty bei Georg. Zu meiner Überraschung waren Klaus und Petra auch anwesend. Nach den üblichen Begrüßungsfloskeln und einigen Drinks stieg die Stimmung. Da ich Georgs Geschäftspartner nicht so gut kannte, waren Regina und ich hauptsächlich mit Klaus und Petra zusammen. Klaus erzählte mir, dass er sich mit Georg bezüglich der finanziellen Unterstützung ausgesprochen hat. Großes Thema war natürlich unsere Hochzeit am 13. März. Regina erzählte, dass es gar nicht so einfach wäre mit meiner Mutter bezüglich der Hochzeitsplanung zusammenzuarbeiten.

Klaus und Petra grinsten. Die beiden planten ebenfalls Ende des Jahres zu heiraten, ein Haus zu kaufen und vor allem wollten sie zwei Kinder. Es wurde langsam Mitternacht. Georgs Mitarbeiter Harry begann mit den Vorbereitungen für das Silvesterfeuerwerk. Fünf Minuten vor zwölf Uhr gingen wir nach draußen. Ich muss sagen, das war ein tolles Feuerwerk mit allem, was dazu gehört. Georg hatte sich nicht lumpen lassen und keine Kosten und Mühen gescheut. Der Champagner floss. Im Laufe der Silvesternacht lernte ich notgedrungen auch den ein oder anderen Geschäftspartner von Georg und auch Politiker kennen, so dass ich mir vorstellen konnte, welchen Einfluss Georg hatte. Die Party zog sich bis morgens um sieben hin.

Wir gingen nun auch ins Bett und schliefen bis etwa gegen 15:00 Uhr. Nach dem wir uns frisch gemacht hatten, gingen wir nach unten. Wohnzimmer, Küche und alle anderen Räume waren schon aufgeräumt und sauber. Georg hatte für 7:30 Uhr eine Putzkolonne bestellt, die die Unordnung der Nacht beseitigte. Klaus, Petra, Georg, seine Bekannte Tanja und wir nahmen ein spätes Frühstück mit ordentlich Kaffee zu uns. Gegen 17:00 Uhr verabschiedeten wir uns und fuhren zu meinen Eltern. Meine Geschwister waren zum Glück schon wieder auf der Heimreise, meine Eltern waren jedoch etwas eingeschnappt, weil wir Silvester nicht im Kreise der Familie verbracht hatten.

Mit dieser miesen Stimmung begann das Jahr 2002. Meine Eltern und ich gingen uns einige Tage aus dem Weg. Glücklicherweise ist das Haus ja groß genug. Regina und ich redeten über unsere Zukunft, denn ich plante zum 1. Juli 2002 eine Privatpraxis als Psychologe zu eröffnen. Die Zeit zwischen Ende März und Ende Juni wollten wir für eine Hochzeitsreise nutzen, geeignete Räumlichkeiten für die Praxis finden und diese einrichten. Die Hochzeitsreise sollte eine Schifffahrt sein.

Mitte Januar bat ich meine Eltern zu einem Gespräch, um ihnen unsere Zukunftsplanung vorzustellen. Meine Eltern unterstützten diese Planungen und Vater wollte sich um Empfehlungen für meine Praxis kümmern. Meine Mutter würde sich nach der Hochzeit um Werbung, Visitenkarten usw. kümmern. Somit war unsere Welt erst mal in Ordnung, bis es Anfang März, als es um das Hochzeitskleid ging, zu Differenzen zwischen meiner Mutter und Regina kam. Regina nahm meine Mutter und Mary mit zur Anprobe diverser Hochzeitskleider. Meine Mutter wollte ein Hochzeitskleid mit langer Schärpe, die von Blumenkindern getragen werden sollte. Mary und Regina dagegen wollten etwas Schlichtes und Modernes. Jetzt war ich an der Reihe und hörte mir beide Vorschläge an, entschied mich dann für das schlichte und moderne Hochzeitskleid. Nur gut, dass mein Vater dabei war. Als Mutter sich aufregen wollte, fragte er nur: »Heidi, heiratest du oder Paul?«. Vater sagte nie viel zu meiner Mutter, nur wenn, dann war es besser, wenn Mutter schwieg.

Trauzeugen wurden Klaus und Petra. Der Hochzeitstag stand nun unvermittelbar vor der Tür. Man merkte das an der Umgestaltung des Hauses. Möbel wurden umgestellt, die Küche vorbereitet, draußen wurden Pavillons aufgebaut und Lichter an den Bäumen montiert. Meine Mutter betrieb einen wahnsinnigen Aufwand. Aber um ehrlich zu sein, dass hat sie toll gemacht und das sagte ich ihr auch. Am Tag der Hochzeit ging es um 11 Uhr zum Standesamt und um 12:30 Uhr in die Kirche. Als wir aus der Kirche kamen, empfingen uns einige Reporter, die meine Mutter organisiert hatte. Das hatten Regina und ich eigentlich nicht gewollt, nun war gute Miene angesagt. Nach der Kirche ging es zum Fotografen, um Hochzeitsbilder zu machen. Gegen 15:00 Uhr waren wir endlich wieder zu Hause. Dort angekommen, gab es als erstes den Champagner-Empfang. Anschließend wurde endlich gegessen, denn wir hatten uns das Frühstück gespart. Nach dem Nachtisch hielt mein Vater noch eine Rede und eröffnete die Feierlichkeiten. Regina und ich eröffneten den Tanz mit einem Wiener Walzer, den wir vor der Hochzeit gelernt hatten. Es war eine schöne und ausgelassene Feier bis in den Morgenstunden. Die letzten Gäste verließen uns gegen 5:00 Uhr, so dass wir gegen 6:00 Uhr im Bett waren. Ich muss sagen, wir waren glücklich.

Als wir um 15:00 Uhr aufstanden, duschten, uns anzogen und zur Familie gingen, war von der Feier schon nicht mehr viel zu sehen. Unsere Angestellten und deren Hilfskräfte hatten den größten Teil schon aufgeräumt. Wir waren alle müde und kaputt. Kaffee floss literweise und die ein oder andere Kopfschmerztablette wurde genommen. Unsere Schlafgäste verabschiedeten sich dann nach und nach. Am Abend war nur noch die Familie da und wir plauderten noch über dies und das. Bei meinen Eltern bedankte ich mich noch einmal für die tolle Feier. Gegen

22:00 Uhr gingen alle wieder ins Bett. Am anderen Morgen verabschiedeten sich meine Geschwister mit ihren Kindern von uns
und fuhren nach Hause. Regina und ich schrieben die Dank-
sagungen an die Gäste und fingen an, unsere Koffer zu packen.
Unsere Hochzeitsreise war eine Kreuzfahrt über die Ostsee.

Am nächsten Tag ging es gegen 13:00 Uhr los. Harry brachte
uns mit dem Auto nach Hamburg. Punkt 18:00 Uhr legte das
Schiff ab und fuhr über den Nord-Ostsee-Kanal nach Danzig,
unserem ersten Stopp auf der Reise. Wir besuchten die Danziger
Altstadt, die im 14 Jahrhundert noch vor den Toren von Danzig lag, das historische Museum und das Nationalmuseum. Am
nächsten Tag ging es zur Westerplatte, ein ehemaliges Militär-
gelände und Ort des ersten Angriffs des 2. Weltkrieges. Weiter
ging es zur Marienkirche. Die Marienkirche ist eine gotische
römisch-katholische Backsteinkirche mit einer sehenswerten
Kapelle. Unsere letzte Station in Danzig war der Neptunbrunnen
mit seiner berühmten Bronzestatue aus dem 17. Jahrhundert.

Abends legten wir ab und das Schiff fuhr in Richtung Baltysk
in Russland. Als Erstes sahen wir am anderen Morgen in Baltysk das Monument der russischen Kaiserin Elisabeth Petrovna.
Anschließend besichtigten wir das Monument von Peter dem
Großen und das Baltische Flottenmuseum.

Weiter ging es nach Klaipeda in Litauen. Auch wenn ich von
dieser Reise nichts Persönliches erwähne, wir genossen unsere
Hochzeitsreise und lernten viel über die Kultur der befahrenen
Länder.

Klaipeda erkundeten wir auf eigene Faust. Regina und ich
brauchten eine Kulturpause und wollten den Tag einfach nur
genießen. Wir schlenderten durch die Stadt, gingen in das ein
oder andere Geschäft und kauften ein paar Andenken. Anschließend ging es in ein kleines Restaurant zum Essen und schließlich
zurück zum Schiff. Da wir ja auf Hochzeitsreise und mit uns
selbst beschäftigt waren, hatten wir auch relativ wenig Kontakt
zu den anderen Urlaubern.

Unser Ziel am sechsten Tag war die Insel Saaremaa in Estland.

Da wir auch hier nur einen Tag Aufenthalt hatten, beschränkten wir uns bei den Besichtigungen nur auf die Dinge, die uns interessierten. Wir fuhren mit einem Taxi zum Kaali Meteorit Krater, der etwa vor 3000 Jahren entstanden sein soll. Der Krater bzw. die Umgebung des Kraters ist gepflegt und in der unmittelbaren Nähe gab es ein kleines Restaurant. Da wir den Taxifahrer nicht draußen warten lassen wollten, luden wir ihn zum Essen ein.

Nach dem Essen fuhren wir weiter nach Goodkarma. Wir besichtigten die Werkstatt, in der Seifen und Peelings aus Zitronengras, Rosmarin und Mandarine hergestellt werden. Ich muss sagen, dass war etwas für Regina. Letztendlich konnte sie sich nicht entscheiden und nahm jeweils drei Seifen und drei Peelings aus dem erwähnten Sortiment mit. Zurück am Schiff bedankten wir uns bei dem Taxifahrer und bezahlten ihn mit einem guten Trinkgeld als Zugabe.

Die nächsten beiden Tage verbrachten wir im russischen Sankt Petersburg, das auch das Venedig des Nordens oder die Weiße Stadt genannt wird. Für uns war jetzt wieder Kultur angesagt, denn mehr als zwei Jahrhunderte diente diese alte Zarenstadt als Hauptstadt. Peter der Große gründete Sankt Petersburg am Anfang des 17. Jahrhunderts und es gibt es so viel zu sehen, dass zwei Tage für die Besichtigung aller Sehenswürdigkeiten nicht ausreichend waren.

Als Erstes besichtigten wir die Eremitage, auch Winterpalast genannt. In der Eremitage sind mehr als 3,5 Millionen Kunstwerke zu besichtigen sowie außergewöhnliche Räume und Säle. Katharina die Große legte den Grundstein für die Sammlung der weltweit bekannten Kunstwerke. Die Eremitage ist etwa 10mal so groß wie das Louvre-Museum in Paris.

An unserem zweiten Tag in Sankt Petersburg besichtigten wir die Zarenresidenz Peterhof, auch russisches Versailles genannt. Einst Sommerresidenz des Zaren gehört der Peterhof zu den sieben Wundern Russlands, denn die eleganten und gepflegten Parkanlagen mit den darin befindlichen Wasserspielen sind der reine Wahnsinn. Auf dem Gelände befinden sich fünf Paläste, von denen der Große Palast der prunkvollste ist. Die Räume im Großen Palast sind mit Gold und Seide geschmückt. Schade, dass wir nicht mehr Zeit hatten. Regina und ich beschlossen unseren nächsten Urlaub in Sankt Petersburg zu verbringen, um mehr Zeit für die Sehenswürdigkeiten zu haben.

Am 9. Tag unserer Ostseereise legten wir in Helsinki an. Schon bei der Einfahrt in den Hafen mussten wir durch die Suomenlinna. Hierbei handelte es sich um eine der größten Seefestungen der Welt. Heute ist es ein begehrtes Ausflugsziel, dem wir auch nicht widerstehen konnten. Nach der Besichtigung fuhren wir ins Vanha Kauppahalli, das sich in einer Markthalle am Hafen von Helsinki befindet. Vanha Kauppahalli ist bekannt für seine finnischen Spezialitäten wie Rentierschinken, Krabbencocktails, Käse aus Lappland und Fisch. Nach dem Probieren kauften wir Rentierschinken und Käse aus Lappland.

Langsam, aber sicher endete unsere Hochzeitsreise. Wir hatten noch zwei Tage in Stockholm und dann stand schon die Rückfahrt nach Kiel an.

In Stockholm angekommen, ging es zurück in unsere Kindheit, denn wir besuchten das Junibacken. Zu sehen, gibt es hier verschiedene Szenen aus den Kinderbüchern von Pippi Langstrumpf und Karlsson vom Dach. Bei der Fahrt mit dem Märchenzug Sagotaget sahen wir alle Kinderhelden aus den Astrid-Lindgren-Büchern.

Unser nächster Stopp lag auf der Insel Djurgarden, auf der das ABBA-Museum liegt. ABBA war eine der erfolgreichsten Band in den siebziger Jahren bis zum Anfang der achtziger Jahre.

Den zweiten Tag in Stockholm nutzten wir zu einem Besuch der Shoppingmeile Drottninggatan, die ein idealer Ort zum Einkaufen, Essen und Trinken ist. Wir ließen einfach mal die Seele baumeln.

Am nächsten Tag schifften wir gegen 12:00 Uhr in Kiel aus. Harry wartete schon, um uns nach Hause zu fahren. Was wir noch nicht wussten war, dass uns zu Hause riesiger Ärger erwartete. Als wir vor der Tür ausstiegen und unsere Koffer aus dem Auto nahmen, war unsere Welt noch in Ordnung. Beim Öffnen der Haustür wehte uns eine eisige Stimmung entgegen. Als Mutter uns sah verzog sie sich sofort in ihre Gemächer. Vater erwartete uns mit einem bösen Blick und ging ohne eine Begrüßung in das Wohnzimmer. Regina und ich stellten die Koffer ab, folgten Vater und fragten, was los sei. Er erzählte uns, dass Reginas Mutter mit ihrem Freund aufgetaucht war, um sie zu erpressen. Reginas Mutter verlangte 10.000 Euro Schweigegeld oder sie würde der Presse alles erzählen, was sie über Regina wusste. Sie erzählte meinen Eltern alles, was Regina ausgefressen hatte und fragte sie, wie ihr Sohn solch eine Frau heiraten konnte. Dazu war sie der Meinung, jetzt doch zur Familie zu gehören, so dass sie und ihr Freund finanziell unterstützt werden müssten. Jetzt hatten wir ein Problem. Mein Vater und erst recht nicht meine Mutter hatten Verständnis für Regina. Eine Menge unangenehmer Fragen wurden von meinem Vater an uns gestellt, die schon sehr ins Persönliche gingen. Da ich Regina unterstützte, blieb uns nichts anderes übrig als auszuziehen und eine Wohnung zu suchen.

Wir brauchten deshalb dringend eigenes Geld. Wir fuhren zu Georg, erzählten ihm alles und blieben erstmal bei ihm. Dann baten wir ihn, die Angelegenheit bezüglich Regines Mutter zu regeln. Er tat es auch und wir hörten von Reginas Mutter und deren Freund nichts mehr. Zwei Jahre später bekam Regina die Information, dass ihre Mutter verstorben war. Überdosis. Da nichts im Leben umsonst ist, erledigten wir für Georg einen Job. Es ging wieder um einen Transport nach Zürich, der uns noch einmal 100.000 Euro bringen sollte. Drei Tage später fuhren wir mit einem Kombi und Urlaubskoffern in Richtung Italien los. Das Auto war mit GPS ausgestattet, so dass Harry und Mary uns folgen konnten. Diesmal nahmen wir den direkten Weg über Hannover, Stuttgart nach Zürich. Aufgrund der vielen Baustellen benötigten wir mit Grenzübergang etwa 16 Stunden.

In Zürich angekommen, warteten wir auf einen Anruf, der uns die Adresse des Treffpunktes mitteilen würde. Nach etwa zwei

Stunden kam endlich der Anruf. Wir fuhren zum Treffpunkt, an dem uns Harry und Mary, Georgs Vertraute mit dem Bänker schon erwarteten. Unser Job war damit erledigt. Wie und wie viel Geld der Bänker übernahm, wollten wir gar nicht wissen. Wir gingen in ein Hotel, übernachteten dort und fuhren am anderen Tag mit der Bahn zurück zu unserer Unterkunft.

Am nächsten Tag suchten wir uns eine kleine Wohnung. Die Miete zahlten wir für sechs Monate im Voraus. Jetzt ging es zum Möbelkauf, aber da unsere neue Wohnung nur 60 Quadratmeter groß war, ging das relativ schnell, denn die Küche war schon inklusive. Als die Möbel aufgebaut waren, baten wir Harry, unsere restlichen Sachen von meinen Eltern zu holen. Wir verboten Harry, meinen Eltern unsere neue Adresse zu geben. Anrufe meiner Eltern auf dem Handy ignorierten wir. Wohl war mir bei der Sache nicht, aber mein Vater war zu persönlich gegenüber Regina geworden.

Von Georgs 100.000 Euro hatten wir nun schon 30.000 Euro für Wohnung und Möbel ausgegeben. Der Rest reichte nicht, um zum 1.07.2002 eine Praxis zu eröffnen. Folglich fragten wir Georg nach einem weiteren Job, der zwar keinen für uns hatte, aber eine Geschichte von einer Lösegeldforderung erzählte.

Etwa vier Wochen vor unserer Heirat wurde in Düsseldorf die 18-jährige Tochter eines mehrfachen Millionärs entführt. Die Lösegeldforderung lag bei 10 Millionen Euro. Der Vater zahlte und seine Tochter wurde in der Nähe von Nürnberg freigelassen. Die Tochter war in Gefangenschaft vergewaltigt und misshandelt worden, konnte aber die Täter beschreiben. Die vier Täter sprachen demnach Deutsch mit slawischen Akzent. Die schon vorher eingeschaltete Polizei und Europol waren machtlos, aber der Vater wollte Gerechtigkeit und Rache. Deshalb setzte er ein Kopfgeld von 2,5 Millionen Euro aus. Die Tochter begab sich in psychiatrische Behandlung.

Regina und ich fuhren nach Hause und dachten über die Geschichte nach. Am nächsten Tag riefen wir Georg an und sagten ihm, dass unsererseits Interesse bestehen würde. Drei Tage später trafen Georg, Regina und ich auf einer Autobahnraststätte in der Nähe von Münster mit dem Millionär zusammen. Der Millionär, nennen wir ihn Hugo, sah uns amüsiert an und fragte Georg, ob das ein Witz sei. Georg war auf diese Bemerkung vorbereitet und sagte ihm, dass er uns ausgebildet habe. Argwöhnisch schaute Hugo uns weiter an und sagte schließlich: »Okay, versuchen wir es.« Hugo war vorbereitet, denn er übergab uns sämtliche Unterlagen und 50.000 Euro für Spesen. Damit war das Treffen beendet.

Wir fuhren zurück in unsere Wohnung, um die Unterlagen zu studieren. Zwei Tage später rief ich Georg an und fragte ihn, ob wir uns mit der Tochter unterhalten könnten. Hugo stimmte dem Treffen mit gemischten Gefühlen zu. Das zweite Treffen fand in einem kleinen Hotel im Münsterland statt. Hugo hatte dort vier Zimmer für uns gemietet und so lernten wir Nina kennen. Sie hatte das Geschehene noch nicht verarbeitet und war dementsprechend zurückhaltend. Am ersten Abend gingen wir gemeinsam essen, wobei Regina versuchte, ein Verhältnis von Frau zu Frau aufzubauen. Hugo ließ Nina dabei nicht aus den Augen. Auch am nächsten Tag kamen wir mit Nina nicht weiter, denn sie erzählte keine Details. Als Regina fragte, warum das so sei, zeigte Nina nur auf ihren Vater Hugo. Sie wollte nicht, dass Hugo und ich diese Details erfahren, weil sie sich schämte. Das erzählte mir Regina später und somit mussten wir versuchen, Hugo loszuwerden. Ich sprach mit Hugo und als ich ihm sagte, er solle nach Hause fahren, dachte ich, er explodiert und geht auf mich los. Nachdem er aber darüber nachgedacht hatte, stimmte er zu und verabschiedete sich von seiner Tochter.

Regina zog mit in das Zimmer von Nina, damit sie allein sein konnten. Ich hielt natürlich Abstand, um die beiden nicht zu stören. Nina taute auf und wurde zugänglich. Nina erzählte Regina, dass sie in einer Düsseldorfer Disco gewesen war und sich amüsierte hatte. Nina hatte mit einigen Typen getanzt, wobei einer war aufdringlich wurde, so dass Nina ihn abwehren musste. Nach dem nächsten Drink hatte Nina einen Filmriss. Alles war verschwommen. Der aufdringliche Typ und seine drei Freunde nutzten das aus. Schon auf der vollen Tanzfläche fummelten sie an Nina herum, aber wie schon erwähnt, war für sie alles verschwommen. Nina erzählte weiter: »Die vier Typen schleppten mich ab. Im Nachhinein wundere ich mich heute, dass der Türsteher Milo nichts unternahm, denn der kannte mich. Als ich wieder einigermaßen klar denken konnte, merkte ich, dass ich nackend und gefesselt auf einem Bett lag. Ich fing an, zu schreien, so dass einer der Typen einkam und mir etwas gab, von dem ich wieder high wurde. Sobald ich wieder etwas klarer war, wurde ich wieder vergewaltigt und über meine Familie ausgefragt. So haben die Entführer und Vergewaltiger rausbekommen, dass mein Vater Geld hatte. Die Vergewaltigungen wurden schlimmer und perverser und das immer und immer wieder. Die Typen drückten Zigaretten, Kerzen und andere brennbaren Dinge auf meinem Körper aus. Mein Busen, Po und Vagina wurden ebenfalls gebrandmarkt. Die Arroganz der vier Typen war nicht zu überbieten, ihr Ziel war es, mich zu brechen, was sie auch bis zu einem gewissen Punkt schafften. Ich ließ alles über mich ergehen. Da sie keine Hemmungen mehr hatten, bekam ich gelegentlich das ein oder andere Detail mit. Ich weiß nicht genau, wie lange es insgesamt gedauert hat und wo man mich gefunden hat. Aber nachdem man mich gefunden hatte, lag ich erst einmal für sechs Wochen im Krankenhaus, damit alle äußerlichen Wunden verheilten. Ich habe das immer noch nicht gänzlich verarbeitet und fühle innerlich eine Schmach, aber auch Rachegelüste und eine ständige wachsende Wut.« Nun kannte Regina Ninas Story. Auf ihre Frage, warum Nina das nicht alles der Polizei erzählt habe, bekam Regina die Antwort, dass die Täter bei einer Festnahme eventuell wieder freigesprochen würden und dass sie ihre Misshandlungen aus Scham nicht öffentlich vor Gericht erzählen wollte.

Ich rief Hugo an, damit er seine Tochter abholen kommt. Wir hatten Nina zugesagt, ihrem Vater keine Details zu erzählen, denn das wollte sie ihm selbst erzählen. Wir besprachen mit

Hugo, wohin wir denn die Männer bringen sollten. Hugo sagte uns, dass er etwas vorbereiten müsste und wir frühzeitig informiert würden. Zum Abschied fragte ich Nina, ob sie für eine Identifizierung bereitstehen würde. Nina bejahte die Frage.

Was wir nicht wussten, war das, was Hugo mit den Männern plante. Mittlerweile hatte sich Nina ihrem Vater offenbart und ihm ihren Körper gezeigt. Hugo kaufte ein ländliches Anwesen ziemlich außerhalb jeglicher Gemeinden. Alarmanlage und Videoüberwachung wurde auf dem Anwesen eingebaut. Ein Kellerraum mit Abfluss wurde isoliert und ausbruchssicher hergerichtet.

Regina und ich besuchten des Öfteren getrennt die Diskothek in Düsseldorf. Nach und nach lernten wir so Milos Gewohnheiten kennen. Nach einer guten Woche schnappten wir ihn, indem wir ihn erst betäubten und dann wegschafften. Auf einem einsamen Waldweg nahmen wir ihn uns vor und prügelten ihm die Seele aus dem Leib. Als er immer noch nicht redete, nahm ich den Baseballschläger und bearbeitete damit seine Hände und Knie. Schließlich nannte er uns die Namen der Entführer und zum Teil ihre Aufenthaltsorte. Die Männer hießen Ivan, Milan, Ference und Stephan. Er beschrieb uns die Typen und sagte uns, wo sie in etwa zu finden wären. Wir riefen einen Krankenwagen und verschwanden. Identifizieren konnte er uns nicht, denn wir waren verkleidet und hatten die Nummernschilder abgeklebt. Lediglich die Automarke konnte er sich merken, aber auch das hatten wir berücksichtigt, denn das Auto ging am nächste Tag in die Schrottpresse. Hugo stellte uns ein anderes Fahrzeug zur Verfügung.

Da wir von Milo wussten, dass sich die vier gerne in Discotheken in und um Düsseldorf rumtrieben, gingen wir getrennt auf die Suche. Wir suchten vier arrogante Typen, die mit Geld um sich warfen und Mädels abschleppten. Am vierten Tag wurde Regina fündig, denn die grobe Beschreibung von Nina passte auf den Typen. Regina machte sich an den Typen ran und erfuhr, dass er Ivan hieß und angeblich vor einiger Zeit ein gutes

Geschäft abgeschlossen hatte. Regina gelang es, Ivan mit dem Handy zu fotografieren und zeigte Nina das Bild. Nina bestätigte, dass dieser Ivan einer der Entführer war. Wir begannen mit den Vorbereitungen, da wir schließlich seine Gewohnheiten und seinen Tagesablauf kennenlernen mussten. Wir schnappten ihn, als er sich nach einer durchgezechten Nacht auf den Weg nach Hause machen wollte. Er stieg in sein Auto und fuhr nach Hause. Nachdem er sein Auto geparkt hatte, musste er noch etwa 200 Meter über einen schlecht beleuchteten Weg laufen. Regina ging ihm entgegen und betäubte ihn mit einer Spritze. Wir warfen ihn in den Kofferraum und riefen Hugo an, damit er uns seine Adresse gibt.

Wir brachten Ivan in das kleine Dorf in Ostfriesland, in dem sich Hugo ein Haus gekauft und für die Rache vorbereitet hatte. Als wir dort eintrafen, begrüßten uns zwei Typen, die sich einfach nur Hans und Franz nannten. Sie nahmen Ivan aus dem Kofferraum und brachten ihn in den Keller. Dort banden sie ihn auf einem Edelstahltisch fest. Wir legten uns schlafen, bis am nächsten Vormittag Hugo und Nina ankamen. Wir verkleideten uns und gingen zusammen in den Keller. Mittlerweile war Ivan wieder wach und rüttelte an seinen Fesseln, aber Hans und Franz hatten die Fesseln sehr gut angebracht. Nina fragte ihn nach seinen Kumpels, um noch weitere Informationen zu bekommen und danach, wo sein Anteil sei. Er lachte nur und nannte Nina eine Hure, die selbst schuld sei. Ivan hatte sie wohl an der Stimme erkannt, aber Nina blieb trotz der Beleidigungen ruhig. Sie zog ihre Kapuze runter und sagte ihm: »Du sollst sehen, wer dir das antut.« Sie ging an den Nebentisch, holte ein Messer und zog ihn nicht gerade zimperlich aus. Sie bat uns, den Keller zu verlassen, denn sie könnte die erforderlichen Informationen schon allein besorgen. Hugo wollte protestieren, aber ein Blick in Ninas Augen genügte. Wir verließen den Keller und schlossen die Tür. Nach etwa 2 Stunden brachte Nina die Informationen. Ivan hatte noch etwa 1,8 Millionen in der Wohnung versteckt, und zwar unter dem Teppichboden verteilt. Zur Bank konnte keiner der vier Entführer seinen Anteil bringen, denn keiner ging einer geregelten Arbeit nach.

Regina und ich wollten nicht wissen, wie Nina das gemacht hatte. Uns reichte Ninas Aussage: »Die werden nach der Behandlung schlimmer aussehen wie ich.« Wir fuhren zurück nach Düsseldorf und holten eines Nachts das Geld aus der Wohnung und übergaben es Hugo. Hugo wollte uns 600.000 Euro geben, aber wir erklärten ihm, dass wir sauberes Geld auf unserem Konto benötigen. Wir einigten uns darauf, dass wir ihm monatlich eine Rechnung schicken würden, damit er uns das Geld überweisen konnte. Lediglich 50.000 Euro benötigten wir für die nächste Recherche. Da Regina und ich zum 1.04.2002 ein Gewerbe angemeldet hatten und ich Doktor der Psychologie war, würde das Schreiben der Rechnungen kein Problem sein.

Von Ivan wussten wir, dass Milan des Öfteren in der Spielbank von Hohensyburg anzutreffen sei. Er hatte sich wohl einen teuren BMW gekauft, mit dem er unterwegs war. Also suchten wir in Hohensyburg auf dem Parkplatz einen BMW mit Düsseldorfer Kennzeichen. Das war etwas schwierig, denn es standen tatsächlich mehrere Nobelkarossen von BMW auf dem VIP-Parkplatz. Regina ging in das Casino, um nach ihm zu suchen und ich versuchte aus unauffälliger Entfernung, die BMWs auf dem VIP-Parkplatz zu fotografieren. Das Ganze ging eine Woche so: ich fotografierte und Nina ging ins Casino. Wir wollten schon aufgeben, denn wir hatten schon 25.000 Euro fürs Hotel und im Casino ausgegeben. Aber plötzlich tauchte ein arroganter Affe mit einer Blondine im Hotel auf und buchte für zwei Nächte ein Zimmer. Wir waren uns nicht sicher, ob er Milan war, denn er kam nicht mit einem BMW, sondern mit einem Porsche 911. Uns blieb nichts anderes übrig, als unauffällig ein Foto von ihm zu schießen. Beim Abendessen klappte es nicht, dafür am nächsten Tag beim späten Frühstück. Wir schickten das Foto zur Bestätigung an Nina und sie konnte ihn als einen der Vergewaltiger identifizieren.

Das Problem war, dass wir ihn uns nicht in Hohensyburg

schnappen konnten. Wir mussten warten, bis er wieder nach Hause fuhr, denn wir kannten ja auch seine Adresse nicht. Wir parkten unser Auto neben dem Porsche 911 und taten so, als ob wir eine Reifenpanne hätten. Ich ging um unser Auto, bückte mich und brachte unter seinem Auto einen Peilsender an. Unsere Vorbereitungen hatten sich gelohnt, denn Regina und ich hatten einige Dinge berücksichtigt. Am nächsten Mittag fuhren wir in Richtung Düsseldorf. Milan musste ja am nächsten Tag kommen, da er ja nur für zwei Nächte gebucht hatte. Er kam auch und fuhr in eine Siedlung in der Nähe des Flughafens. Er hielt sich dort etwa zwei Stunden auf und fuhr anschließend nach Duisburg-Homberg, wir hinterher. Wie es schien, war dort in einem Hochhaus seine Wohnung. Wir beobachteten ihn einige Tage und warteten auf eine günstige Gelegenheit. Diese Gelegenheit ergab sich eine Woche später. Er fuhr in ein abgelegenes Waldstück am Rhein, um sich mit jemanden zu treffen. Der Fremde verabschiedete sich von Milan nach etwa 30 Minuten. Regina ging leicht bekleidet in das Waldstück und tat so, als ob sie betrunken wäre. Milan hielt an und dachte wohl, dass sie eine leichte Beute sei und stieg aus. Als er näherkam und Regina küssen wollte, bekam er die Betäubungsspritze. Das ging aber diesmal etwas daneben, denn er wehrte sich, so dass ich eingreifen musste. Wir luden ihn in den Kofferraum und fuhren zurück nach Duisburg-Homberg, Regina im Porsche und ich mit unserem Wagen. Im Waldweg entfernten wir noch den Peilsender und stellten den Porsche vor dem Hochhaus ab. Anschließend informierten wir Nina und fuhren mit Milan nach Ostfriesland. Hans und Franz erwarteten uns schon und brachten Milan in den Keller. Am nächsten Vormittag kam Nina allein, da Hugos Anwesenheit in der Firma benötigt wurde.

Da Hans und Franz ihr Handwerk verstanden, ging Nina allein in den Keller, um mit Milan zu reden. Diesmal dauerte das Gespräch länger, denn Milan war wohl der Schlimmste der Entführer. Milan hatte noch etwa 1,2 Millionen Euro in einem Schließfach am Duisburger Hauptbahnhof deponiert. Den Schlüssel für das Schließfach übergab uns Nina mit der Bitte, das Geld zu holen. Regina fragte Nina, was denn mit Ivan passiert sei. Nina antwortete: »Keine Angst, er lebt, wir haben ihn in Ostdeutschland ausgesetzt. Ich habe ihm nur das mit Zinsen zurückgegeben, was er mit mir gemacht hat. Wenn ich mit denen fertig bin, sind sie nicht mehr in der Lage, einer Frau so etwas anzutun. Ihr müsst jetzt nur noch vorsichtiger zu Werke gehen, denn Ference und Stephan wohnen in Oberhausen in einer Wohngemeinschaft mit ihren Frauen.« Wir fuhren zum Duisburger Hauptbahnhof und holten das Geld aus dem Schließfach. Als wir uns mit Hugo trafen, gab er uns wieder 50.000 Euro für Spesen und fragte nach dem Porsche 911 und dem Wohnungsschlüssel. Wir sagten ihm, wo das Auto steht, und von Nina holte er sich die Schlüssel für den Porsche und die Wohnung. Im Porsche fanden Hugos Leute noch 15.000 Euro und in der Wohnung nochmals 25.000 plus diversen Schmuck und Uhren. Der Porsche ging ebenfalls in die Schrottpresse.

Wir gaben Hugo unser Auto zur Entsorgung und forderten einen kleinen Lieferwagen und ein unauffälliges Auto. Als Lieferwagen bekamen wir ein französisches Auto mit der Werbung eines Installateurs. Das Auto war ebenfalls ein altes gebrauchtes Modell. Die Vorbereitungen für Ference und Stephan begannen. Vorsichtshalber besorgten wir uns zwei Betäubungsgewehre, denn Ference und Stephan waren bewaffnet. Wir beobachteten die beiden fast vier Wochen, ob sie etwas geahnt haben oder nur vorsichtig waren, wussten wir nicht. Sie machten alles gemeinsam, ob Einkäufe, Kneipengänge oder sonstiges, sie waren nie alleine. So wie wir das einschätzen konnten, gaben die beiden auch nicht viel Geld aus. Es war so, als ob sie erst Gras über die Geschichte mit Nina wachsen lassen wollten. Auch hier kam uns Kollege Zufall zu Hilfe.

Die beiden trafen sich mit einigen Kollegen in einer Gaststätte zum Karten spielen. Nach etwa acht Stunden wollten die beiden wohl nach Hause. Betrunken wie sie waren, ging es auf dem Nachhauseweg erstmal ins Gebüsch, um sich zu entleeren. Das war unsere Gelegenheit. Wir betäubten sie mit unseren Gewehren, schafften sie in den Lieferwagen und ab ging es in Richtung Hans und Franz. Unterwegs informierten wir Nina. Hans und Franz nahmen uns die beiden ab und sorgten dafür, dass sie sich nicht befreien konnten. Hans bat uns, hier im Haus zu bleiben, weil Nina und Hugo mit uns reden wollten. Am anderen Tag kamen die beiden und wir erzählten ihnen, wie wir Ference und Stephan erwischt hatten. Wo das restliche Geld geblieben war, mussten Hugo und Nina selber herausfinden. Nina meinte, dass sie das schon hinbekommen, aber so einfach war das nicht. Ference und Stephan waren zäher und widerstandsfähiger als Ivan und Milan, so dass eine Steigerung zu der üblichen Behandlung angewendet werden musste. Die Fingernägel wurden mit einer Zange gezogen und ihre Penisse und Hoden mit Nadeln bespickt. Endlich gaben sie auf und erzählten Nina, wo das restliche Geld deponiert war. Regina und ich holten das Geld, um es dann Hugo zu geben. Ference und Stephan wurden ebenfalls mit billigem Stoff süchtig gemacht und getrennt ausgesetzt. Nina hörte nie mehr etwas von Ivan, Milan, Ference und Stephan. Ich sagte nur noch zu Nina: »Auch du musst jetzt mit deinen Taten leben.«

Nina ging anschließend in eine Schönheitsklinik, um ihren Körper wieder bestmöglich herstellen zu lassen. Narben, Verunstaltungen sowie die Erinnerungen blieben zurück. Dass die seelischen Narben überhaupt geheilt werden können, glaube ich nicht. Wir bekamen unser Geld und hörten nichts mehr von Nina.

Durch den Auftrag verzögerte sich unsere Praxiseröffnung bis zum 1. Oktober 2002. Regina übernahm den Empfang und die Terminplanung. Die Praxis lief aber schleppend an, was im Wesentlichen daran lag, dass wir nur Privatpatienten übernahmen und ich noch nicht bekannt war.

Auch wenn wir uns mit meinen Eltern noch nicht ausgesöhnt hatten, rührten sie die Werbetrommel. Klaus und Petra besuchten während unseren letzten Auftrags meine Eltern, um mit ihnen über unsere gestörte Beziehung zu reden. Klaus erzählte

Regina und mir später, dass es wohl ein längeres und intensives Gespräch mit meinen Eltern war. Er erzählte meinen Eltern wohl in groben Umrissen Reginas Geschichte, weswegen ich dann sauer auf Klaus und Petra war. Regina und ich mussten erst ein paar Tage nachdenken, aber schließlich bedankten wir uns bei den beiden für ihre Bemühungen.

Zwei Wochen später rief Vater mich an und fragte, ob wir bereit seien, uns irgendwo in einem Kaffee zu treffen und zu reden. Regina stimmte dem zähneknirschend zu, so dass wir uns also in einem Hamburger Café verabredeten. Wir saßen schon dort, als meine Eltern mit einem Strauß Blumen kamen. Sie gingen sofort auf Regina zu, um sich bei ihr für ihre Aussagen zu entschuldigen. Mutter kamen sofort die Tränen. Wir nahmen die Entschuldigung an und verziehen ihnen. Wir redeten über Gott und die Welt und verabredeten uns wieder. Beim Abschied fragte mein Vater, ob es uns recht wäre, wenn er uns mal in der Praxis besuchen komme. Nach dem Abschied redeten Regina und ich über die Situation und waren uns einig, dass wir es langsam angehen würden.

Zurück zur Praxis. Unsere erste Patientin war eine Frau Henriette von Lippe. Sie war 50 Jahre alt, die Kinder waren aus dem Haus und ihr Mann war Gesellschafter einer Firma. Henriette wusste mit sich und ihrer Zeit nichts anzufangen. Geld war vorhanden, das Haus hatte sie schon zigmal umgestaltet, ihre Kinder wohnten weit weg und Enkelkinder gab es noch nicht. Ihr Mann und sie unterhielten sich abends nur noch über belanglose Angelegenheiten. Sie hatte zwar Freundinnen mit ähnlichen Problemen, mit denen sie sich zum Kaffee traf, aber auch hier waren die Themen immer die gleichen. Am liebsten zogen sie über andere Leute her und besprachen, was die Damen sich neu gekauft hatten. Im Bett lief mit ihrem Mann auch nichts mehr, so dass sie aus ihrer Sicht eher wie Bruder und Schwester zusammenlebten. Ich fragte Henriette, ob und welche Medikamente sie nehme und ihre Antwort war, dass sie gelegentlich eine Kopfschmerztablette nehme, aber sonst nichts.

Ich fragte Henriette, wie die Beziehung denn früher war, wie sie ihren Mann kennengelernt hat und was sie in der Freizeit gemacht haben. »Ich habe meinen Mann Gerd in den Siebzigern in einer Disco kennen gelernt. Gerd war charmant, tanzte gerne, war aber auch karrierebewusst. Nach drei Jahren heirateten wir, ich bekam nacheinander zwei Kinder. Zwischenzeitlich hatten wir auch noch ein Haus gebaut und Gerd arbeitete weiter an seiner Karriere. Die Zeit war stressig, aber schön und ich war ausgelastet. Die Misere begann eigentlich erst, nachdem die Kinder ausgezogen waren. Die ersten Monate hatte ich noch mit der Renovierung der Kinderzimmer und mit der Unterstützung unserer ausgezogenen Kinder zu tun. Wenn sie es wollten, ging ich mit ihnen, um Wohnungseinrichtung kaufen und alles, was dazu gehört. Als das alles erledigt war, fiel ich etwa sechs Monate später in ein Loch und dort sitze ich heute noch.«

Das Problem war klar. Henriette hatte keine Aufgabe und das Interesse ihres Mannes schien eingeschlafen zu sein. Meine Aufgabe war es nun, mit ihr und gegebenenfalls mit ihrem Mann daran zu arbeiten. Wir schlossen die zweistündige Sitzung und verabredeten einen neuen Termin. Mir war klar, dass ich täglich nur drei bis vier Patienten bearbeiten konnte, denn meine Arbeit war anstrengend. Positiv war, dass Henriette die Werbetrommel für unsere Praxis rührte.

Nach Henriette brauchte ich erstmal eine Pause. Regina und ich gingen zu einem italienischen Restaurant, um dort einen Salat zu essen. Während des Essens schwiegen wir. Ich musste, das von Henriette Gehörte erst einordnen. Nach dem Essen sprach ich mit Regina über das Thema und sie sagte darauf hin: »Hoffentlich passiert uns nicht so etwas.« Wir wollten nun mehr Zeit miteinander verbringen und beschlossen deshalb nicht mehr als zwei oder drei Patienten täglich zu therapieren.

Nach unserer Pause kam um 14:00 Uhr der nächste Patient zu uns. Der Mann stellte sich als Heinz Müller vor, war 40 Jahre alt und ein Kerl wie ein Baum. Er erzählte mir, dass er seit zehn Jahren mit einer jüngeren Frau verheiratet war und sie liebte.

Sie hatten sich vor etwa zehn Jahren in einer Disco kennen- und lieben gelernt. Zu der Zeit war er 30 Jahre alt und sie, ihr Name war Karin, 20 Jahre alt. Heinz schilderte die ersten acht gemeinsamen Jahre als die wunderschönsten Jahre seines Lebens.

Mit 38 Jahre hatte er dann ein Autounfall, von dem er einen bleibenden Rückenschaden zurückbehalten hatte und in seiner Bewegungsfreiheit eingeschränkt war. Die ersten sechs Monate änderte sich nichts in seiner Beziehung mit Karin. Er erzählte: »Karin kümmerte sich um mich und half mir, wo sie nur konnte. Meine Genesung machte Fortschritte. Zum Schluss benötigte ich nur noch einen Gehstock und mit meinem rechten Bein hinkte ich etwas. Das Leben hatte sich geändert, so dass Karin nicht damit klarkam. Karin wurde immer launiger und hysterischer. Bei jeder Kleinigkeit explodierte sie. Das ging die letzten anderthalb Jahre so weiter. In ihrer Wut nannte sie mich einen Krüppel und das eine oder andere Mal verprügelte sie mich auch. Ich ließ es geschehen, weil ich Karin liebe.«

Heinz bekam bei den Erzählungen einen Weinkrampf. Er verstand die Welt nicht mehr. Nachdem er sich beruhigt hatte, fragte ich ihn, ob Karin sich auch anderweitig verändert hatte. Ging Karin öfters allein aus, hatte sich ihr Stil verändert oder gab sie mehr Geld aus? Heinz bejahte meine Fragen. Hatte Karin einen neuen Mann? Heinz wusste es nicht. Ich fragte Heinz, wie es denn weitergehen sollte. Heinz antwortete: »Auf der einen Seite liebe ich Karin noch, auf der anderen Seite halte ich das nicht mehr lange aus und habe Angst davor, dass ich einmal zurückschlage und etwas Schlimmes passiert.« Nach einem kurzen Augenblick sagte ich ihm den abgedroschenen Spruch: »Lieber ein Ende mit Schrecken als Schrecken ohne Ende« . Ich riet Heinz, in Ruhe nachzudenken und zu versuchen, mit Karin darüber zu reden und wenn es nicht helfen sollte, zu mir zurückzukommen und die weitere Vorgehensweise zu besprechen. Wir verabschiedeten uns und ich war eigentlich der Meinung, dass ich Heinz nicht wieder sehen würde.

Vier Wochen später meldete sich Heinz und bat um einen

neuen Termin, den ich ihn kurzfristig gab. Er kam schon weinend in die Praxis. Er erzählte mir, dass er versucht habe, mit Karin zu reden, aber das Ergebnis war wieder eine Tracht Prügel. »Gestern verprügelte sie mich wieder und sagte, dass sie mit ihrem neuen Freund heute nach Spanien in Urlaub fliegt und dass ich, wenn sie wieder zurückkommt, die Wohnung verlassen haben sollte.« Weiterhin sagte Heinz, dass er habe mit dem Gedanken gespielt habe, sie umzubringen. Dann zog er sich Hemd und Hose aus, um mir seine blauen Flecken zu zeigen. Ich riet ihm Karins Urlaubszeit zu nutzen, um sich eine Wohnung zu suchen, die finanzielle Situation zu klären, die Scheidung einzureichen und zum Arzt zu gehen, um ein Attest zu bekommen, da das bei der Scheidung helfen würde. Ich warnte ihn aber auch und sagte ihm, dass die Trennung von Karin nicht einfach wäre und mit jede Menge Trouble verbunden sei. Heinz hörte auf meinen Rat. Er zog erst zu seinen Eltern, besorgte sich ein Attest, ging zum Anwalt und drehte Karin den Geldhahn zu. Als Karin dann zurückkam, flippte sie aus. Es gab Ärger bei seinen Eltern, die dann die Polizei riefen, die Karin mitnahmen. Mit der Scheidung ging es relativ schnell, denn es handelte sich hier um einen Härtefall. Sie konnte zwar die Wohnung und die Möbel behalten, weil Heinz verzichtete, bekam aber keinen Unterhalt, weil sie arbeiten gehen konnte. Nach der Scheidung kam Heinz zu mir und bedankte sich, denn er hatte wirklich den Plan gehabt, Karin umzubringen.

Anfang Dezember 2002 hörte ich wegen Terminanfrage wieder von Henriette. Zu dem verabredeten Termin kam sie nicht allein, sondern brachte ihren Mann mit. Sie hatten miteinander über die Situation gesprochen und waren sich einig, dass sie etwas ändern müssten. Heinrich, ihr Mann, und Henriette wollten ihr Leben ändern, glaubten aber, dass sie das ohne meine Hilfe nicht schaffen könnten. Heinrich wollte als Gesellschafter der Firma in den nächsten drei Jahren kürzertreten und sich dann letztendlich zur Ruhe setzen. Das Problem war, dass Heinrich keinen geeigneten Nachfolger hatte und Henriette deshalb das

Gefühl hatte, dass sich nichts ändern würde. Ich fragte Heinrich, wann und wie lange er täglich in der Firma sei. »In der Regel von 8 bis 18 Uhr. Danach Abendessen, Fernsehen und ab ins Bett.«

Ich machte den beiden folgenden Vorschlag: Heinrich sollte eine Anzeige aufgeben, um einen geeigneten Nachfolger zu suchen. Des Weiteren fragte ich Heinrich, was er denn davon halte, zwei- oder dreimal pro Woche nur von 10 bis 16 Uhr zu arbeiten. Dann könnte er morgens mit Henriette frühstücken und nachmittags etwas mit ihr unternehmen. Heinrich schluckte, sagte aber, dass er es versuchen werde. Henriette sagte ich, dass sie an den freien Nachmittagen dafür zuständig sei, die gemeinsame Zeit abwechslungsreich zu gestalten. Auch Henriette schluckte. Ich munterte Henriette auf und wies auf ihr langes Zusammenleben hin. Sie müsste doch wissen, welche Interessen sie hätten und selbst wenn etwas nicht klappen würde, hätten sie eine neue Erfahrung gemacht. Als Zweites riet ich ihr, mit ihrer Lebenserfahrung Heinrich bei der Suche nach einem geeigneten Nachfolger zu unterstützen, wobei sie nicht die fachliche, sondern die menschliche Komponente berücksichtigen sollte. Heinrich war skeptisch, stimmte dem Vorschlag aber mit gemischten Gefühlen zu. Wir legten den Start der Aktion auf den 1.01.2003 fest und beschlossen, uns im März/April wieder zu treffen.

So langsam ging es auf Weihnachten 2002 zu. Regina und ich wussten nicht so recht, wie wir uns verhalten sollten. Auf der einen Seite hatten wir uns mit meinen Eltern bezüglich Reginas Vergangenheit ausgesprochen, aber auf der anderen Seite wusste ich nicht, wie meine Geschwister und deren Partner sich gegenüber Regina verhalten würden. Daraufhin verabredete ich einen Termin mit meinen Eltern. Da die Zeit drängte, es war ja schon der 15. Dezember, trafen wir uns zum Kaffee bei uns zu Hause. Nach dem üblichen Floskeln wie »Hallo, wie geht's?« usw. gab es Kaffee und Kuchen. Dann kam das Thema Weihnachten. Ich machte meinen Eltern klar, dass wir bei dem ersten anzüglichen Wort oder Satz in Richtung Regina sofort gehen und dann jeglichen Kontakt abbrechen würden. Dies würde auch für meine

Geschwister und deren Partner gelten. »Die Familie muss zusammenhalten«, antwortete mein Vater, »ich werde mit deinen Geschwistern ausdrücklich reden.« Vater erwähnte noch, dass es eine kurze Weihnachtsfeier geben würde, denn meine Geschwister wollten mit ihren Familien am 28. Dezember wieder zurück nach Hause fahren. Da Regina und ich Silvester mit Klaus und Georg feiern würden, wären meine Eltern Silvester alleine. Gegen 18:00 Uhr fuhren meine Eltern zurück zu ihrem Landgut in Geesthacht.

Am Heiligabend saßen wir, das heißt die komplette Familie, zusammen. Immerhin waren es mittlerweile acht Erwachsene und drei Kinder. Nach dem Abendessen, meine Mutter hatte alles über ein Catering bestellt, kam die Bescherung. Wir Erwachsenen schenkten uns nichts, nur die Kinder wurden beschenkt. Anschließend waren die Kinder mit ihren diversen neuen Geschenken beschäftigt, so dass mein Vater über ein anderes Thema sprechen wollte. Er fing damit an, dass er und Mutter schon auf die 70 Jahre zugehen würden und er deshalb gerne über das Erbe sprechen würde. Von uns Kindern kamen natürlich Einsprüche mit der Begründung, dass sie ja noch fit seien. Meine Mutter als Rechtsanwältin sah das verständlicherweise anders. Im Nachhinein gab meine Schwester ihr aber recht.

Meine Mutter sagte, »Wir sprechen hier über das Landgut mit einem Wert von 1,5 Millionen Euro und etwa 9 Millionen Euro an Bargeld und Geldanlagen.« Wir Kinder schluckten erstmal. So einfach war alles nicht, denn meine Eltern bestanden darauf, dass derjenige, der das Landgut erben sollte, es auch nutzte und meine Eltern auf Lebzeit Wohnrecht hatten. Meine beiden Geschwister lehnten sofort ab, da sie in ihren Wohnorten arbeiteten und sich dort einen Freundeskreis aufgebaut hatten. Einen Neuanfang in Geesthacht wollten sie nicht. Meine Eltern sahen Regina und mich nun an. Wir sahen uns an und ich sagte zu Regina, dass es ihre Entscheidung sei. Nach kurzem Zögern nickte Regina und brauchte dann etwas Stärkeres zu trinken. Sie holte sich einen doppelten Whisky und sagte, »Ich muss das erstmal verarbeiten. Den Rest klärt bitte ohne mich«, und ging raus. Ich wollte ihr folgen, doch Regina sagte, dass sie zehn Minuten für sich alleine brauchen würde und ich sollte allein bei dem Gespräch weitermachen. Die Familie akzeptierte das.

Der Rest gestaltete sich ganz einfach. Meine Geschwister bekamen jeweils 3,25 Millionen Euro, 2 Millionen plus 500.000 Euro für Umbau und Renovierung bekam ich. Meine Schwester stellte aber noch zwei Bedingungen. Erstens, dass Regina und ich die Weihnachtsfeste zu organisieren hätten, solange die Eltern lebten. Zweitens, dass wir die Übernachtungsmöglichkeiten wie bisher zu stellen hätten. Ich stimmte allem zu. Als Regina wieder hereinkam, informierte ich sie über das Beschlossene und sie sagte weiter nichts dazu. Meine Mutter und meine Schwester entschieden, dass Besprochene schriftlich als eine Art Testament/ Absichtserklärung festzuhalten, die bis zum 2. Weihnachtstag zur Unterschrift fertig sein sollte. Der weitere Abend ging ruhig und gedankenversunken zu Ende. Wir gingen alle gegen 23:00 Uhr zu Bett. Regina und ich sprachen lange über das am Abend Geschehene, denn sie konnte es kaum fassen. Gestern arm wie eine Kirchenmaus, heute das Erbe.

Der 1. Weihnachtstag plätscherte so vor sich hin. Beim Kaffeetrinken wurden Regina und ich gefragt, wie es denn so mit der Familienplanung sei. Wollt ihr Kinder? Mit dieser Frage hatten wir, ehrlich gesagt, nicht gerechnet. Wir schauten uns an und wussten nicht so recht, wie wir antworten sollten. Schließlich fasste sich Regina ein Herz und antwortete, dass wir uns eigentlich zwei Kinder wünschten. Ich war sprachlos, denn darüber hatten wir so noch nicht gesprochen. Jetzt brauchte ich einen doppelten Whisky. Mein Bruder grinste mich an, aber ich sagte, » Ihr braucht keine Angst zu haben, ich weiß, wie das geht und werde es euch beweisen.« Alles lachte und es wurde ein unterhaltsamer Tag. Abends im Bett sagte ich zu Regina, dass sie mich heute geschockt hatte, denn das mit den Kindern musste ich erst mal verarbeiten. In dieser Nacht übten wir ausgiebig.

Am 2. Weihnachtstag rief ich heimlich Georg an und fragte

ihn, ob er uns für 14:00 Uhr einen Fotograf für Familienfotos besorgen könnte. Nach einer Stunde rief er zurück und sagte, dass er uns einen Hobbyfotograf mit einer sehr guten Kamera schicken würde.

Zwischen Frühstück und Mittag versammelten wir uns im Wohnzimmer und meine Mutter gab jedem eine Entwurfskopie zur Durchsicht des Besprochenen. Wir lasen uns die Unterlagen durch und Mutter fragte uns, ob so alles richtig wäre. Da es von zwei Rechtsanwälten aufgesetzt worden war, hatten wir nichts hinzuzufügen oder zu ändern. Meine Mutter und meine Schwester hatten das bereits geahnt und eine offizielle Urkunde vorbereitet, die wir nur noch zu unterschreiben mussten. Nach der Unterschrift nahm mein Vater Regina an die Seite und sagte ihr: »Liebe Regina, jetzt hast du uns an der Backe.«

Um 13:00 Uhr ergriff ich das Wort. »So, meine Lieben, als neuer bzw. zukünftiger Hausherr kommt nun meine erste Amtshandlung. Da es aus meiner Sicht ein erlebnisreiches, erfolgreiches und schönes Weihnachtsfest war, habe ich mir erlaubt, für 14:00 Uhr einen Fotografen zu bestellen, der einige Familienfotos von uns machen wird. Wer sich noch umziehen möchte, sollte es jetzt tun.« Als der Fotograf kam, hatten sich alle umgezogen und gestylt. Der Fotograf machte Gruppenfotos, Einzelfotos, Fotos von Oma und Opa mit Kindern, dann mit Enkelkindern, jede Familie, Geschwister mit Eltern, praktisch alle Kombinationen, die man sich denken kann. Als er fertig war, gab er mir den Stick mit den Bildern und von mir bekam er ein gutes Trinkgeld für seine Bemühungen.

Anschließend kopierte ich den Stick dreimal und gab meinen Eltern und Geschwistern jeweils eine Kopie. Nach dem Frühstück am 27. Dezember verabschiedeten wir uns voneinander und jeder fuhr nach Hause. Gegen Abend kam noch die Catering-Firma und holte die Reste, Geschirr usw. von meinen Eltern ab. Zu Hause angekommen, redeten wir über die neue Situation, denn unser Leben würde sich ändern.

Die nächsten zwei Tage passierte nicht viel, aber uns wurde

nun klar, dass wir auf kurz oder lang nach Geesthacht ziehen müssten. Wir ahnten zu diesem Zeitpunkt noch nicht, wie schnell das gehen würde. Das Leben hat halt Höhen und Tiefen.

Am 30. Dezember trafen wir uns mit Klaus und Petra. Da wir uns lange nicht gesehen hatten, gab es viel Gesprächsstoff. Petra erzählte uns, dass sie in der 8. Woche schwanger sei. Petra bat uns, Georg noch nichts zu sagen, da sie es ihm am Silvester selbst sagen wollte. Dazu hatten sie für Georg eine kleine Überraschung vorbereitet. Klaus war inzwischen als Sportmediziner an der Sporthochschule in Köln angestellt. Sie standen mit beiden Füßen auf der Erde und bauten sich gemeinsam eine Zukunft mit Kindern und Haus auf. Auch wir erzählten Klaus und Petra von unseren Erlebnissen, von unserer Praxis, einige Anekdoten dazu, natürlich ohne Namen zu nennen und von dem Erbe, aber ohne Zahlen zu nennen. Petra sagte nur, dass sie ja nun wisse, wo sie sich für ein paar Tage erholen könnten. Klaus wusste natürlich, dass wir ab und zu auch Dinge für Georg erledigten.

Am nächsten Tag ging es zur Silvesterfeier bei Georg, der wieder keine Kosten und Mühen gescheut hatte und richtig auf den Putz haute. Aus dem Umkreis waren Prominenz aus Wirtschaft und Politik auch dort. Regina und ich lernten einige Leute kennen, die vor allem zukünftige Kunden werden könnten. Wir verteilten an die Interessenten natürlich unsere Visitenkarte.

Die Zeit plätscherte bis Mitternacht dahin. Der 1.01.2003 begann mit Feuerwerk und jeder Menge Schampus. Petra verschwand für etwa 15 Minuten und kam mit einem Paket wieder. Sie ließ die Musik abstellen und bat Georg auf die Tanzfläche. Georg und die Gäste wussten nicht, was nun kam. Petra überreichte Georg das Paket und bat ihn, es auszupacken. Hervor kam ein kleiner Kinderwagen mit Baby und einer Figur, auf der »Onkel Georg« stand. Georg war sprachlos und Tränen kamen in seine Augen. Er fragte: »Du bist...?« »Ja!« , antwortete Petra. Das Baby würde im Juli 2003 zur Welt kommen. Auf Fragen zum Geschlecht schwiegen die beiden. Georg nahm Petra und Klaus in den Arm und bedankte sich. Die Anwesenden gratulierten und feierten die Neuigkeit ausgelassen bis gegen 6:00 Uhr.

Wir legten uns schlafen, bis uns mein Handy gegen 11:00 Uhr weckte. Die Polizei war am Telefon und bat uns, ins Revier zu kommen. Ahnungslos, aber mit Sorge fuhren wir mit dem Taxi dorthin. Auf dem Revier bot man uns Kaffee an und erzählte, dass meine Eltern überfallen worden seien und im Krankenhaus liegen würden. Polizei und Spurensicherung waren vor Ort. Die Meldung war gegen 10:15 Uhr von unserer Haushälterin gekommen. Näheres konnten sie uns nach der kurzen Zeit noch nicht sagen. Ich rief Georg an, erzählte ihm, was ich wusste und bat ihn um einen Wagen mit Fahrer für den Tag. Klaus kam mit uns, denn er hatte fast nichts getrunken.

In der Notaufnahme erfuhren wir, dass meine Eltern beide noch untersucht wurden und man uns deshalb noch nichts Genaues sagen konnte. Nach etwa drei Stunden bekamen wir die ersten Ergebnisse. Meine Mutter kam auf die Intensivstation zur Beobachtung. Sie war geschlagen, gedemütigt und mehrfach vergewaltigt worden. Auf Nachfrage wollte sie heute niemanden sehen. Mein Vater war auf die innere Station verlegt worden. Vor dem Besuch im Krankenzimmer erfuhren wir von dem zuständigen Arzt, was meinem Vater passiert war. Der Arzt sagte uns, dass mein Vater nackt und gefesselt auf einem Stuhl gefunden worden ist. Er war mit Gegenständen und Fäusten geschlagen worden, so dass sein Körper grün und blau war und er starke Schmerzen hatte. Als wir das Krankenzimmer betraten, erschraken wir uns, denn so schlimm hatten wir uns seinen Zustand nicht vorgestellt. Wir fragten ihn, ob er in der Lage wäre, uns zu erzählen, was ihm geschehen war. Es fiel ihm schwer mit dem geschwollenen Gesicht zu reden. Seine ersten Worte galten meiner Mutter. Wir sagten ihm nur, dass sie zur Beobachtung noch auf der Intensivstation läge.

Dann berichtete er uns, was ihnen passiert war. Sie waren am Silvesterabend allein zu Hause, da die Haushaltshilfe Silvester bei ihrer Familie wollte und der Gärtner Urlaub hatte, da zu dieser Jahreszeit wenig im Garten zu tun war. Stockend erzählte er weiter: »Gegen 23:00 Uhr drangen vier maskierte Männer in unser Haus ein und wollten Geld und Wertgegenstände. Da wir nur etwa 2.000 Euro im Haus hatten, wurden sie wütend. Wir wurden geschlagen und dann nutzten sie ihre Messer, um uns nackt auszuziehen. Wir flehten sie an und bettelten erfolglos um Gnade. Ich sagte ihnen noch, wo unser Schmuck liegt. Sie nahmen unsere Armbanduhren und Mutters Schmuck. Es war aber immer noch nicht genug. Sie meinten, es gäbe noch mehr Wertsachen, die wir versteckt hätten. Wir schworen, dass es nicht so ist. Sie glaubten es aber nicht. Ich wurde auf einem Stuhl gefesselt und mit meinem Spazierstock geschlagen und immer weiter befragt, wo die anderen Wertsachen seien. Es war doch nichts mehr da. Dann vergewaltigten sie Mutter. Sie taten ihr sexuelle Dinge an, die ich nie für möglich gehalten hätte. Nachdem sie sich ausgetobt hatten, nahmen sie einen Bettbezug und packten noch das silberne Service ein. Drecksbude, sagte einer, nahm seine mit gebrachte rote Spraydose aus seinem Rucksack und sprühte uns damit ein. Zur Strafe, meinte er, weil ihnen die Beute zu gering war. Den Rest der Spraydose nutzte er, um Schaden im Haus anzurichten. Als sie das Haus verließen, wünschten sie uns noch ein frohes neues Jahr.«

Regina und ich weinten nach der Erzählung. Wir verließen das Zimmer und sprachen mit dem Arzt über die weitere Vorgehensweise. Im Auto von Klaus erzählte ich ihm die Kurzversion. Mein anderes Ich kam zum Vorschein, was Regina sofort merkte und meine Hand nahm. Ich bat Klaus, uns zu Georg zu fahren. Ich bat Georg um Hilfe und versprach ihm, eine Liste des Diebesguts zu erstellen. Dann rief ich meine Schwester und meinen Bruder an, um ihnen zu berichten, was passiert war. Sie waren ebenfalls geschockt und konnten es nicht glauben. Sie versprachen, zu kommen.

Mittlerweile war es fast Abend und Klaus fuhr uns zum Landgut, weil meine Eltern schließlich Unterwäsche, Kleidung und Toilettenartikel benötigten. Nach Rücksprache mit der Polizei konnten wir das Haus betreten, die Spurensicherung war fertig. Klaus fragte uns, ob es uns recht wäre, wenn er mit ins Haus käme. Es war gut, dass er mitgekommen ist, denn mir liefen die Tränen und ich war kurz davor, auszuflippen. Als wir ins Haus betraten, traf mich der Schlag. Die Einbrecher hatten gehaust wie die Vandalen: Möbel, Gardinen und Wände waren mit Farbe versaut, Porzellan aus den Schränken geworfen, Lampen beschädigt usw. Vor Wut habe mit meinen Fäusten auf einen Sessel geschlagen, denn ich wollte nur noch Rache, aber Klaus und Regina beruhigten mich. Anschließend suchte Regina zwei Taschen, um die benötigten Artikel für meine Eltern einzupacken.

Dann ging es wieder in Richtung Krankenhaus. Auf den jeweiligen Stationen gaben wir die Taschen ab und dann brachte Klaus uns nach Hause, denn ich wollte nur noch meine Ruhe haben, um alles zu verarbeiten. Abends riefen noch meine Geschwister an und sagten uns, dass sie morgen kommen würden. Ich sagten ihnen, dass sie im Hotel übernachten müssten und dass wir uns bei mir treffen würden. Den Abend verbrachten Regina und ich schweigend.

Am nächsten Morgen gegen 10 Uhr riefen meine Geschwister an und sagten, dass sie zwischen 12 und 13 Uhr bei uns sein würden. Regina fuhr los und besorgte ein paar Brötchen und Belag. Zwischenzeitlich erfuhr ich, dass die Polizei bei meinem Vater gewesen war, um seine Aussage aufzunehmen und dass meine Mutter am vierten Tag in das Zimmer meines Vaters verlegt wird. Als meine Geschwister nacheinander eintrafen, kochte Regina Kaffee und deckte den Tisch. So richtig Hunger hatte keiner, aber es nützte nichts, denn Detlef und Claudia waren schon den ganzen Tag unterwegs. Das Essen ging schnell, denn Detlef, Claudia und ich wollten zum Krankenhaus. Vorher wurde noch über ihre Übernachtung gesprochen. Da die beiden nicht im Haus der Eltern schlafen wollten, besorgte Regina ihnen ein Hotelzimmer.

Im Krankenhaus angekommen, suchte Detlef erst einmal das Gespräch mit den jeweiligen Stationsärzten. Detlef als Doktor verstand sicherlich mehr von den Wunden und Verletzungen als Claudia und ich. Mutter hatte es durch die Vergewaltigung, der Demütigung und Schläge sicherlich schwerer erwischt als Vater. Auf die Intensivstation durften nur zwei Personen, so dass ich Detlef und Claudia den Vortritt ließ. Ich besuchte währenddessen meinen Vater. Etwa 20 Minuten später kamen Detlef und Claudia mit tränenden Augen zu Vater. Danach ging ich zu meiner Mutter und musste auch anfangen zu weinen, als ich sie sah. Wieder in meiner Wohnung angekommen, redeten wir bei einem Kaffee über das Geschehene. Gegen Abend fuhren Detlef und Claudia ins Hotel und ich informierte noch die Arbeitgeber meiner Eltern.

Am nächsten Tag wollten meine Geschwister nach dem Krankenhausbesuch eigentlich wieder zurück zu ihren Familien. Meiner Mutter ging es etwas besser, denn sie begann langsam das Geschehene zu verarbeiten. Als wir im Zimmer meines Vaters waren und meine Geschwister erwähnten, dass sie abfahren wollten, sprach Vater ein Machtwort und sagte: »Ihr bleibt bis morgen, denn wir haben etwas zu besprechen.« Detlef und Claudia schluckten, denn wenn Vater trotz seiner Verletzungen etwas so energisch sagte, dann war daran nichts zu ändern. Die beiden fragten natürlich, was es denn so Wichtiges zu besprechen gäbe. Die Antwort war: »Das sage ich euch morgen, wenn ich mich mit eurer Mutter abgesprochen habe.« Detlef bekam noch den Auftrag mit den Stationsärzten zu reden, damit Mutter noch heute in sein Zimmer verlegt würde. »Kläre bitte auch, wann wir in etwa entlassen werden können.« Detlef erledigte den Auftrag. Mutter wurde zu meinem Vater verlegt und die Aufenthaltsdauer im Krankenhaus wurde noch auf zwei Wochen geschätzt. Vater nickte zu den Infos und sagte: »Wir treffen uns morgen um 11:00 Uhr, danach könnt ihr zu euren Familien zurückfahren.«

Wir trafen uns wieder bei mir zu Hause. Regina hatte Kaffee gekocht und Kuchen besorgt und wir überlegten uns, was unsere Eltern uns wohl mitteilen wollten. Zu einem richtigen Ergebnis kamen wir nicht. Ergebnislos trennten wir uns und meine Geschwister gingen zurück ins Hotel. Regina und ich sprachen noch über die heutige Situation und ich erzählte Regina, dass, solange ich mich erinnern kann, es nur drei oder vier Situationen gegeben hat, in denen Vater so energisch reagierte. Zur Ablenkung rief ich Klaus an. Er war schon wieder auf dem Weg nach Hause und wollte mich nicht wegen seines Abschieds belästigen. Ich bedankte mich nochmals für seine Hilfe und bat Regina, ihnen morgen einen Strauß Blumen über Fleurop schicken zu lassen.

Pünktlich um 11:00 Uhr trafen wir uns im Krankenzimmer meiner Eltern. Beide machten einen entschlossenen Eindruck. Vater berichtete, dass er sich gestern Abend mit unserer Mutter über die nächsten Schritte beraten hatte und sie Folgendes abgesprochen hatten:

»Wir ziehen auf unbestimmte Zeit nicht in unser Haus ein, deshalb sind diese Punkte wichtig:

1. Wir gehen beide schnellstmöglich in den Ruhestand. Claudia, kümmere dich darum.
2. Wir wollen, wenn wir aus dem Krankenhaus kommen, sofort in eine vier- bis sechswöchige Reha. Detlef, sprich mit unseren Ärzten und kümmere dich darum. Wenn möglich, nicht hier in der Nähe. Paul, du wirst unsere Koffer packen und uns frühzeitig Wäsche usw. zum Kurort schicken.
3. Anschließend fahren wir mindestens sechs Monate in Urlaub
4. Claudia, wir möchten, dass du nach Rücksprache mit der Staatsanwaltschaft eventuell als Nebenkläger auftrittst und darauf achtest, dass alles ordnungsgemäß abläuft.
5. Paul, du bekommst die abgesprochenen 500.000 Euro sofort, um das Haus zu renovieren. Wir möchten das Diebesgut nicht zurück und wir wollen, dass, wenn wir zurückkommen, im Haus nichts mehr ist, wie es war. Lass dir bei der Einrichtung von Regina helfen.
6. Paul, wir benötigen dringend unsere Handys und einen Laptop.
7. Wir wollen von euch immer auf dem laufenden Stand gehalten werden.

Ende, Mutter und ich wollen den Rest unseres Lebens genießen und nur noch Oma und Opa sein, Fragen?«

Es kamen keine Fragen, denn wir fanden es vernünftig. Es gab noch das ein oder andere Wortgeplänkel, bis wir uns voneinander verabschiedeten und zu unseren Familien fuhren.

Zu Hause sprach ich mit Regina über die Wünsche meiner Eltern. Regina fand, dass es eine vernünftige Entscheidung war und begründete das auch: »Die beiden haben ein Leben lang gearbeitet, sich etwas aufgebaut und drei Kinder großgezogen, auf die sie stolz sein können.« So hatte ich das noch nicht gesehen. Nach einigen Minuten, die ich brauchte, um darüber nachzudenken, gab ich ihr recht. Ich machte Regina aber darauf aufmerksam, dass sich unser Leben jetzt verändern würde. Nun gab mir Regina recht und sagte dazu, dass wir uns auch etwas aufbauen müssten, damit das Leben ein Sinn ergab. Wir sprachen noch darüber, dass wir wie geplant am 10.01. unsere Praxis wieder eröffnen müssten.

Am nächsten Tag fuhren Regina und ich ins Krankenhaus, um den Eltern die Handys und den Laptop zu bringen. Schließlich mussten sie sich wegen den Kündigungen und Rentenanträgen mit Claudia in Verbindung setzen, um alles in die Wege zu leiten. Die Polizei war schon vor uns da gewesen, damit Mutter ihre Aussage machen konnte. Wegen der Vergewaltigung kamen zwei Beamtinnen, denn sie mussten Detailfragen stellen. Mutter bestätigte die Aussage meines Vaters, beantwortete die Detailfragen zur Tat und gab den Beamtinnen einen wohl entscheidenden Hinweis. Einer der Vergewaltiger sprach wie ein Mann von dem Catering-Unternehmen wohl schlecht Deutsch, hatte eine dunkle Hautfarbe und eine Narbe auf der rechten Hand. Mit diesem Hinweis gingen sie zurück zum Revier. Kurze Zeit später riefen sie bei mir an, um den Namen der Catering-Firma zu erfahren, damit sie ihre Recherchen starten konnten. Für die Versicherung und der Polizei musste ich am nächsten Tag eine Liste mit den gestohlenen Dingen erstellen.

Am 6.01. faxte ich eine Liste mit dem Diebesgut zur Versicherung, eine Liste zur Polizei und mit der dritten Liste fuhren wir zu Georg. Der Wert des Diebesguts lag schätzungsweise bei etwa 18.000 Euro. Ich übergab Georg die Liste mit dem Hinweis, dass wir nur die Eheringe wieder haben möchten. Georg meinte, dass es schwer wird, aber nicht unmöglich sei. Regina und ich durften hierbei nicht in Erscheinung treten und sollten stets für ein Alibi sorgen. Georg ließ für die Aufgabe zwei Personen von außerhalb kommen. Wir nutzten die Zeit bis zum Nachmittag, um wieder einmal mit Harry und Mary zu reden. Auch die beiden waren schon seit längerem zusammen und schmiedeten Zukunftspläne. Da Georg Treue stets belohnte, unterstützte er die beiden. Er wusste genau, dass er nie eine Familie haben würde.

Nachmittags trafen wir uns mit einer Innenarchitektin, um die Veränderungen zu besprechen. Sie sah sich alles an, machte sich Notizen und Fotos und fragte dann, was gemacht werden sollte. Ich antwortete, dass alles moderner und heller wirken sollte, neue Möbel überall und ein neues Bad (das vorhandene Bad stammte aus den Siebzigern). Sie meinte, dass es schade wäre, alle Möbel zu entsorgen. Das war uns aber egal. Sie fragte, ob sie unsere Telefonnummern weitergeben könnte, denn ein Bekannter würde mit Antiquitäten und Möbeln handeln. Regina und ich sahen uns an und nickten. Als sie weg war, rief ich die Architektin noch einmal an und sagte ihr, dass wir einbruchsichere Fenster und Türen haben wollten und eine Alarmanlage mit Bewegungsmelder sowie Kameraüberwachung rund ums Haus. »In Ordnung« , kam als Antwort, »bis Ende Januar habe ich den Plan inklusive aller Kostenvoranschläge fertig.«

Bis zur Praxisöffnung waren es nur noch drei Tage. Wir brachten meine Eltern auf den neuesten Stand und nutzten die Gelegenheit, um zu relaxen. Da die erste Arbeitswoche nur langsam vor sich hinplätscherte, hatten wir natürlich mehr Zeit, um unsere Körper wieder fit zu machen. Dazu trafen wir uns meistens mit Harry und Mary.

Gegen Ende der Woche meldete sich plötzlich ein junger Mann, der schon am Telefon recht schüchtern war. Als der junge

Mann namens Heinz Georg in die Praxis kam, machte er ein trauriges und schüchternes Gesicht. Nach den üblichen Begrüßungen fragte ich ihn, was denn los sei. Sein Blick ging zwischen Regina und mir hin und her. Er traute sich nicht, etwas zu sagen. Ich schickte Regina raus und bat ihn, nun zu reden. Er fing fürchterlich an zu weinen. Ich ließ ihn erst einmal gewähren. Als das Weinen endete, stand er auf und zog seine Hosen runter. Er zog seine Hosen wieder hoch und sagte, das ist mein Problem. Die Mädchen und Jungen lachten ihn aus, so dass er sein Selbstwertgefühl verlor. Heinz Georg saß nur noch zu Hause und hatte Angst, dass er wieder ausgelacht werden würde. Er tat mir leid und ich erzählte ihm eine Geschichte.

Ein kleiner Junge, der fett gefüttert worden war, hatte die gleichen Probleme. Das Ganze fing in der Schule an und Kinder sind diesbezüglich grausam, so dass er ab der sechsten Klasse stetig gehänselt wurde. Die Mädchen nutzten ihn aus, aber keine wollte seine Freundin sein. Keiner hatte Respekt vor ihm. Also versuchte er den Mädchen zu imponieren, indem er sich ständig prügelte. Die Mädchen und Jungen hatten deshalb Angst vor ihm. Die Mädchen drohten anderen sogar, den Jungen, ich nenne ihn mal Peter, auf die Person anzusetzen, wenn man sie nicht in Ruhe lassen würde. Peter verprügelte also auf Wunsch eines Mädchens einen anderen Jungen, bekam aber noch nicht einmal ein Danke dafür.

Dann begann Peter eine Lehre, wo er neue Mädchen kennenlernte, aber sein Problem blieb. Klar war, dass Peter im Alter von sechzehn, siebzehn Jahren ab und zu auf einer Fete besoffene Mädchen befummeln durfte, aber das war es dann. Mit 18 Jahren, nach der Lehre, machte er einen Führerschein und begann eine Abmagerungskur. Sechs Monate später hatte er zwischen 85 und 90 Kilogramm Körpergewicht. Er trug jetzt andere Klamotten und hatte sich umgestylt. In der Disco wurde er von den Mädchen bewundert. Das Problem war nun der Sex, denn seine Erfahrungen sammelte er in Pornofilme. Theoretisch wusste er, wie es geht, nur die Praxis fehlte. Also suchte er sich in der Disco erstmal ein nicht so hübsches, stabiles Mädchen. Nach einer relativ kurzen Zeit, wir reden hier von vier Wochen, kannte er sich aus. Danach machte er auf eine unschöne Art Schluss und legte in den nächsten drei Jahren alle Mädchen flach, die nicht schnell genug auf die Bäume kletterten.

Als ich fertig mit der Geschichte war, fragte er: »Was hat das mit mir zu tun?« Ich antwortete: »Eine ganze Menge. 1. Probleme mit Mädchen; 2. fehlende Selbstsicherheit und 3. dein Style. Wenn ich dir helfen soll, musst du dir überlegen, ob du etwas ändern willst oder etwas nicht möchtest. Du willst es, deshalb biete dir an, dich auf deinem Weg zu begleiten.« Damit war die erste Sitzung mit ihm beendet. Regina nahm noch seine Daten auf und gab ihm unsere Telefonnummer. Nach vier Wochen kam er niedergeschlagen wieder, denn er hatte es noch einmal mit Mädchen versucht, aber ohne Erfolg.

Ich fragte ihn jetzt scharf: »Willst du etwas ändern?« Es kam ein leises Ja über seine Lippen. Wir legten jetzt zusammen einen Fahrplan fest, wie er sich verändern könnte:

1. wöchentliche Sitzung zur Stärkung des Selbstbewusstseins mit Übungen
2. Styling
3. Umgang mit Frauen
4. Penisvergrößerung

Es wurden stressige drei Monate. Denn neben Heinz Georg, kümmerten wir uns um die Renovierung des Hauses, um meine Eltern und um den Einbruch.

Fangen wir mit Heinz Georg an. Wir begannen mit einfachen Übungen im Büro, zuerst arbeiteten wir an seiner Sitzhaltung, seinem Gang (Kopf hoch und Brust raus), seiner Begrüßung und an seinem Auftreten. Bei unserer Unterhaltung musste er immer auf eine gerade Sitzhaltung und eine klare deutliche Sprache achten. Dann kam die Lässigkeit hinzu. Er musste sich zurücklehnen und auch mal die Beine überschlagen. Als nächstes kam Regina dazu. Als er im Büro kam, musste er ihr die Hand schütteln und sie dabei ansehen. Als nächste Aufgabe sollte er Regina eine kleine Aufmerksamkeit mitbringen. Er übertrieb es und brachte einen großen Strauß Blumen mit. Ich teilte den Blumenstrauß in drei Teile, ging raus, kam mit einem kleineren Strauß zurück und begrüßte sie mit den Worten: »Guten Morgen Regina, ich hoffe, Ihnen geht es gut« , und gab ihr den Strauß. Ich erklärte ihm, dass man einen solch großen Blumenstrauß nur seiner Geliebten schenkt. Eine Aufmerksamkeit dagegen kann ein kleiner Strauß Blumen sein, eine Rose und Süßigkeiten.

Vor der nächsten Sitzung bat ich Regina, sich richtig sexy zu stylen, mit Schminke, anderer Frisur, Minirock und Stöckelschuhen. Als er ins Büro kam, fiel ihm die Kinnlade herunter und er stotterte bei der Begrüßung. Ich zeigte ihm eine Möglichkeit, wie man mit dieser Situation umgehen kann. Ich ging also raus, kam ins Büro und sagte: »Schönen guten Morgen Regina, Sie sehen heute Morgen aber umwerfend aus.« Die Fassung behalten, das ist das A und O, selbst, wenn Regina nackt wäre. Wir übten das.

Später übten wir draußen, und zwar in einer vornehmen Gegend. Eines Abends holten wir Heinz Georg von zu Hause ab und fuhren zu einem Edelitaliener nach Hamburg. Regina saß hinten, ich fuhr das Auto und er saß auf dem Beifahrersitz. Das kam ihm schon komisch vor, aber wir erklärten ihm seine neue Aufgabe. »Wir tun so, als ob du mit Regina verheiratet wärst und nicht ich. Am Parkplatz angekommen, steigst du aus und öffnest Regina die Tür. Wenn sie ein enges kurzes Kleid anhat, reiche ihr beim Aussteigen als Hilfe die Hand. Wenn sie die Hand nimmt, ist gut, wenn nicht, ist auch gut. Dann geht ihr zum Eingang und du öffnest die Tür, damit sie eintreten kann. Am Tisch hältst du ihr den Stuhl, damit sie sich setzen kann. Bei der Unterhaltung sprecht ihr über Gott und die Welt. Denke daran, andere Menschen können andere Meinungen haben, akzeptiere das. Beharre nicht auf deiner Meinung, lass die anderen auch zu Wort kommen. Am Ende des Abends wirst du anhand der Gespräche merken, ob der Abend aus deiner Sicht positiv oder negativ verlaufen ist. Bei positiven Verlauf frage sie, ob es ein nächstes Treffen gibt, bei negativem Verlauf abhaken. Wenn sie dich beim zweiten oder dritten Treffen nach Geld fragt, dann Vorsicht, breche das Ganze ab. Diese Frau ist dann auf dein Geld scharf. Wenn du mal heiratest und deine Zukünftige ist unvermögend, bestehe auf einem Ehevertrag, denn wenn sie dich liebt, unterschreibt sie den Vertrag.«

Gegen Mitternacht fuhren wir Heinz Georg nach Hause. Unterwegs sagte ich ihm noch, er solle über das Gesagte nachdenken und so ging immer weiter mit der Stärkung seines Selbstbewusstseins. Wir bewegten uns auf der Straße, in der Stadt, in Kneipen und Restaurants. Ich lehrte ihm, selbst im angetrunkenen Zustand nicht seine Selbstbeherrschung zu verlieren. Während der Bürostunden zeigte ihm Regina einige Tanzschritte, die er immer wieder übte. Die Punkte 1. und 3. waren somit fast erledigt. Regina und ich merkten langsam, dass unser kleiner schüchterner Mäuserich sich veränderte.

Kommen wir zum Styling. Heinz Georg traf sich mit Regina und mir in seiner Wohnung. Wir schauten uns an und fragten ihn, ob er seinen Style verändern möchte. Er wollte es. Ein Termin wurde verabredet und es ging wieder ab nach Hamburg. Vorher hatte ich allein ein Gespräch mit einem Arzt in einer Schönheitsklinik, dem ich von Heinz Georg erzählte und den ich nach Möglichkeiten zur Penisvergrößerung fragte. Die Möglichkeiten gab es und ich sollte mit Heinz Georg einen Termin für ein Gespräch in der Schönheitsklinik vereinbaren. Ich will nicht vorgreifen, denn ich musste bei Heinz Georg den richtigen Zeitpunkt erwischen.

Ehrlich gesagt, hatte ich keinen Bock auf eine Shopping-Tour zur Style-Veränderung, deswegen übernahm Regina das. Sie schleppte Heinz Georg durch die Geschäfte und er kaufte ein. Zu guter Letzt musste Heinz Georg auch noch zum Friseur. Ich nutzte die Zeit zum Telefonieren. Nacheinander rief ich meine Eltern, meine Geschwister, Georg, Klaus und die Innenarchitektin an, um so bei Kaffee und Kuchen die Zeit totzuschlagen.

Als die beiden zum Kaffee dazukamen, staunte ich. Heinz Georg hatte sich verändert und Regina hatte ihm zum Abschluss sogar zu einem neuen Parfüm überredet. Als Heinz Georg seine etlichen Taschen abgestellt hatte, orderte ich noch drei Kaffee. Heinz Georg war stolz über seine Verwandlung. Er war sogar der Meinung, dass die eine oder andere Frau ihn angesehen hätte. Ich nutzte die Gelegenheit und berichtete ihm von meinen Gespräch mit dem Arzt in der Schönheitsklinik. Er schluckte erst, sah aber dann ein, dass der letzte Schritt auch getan werden musste.

Ein paar Tage später trafen wir uns in der Schönheitsklinik mit Dr. Müller, der Heinz Georg die Möglichkeiten bis ins letzte Detail erklärte. Als es zur Untersuchung kommen sollte, sagte Heinz Georg, dass er möchte, dass ich dabei bin. Die Untersuchung mit allem Drum und Dran dauerte etwa vier Stunden. Das anschließende Gespräch ergab, dass die Operation ungefährlich sei und es keine Nachwirkungen geben würde. Heinz Georg verabredete mit Dr. Müller kurzfristig einen OP-Termin. Der Krankenhausaufenthalt würde etwa zwei Wochen dauern und noch müsste er sich noch etwa zwei Wochen zu Hause auskurieren. Wenn alles normal verlaufen würde, könnte Heinz Georg in vier Wochen mit seinem Sexerlebnissen beginnen. Das Thema war für uns aber noch nicht erledigt.

Wir fuhren zu Georg, erzählten ihm die Geschichte und fragten ihn, ob er eine geeignete einfühlsame Frau zwischen 25 und 30 Jahren kennen würde. Mit einem Lächeln auf den Lippen sagte er zu und stellte uns dann Laura vor. Ich erzählte Laura alles von Heinz Georg, damit sie im Bilde war und wusste, was zu tun ist. Georg sagte nur: »Laura, ich möchte keine Klagen hören und deshalb während der Zeit, kein anderer Mann.« Laura nickte, denn sie wollte Georg nicht verärgern. Nach der Behandlung von Heinz Georg brachte ich ihn mit Laura zusammen, die ihm alles in Sachen Sex lehrte. Im Anschluss daran gab es ein letztes Gespräch mit Heinz Georg und unser Kunde war rundum zufrieden. Bei der Bezahlung fragte er noch, ob er sich denn zwischendurch melden dürfe. »Aber natürlich« , antwortete Regina. Am nächsten Tag wurde ein Riesenstrauß Blumen geliefert, mit einer Karte, auf der »ein großes Danke« stand.

Als wir Ende April mal wieder bei Georg waren, kam von ihm der Spruch: »Ihr wisst doch, eine Hand wäscht die andere.« Dann legte Georg los. »Ich will und möchte, dass ihr euch während der Geburt und auch zwei Wochen danach, um Klaus, Petra und meine Nichte kümmert. Ihr wisst auch, dass Klaus meine Hilfe nicht gerne annimmt. Paul und Regina, regelt das. Ich möchte, dass die drei bekommen, was benötigt wird, ohne Ausnahme. Paul, rede mit Klaus und Petra, ich möchte für meine zukünftige Nichte einen Fonds einrichten, damit ihre Zukunft gesichert ist.« »Das machen wir gerne, du weißt, dass Klaus mein Freund ist.«

Kommen wir zu meinen Eltern zurück. Mein Bruder Detlef hatte meinen Eltern eine vierwöchige Reha in Bayern besorgt. In der dritten Januarwoche packten Regina und ich drei Koffer mit Kleidung und schickten diese zur Reha-Klinik nach Bayern. Meine Schwester Claudia hatte nach Gesprächen mit meinen Eltern, den Arbeitgebern und der Rentenkasse erreicht, dass beide zum 1.05.2003 in den Ruhestand gehen konnten. Claudia kümmerte sich auch während des Aufenthaltes in der Reha um die beiden.

Ende Januar meldete sich wie verabredet die Innenarchitektin. Der größte Teil der Möbel aus dem Landgut war entweder verkauft oder entsorgt worden. Wir hatten nur ein paar persönliche Erinnerungsstücke behalten. Gesetzt waren ja die einbruchssicheren Fenster und Türe sowie die Alarmanlage, die ich aber im Außenbereich erweiterte. Der Innenbereich wurde extrem verändert. Der persönliche Bereich meiner Eltern wurde verlegt und umgestaltet, so dass nichts mehr an den Überfall erinnerte. Den alten persönlichen Bereich meiner Eltern übernahmen Regina und ich. Ein kleinerer Teil des Landgutes, wir sprechen von etwa 60 Quadratmetern, war für unsere Gäste. Hoppla, ich vergaß zu erwähnen, dass wir von insgesamt 500 Quadratmetern Wohnfläche reden. Aus diesem Grund spreche ich auch immer über unser Landgut. Küche, Esszimmer und Wohnzimmer nahmen den Rest in Anspruch. Die Einrichtungsentscheidungen überließ ich Regina, die alles modern einrichten wollte und sich deshalb mit der Innenarchitektin zu einem weiteren Gespräch verabredete. Die Fertigstellung der Renovierung war für April geplant.

Jetzt kam automatisch das nächste Problem, denn wir mussten unsere Wohnung und Praxis in Hamburg kündigen und uns in Geesthacht neue Praxisräume suchen. Das war meine Aufgabe. Regina legte fest, welche Möbel wir aus unserer Wohnung mitnahmen, suchte Tapeten, Gardinen und Fliesen für unser neues zu Hause auf dem Landgut aus. Man konnte sagen, wir waren im Stress. Glücklicherweise gab es beruflich keine gravierenden Fälle. Zur Ablenkung und Entspannung trainierten wir am Abend und am Wochenende. Die Zeit verging wie im Flug. Selbst meinen 29zigsten Geburtstag feierte ich nicht.

Mitte April ging es los. Das Landgut war fertig und wir konnten umziehen. Wir hatten sogar Glück, dass wir die Kündigungszeiten für die Wohnung und Praxis in Hamburg nicht einhalten mussten, da wir Nachmieter hatten. Unsere Patienten hatten wir schon telefonisch über unseren Umzug informiert und ihnen die neue Adresse mitgeteilt. Kaum in die neue Praxis eingezogen, meldete sich Henriette und bat um einen Termin. Zwei Tage später kamen Henriette und Gerd in die neue Praxis, um uns zu erzählen, was in den letzten 4 Monaten passiert ist und was sich alles geändert hat. Es war nicht leicht, die alten Gewohnheiten loszulassen und das Leben zu verändern. Gerd war nur noch stiller Teilhaber und ließ sich immer seltener in der Firma sehen. Neue Hobbys, Kinder und Enkelkinder bestimmten jetzt ihr Leben. Zum Abschluss bedankten sich beide für unsere Hilfe.

Anfang Mai kamen meine Eltern zurück, denn die Gerichtsverhandlung stand vor der Tür. Den entscheidenden Tipp hatte die Polizei ja von meiner Mutter bekommen. Bei den Tätern handelte es sich um drei Migranten und einen Deutsche, alle im Alter von 18 bis 21 Jahren. Meine Schwester trat wie abgesprochen als Nebenklägerin auf. Die ganze Gerichtsverhandlung zog sich über drei Wochen hin. Der größte Teil des Diebesgutes war weg, aber das war nicht das Problem, denn das hatte Georg mir schon erzählt. Zwei von den Vieren hatte sich Georg schon vorgenommen.

Die Verhandlung war für meine Eltern und besonders für meine Mutter hart. Die Rechtsanwälte der Angeklagten legten bei der Vergewaltigung meiner Mutter immer wieder den Finger in die Wunde, so dass meine Mutter vor dem Zusammenbruch stand. Sie verließ weinend den Gerichtssaal und die Angeklagten grinsten. Die Lage war klar, denn sie waren schuldig. Der Staatsanwalt forderte eine Strafe von acht Jahren. Die Verteidiger waren der Meinung, dass man beim Strafmaß die Herkunft aus einem Flüchtlingslager, das Elternhaus und das soziale Umfeld zu berücksichtigen hatte. Da die Angeklagten erst zwischen 18 bis 21 Jahre alt waren, kam das Jugendamt ebenfalls noch zu Wort. Die Sozialarbeiterin milderte das Geschehene noch weiter ab und wies in blumigen Worten noch einmal auf die schwierige Lebenslage der Angeklagten hin. Das Urteil war aus meiner Sicht ein Witz. Die Angeklagten bekamen 42 Monate, wobei sie bei guter Führung nur die Hälfte absitzen mussten.

Mir platzte als Zuschauer der Kragen und ich beleidigte das Gericht und die Sozialarbeiterin auf Übelste, was mich 1.500 Euro Strafe kostete. Meine Schwester und die Staatsanwältin berieten noch über eine mögliche Berufung, aber das machte wenig Sinn. Ich bat meine Schwester, herauszufinden, in welchen Gefängnissen die Verurteilten untergebracht wurden. Ich bekam von ihr die Namen, ihre Privatadressen und die Gefängnisorte. Meine Eltern wollten nach der Gerichtsverhandlung sofort wieder weg, denn beide waren vom deutschen Rechtsstaat enttäuscht. Ich konnte es ihnen nicht verbieten, bat sie aber, im Juli und August wieder da zu sein, denn ich bräuchte ihre Hilfe. Die Frage nach der Hilfe kam natürlich. Regina und ich erklärten ihnen, dass wir uns verpflichtet hatten, Klaus und Petra bei der Geburt des Kindes zu unterstützen und ich deshalb etwas Hilfe in der Praxis gebrauchen könnte. »Wir sind rechtzeitig zurück« , antwortete

Mutter. Regina wurde für die Umgestaltung des Landgutes gelobt, aber Mutter meinte, dass der moderne Stil für sie etwas gewöhnungsbedürftig sei, aber dass alles gut gemacht sei.

Als meine Eltern weg waren, fuhren Regina und ich zu Georg. Ich gab ihm die Namen, Adressen und die Gefängnisorte und besprach mit ihm das weitere Vorgehen. Ich wollte Rache und Vergeltung. Die Täter und deren Angehörige sollten leiden und wenn die Täter entlassen wurden, wollte ich sie haben. Georg sah in meine Augen und erkannte, dass ich es ernst meinte. »Okay,« sagte Georg. »Ich lasse zwei Mann von außerhalb kommen, die sich um die Angehörigen kümmern.« Ihre Aufgabe bestand darin, in den nächsten vier bis sechs Wochen die Angehörigen zu tyrannisieren, zu ruinieren und die männlichen Angehörigen zu verprügeln, damit sie wussten, was für Kinder sie großgezogen hatten. Nach fünf Wochen waren sie wieder weg. Ihre Bezahlung erfolgte durch mich über Georg, allerdings mussten Regina und ich muss auf unser Alibi achten.

Die Praxis lief mit zwei bis drei Terminen mit den üblichen Problemen ruhig weiter. Anfang Juli waren meine Eltern wieder zu Hause. Beide hatten sich von der Gerichtsverhandlung erholt. Da sie jetzt wieder ganz auf dem Landgut wohnten, erklärten wir ihnen, wie unsere Sicherungsvorkehrungen funktionierten. Anfangs machten sie ein paar Fehler, aber beim dritten Mal klappte es. Da wir sie nicht allein lassen wollten, fuhr ich am zweiten Juliwochenende nach Köln zu Klaus und Petra. In Köln angekommen, merkte ich, dass Klaus und Petra genervt waren. Petra konnte sich so kurz vor der Geburt nur schwerlich bewegen. Unter ihrem Heißhunger (saure Gurken und Eis) litt Klaus besonders, denn er musste immer los, um ihren Heißhunger zu befriedigen, nur das gelang in den Abendstunden selten. Damit sank Petras Laune immer weiter.

Unter einem Vorwand fuhr ich mit Klaus los. Unterwegs erzählte ich ihm von Georgs Vorhaben, für das Kind und seine Zukunft zu sorgen. Klaus war dagegen. Ich redete Klaus ins Gewissen, denn Georg würde nie eigene Kinder haben und wollte gerne für seinen zukünftigen Neffen sorgen. Klaus stellte Bedingungen, die ich Georg überbringen sollte:

1. Georg sollte Geld anlegen für Schule und Ausbildung seines Neffen
2. Wenn Georg nach der Geburt und zur Taufe zu Besuch käme, sollte er allein kommen und sein Outfit entsprechend auswählen. Klaus wollte vermeiden, dass in seinem Umfeld etwas von Georgs Tätigkeiten bekannt würde.
3. Bezüglich Geschenke zur Geburt sollte Georg sich zurückhalten und mich anrufen, damit ich ihm sagen kann, was fehlt.

Ich versprach Klaus, seine Forderungen zu übermitteln.

Sonntag mittags nannte Petra uns den Namen des Kindes, er sollte Max heißen. Bevor ich nachmittags nach Geeshacht zurückfuhr, machte ich einen Zwischenstopp bei Georg und überbrachte ihm die Forderungen von Klaus. So ganz passte das Georg nicht, aber ich erklärte ihm, dass Klaus in einer anderen Welt lebt und sich in seinem Umfeld wohlfühlt. Georg schluckte die Pille.

Zu Hause angekommen, erwartete Mutter mich schon mit dem Abendessen. Vater fragte mich, ob am Montag in der Praxis etwas Besonderes anliegen würde. Aber es gab keinen Problemfall, sondern nur normale Probleme. Am anderen Morgen fuhren wir los, meine Mutter wollte auch mit, um in Geeshacht etwas einzukaufen. Vater saß im Vorzimmer, kochte Kaffee und übernahm Reginas Aufgaben. Heute waren es drei Patienten und wie schon erwähnt, ähnelten sich die Probleme: Burnout, fehlendes Selbstbewusstsein, Stress mit Familie und Kinder, das Älterwerden usw.

Vater und ich harmonierten bei der Arbeit gut miteinander. Gegen 17:00 Uhr fuhren wir nach Hause. Mutter bereitete das Abendessen vor und wir tranken einen Cognac. Nach dem Abendessen saßen wir vorm Fernseher und sprachen über Gott und die Welt. So verging die Woche. Am Wochenende war es dann so weit, Max kam auf die Welt. Ich fuhr bei Georg vorbei, um ihn abzuholen. Als Georg ins Auto stieg wunderte ich mich, denn er war vollkommen anders gekleidet als sonst. Jeans, T-Shirt, Sportjacke und Sneaker waren sein Outfit und die üblichen Goldketten, das Armband und die goldene Uhr blieben zu Hause. Gegen 22:00 Uhr waren wir in Köln bei Klaus. Wir beschlossen am nächsten Tag Petra und Max zu besuchen. Da wir im Krankenhaus nicht mit vier Personen gleichzeitig auftauchen wollten, fuhren Klaus und Georg zuerst hin. Das hatte den Vorteil, dass die beiden sich ausführlich unterhalten konnten.

Regina und ich nutzten die Zeit, um zu üben. Vielleicht klappt es ja bei uns auch mit einem Kind. Sonntag rief ich meinen Vater an und fragte ihn, ob er am Montag die Praxis übernehmen könnte. Vater stimmte zu. Abends feierten wir die Geburt von Max. Georg wollte zahlen, aber Klaus schaute ihn nur an und Georg steckte die Geldbörse wieder ein. Nach dem Katerfrühstück am Montagmittag fuhren Georg und ich nach Hause. Beim Abschied fragte Georg noch bei Klaus nach, ob er etwas für seinen Neffen tun könnte. Klaus antwortete aber, dass ihnen zurzeit nichts fehlen würde. »Ich werde dich anrufen und dir mitteilen, was wir noch benötigen. Ich muss das mit Petra besprechen« , antwortete Klaus. Regina blieb noch bis Ende Juli bei den beiden, um sie zu unterstützen. Mittwochs rief Klaus bei Georg an und sagte ihm, was fehlt. Da Georg keine Ahnung von den Dingen hatte, schickte er Klaus 1.500 Euro und fragte, ob das reicht. »Alles in Ordnung, es reicht« , antwortete Klaus. Georg ließ einen Anlagenberater kommen, um zu klären, wie er Max Zukunft absichern konnte.

Wieder zu Hause musste ich meinen Eltern alles bis ins Detail erzählen, sie freuten sich und sahen mich an. Ich war am Ball, Regina hatte die Pille schon abgesetzt.

Bis Ende Juli unterstützte mich Vater in der Praxis und es gefiel ihm, wie er mir sagte, als wir allein waren. Als Regina im Juli zurückkam, musste sie erstmal von Klaus, Petra und Max erzählen. Meine Eltern hatten geplant, nach Reginas Rückkehr in Urlaub zu fahren. Anfang August flogen sie zu den Bahamas, anschließend besuchten sie jeweils für zwei Wochen meine Geschwister. Ende September waren sie wieder in Geeshacht und hatten erst einmal genug vom Reisen. Sie hatten nun viel Zeit zum Reden und sprachen mit Regina und mir über ihre Zukunft. Sie wollten erst einmal hierbleiben und uns, wenn wir uns das recht war, unterstützen. Vater wollte mir in der Praxis helfen und Mutter wollte bei der Stadt nachfragen, ob es möglich wäre, irgendwelche sozialen Projekte zu unterstützen.

Anfang Oktober 2003 rief Georg uns an und fragte, ob er mit uns zu Max Taufe fahren könnte. Wir nahmen ihn mit, denn Georg und ich waren die Taufpaten. Alles in allem war es eine schöne Feier, an der auch die Nachbarn, Petras Familie und die Arbeitskollegen teilnahmen. Auf der Rückfahrt von Köln fragte Georg uns, ob wir Zeit für einen Job hätten. Eigentlich nicht, denn wir hatten eine laufende Praxis und ein geregeltes Leben. Unser Problem war aber, dass unser Leben tagein, tagaus dasselbe war und deshalb nahmen wir den Auftrag an.

Georg erzählte uns von einem Industriellen, dessen Tochter mit einer Sekte verschwunden war. Am nächsten Wochenende fuhren wir nach Offenbach, um uns mit dem Industriellen zu treffen. Der Industrielle stellte sich als Albert Heinze vor und war Inhaber eines Maschinenbauunternehmens. Er erzählte uns von seiner Tochter Inge, einem 18-jährigen, verwöhnten Mädchen, dem bis dato jeder Wunsch erfüllt worden ist. Vor etwas sechs Monaten verließ sie die Schule und veränderte sich total. Weder ihr Outfit noch ihre Freunde kümmerten Inge mehr. Ihr neuer Freundeskreis hielt nichts von Arbeit, fand die Politik und die Polizei scheiße. Sie sprachen von einem Polizeistaat und Verschwörungen. Die Gruppe nannte sich Freiheit und finanzierte sich über ihre reicheren Anhänger. Inge zahlte monatlich 5000 Euro ein, Tendenz steigend. Sie drohte ihrem Vater, wenn er ihr das Geld nicht überweisen würde, würde er sie nie wiedersehen. Unsere Aufgabe war es, Nachforschungen über die Gruppe

Freiheit anzustellen. Herr Heinze würde uns 50.000 Euro plus Spesen zahlen, da er Beweise und Namen benötigte, um die Gruppe bzw. deren Anführer des Betruges zu überführen.

Bevor Regina und ich den Auftrag übernahmen mussten wir meinen Vater fragen ob er für etwa zwei Wochen die Praxis übernehmen könnte. Das ging natürlich nicht ohne Rückfragen meines Vaters. Ich fühlte mich bei der Antwort unwohl, denn ich musste ihn wohl oder übel anlügen. Mir fiel nichts besseres ein, als ihm zu sagen, dass ich mich mit einigen Arbeitskollegen in Koblenz treffen würde. Ich merkte, dass er mir nicht glaubte und ließ es sich auch anmerken. Im Internet war nicht viel über die Gruppe Freiheit herauszufinden, lediglich ein Name fiel auf, Dieter Droschke. Durch diesen Namen Dieter Droschke fanden wir heraus, dass er als Hellseher arbeitete und in der Nähe von Friedberg wohnte. Wir fuhren zu der Adresse und wunderten uns, da das etwa 5000 Quadratmeter große Grundstück mit einem zwei Meter hohen Zaun umgeben und videoüberwacht war. Mit einem Fernglas sahen wir ein großes Gebäude und eine Art Bühne, was uns auch nicht weiterbrachte. Deshalb beschlossen wird, das Gebäude zu beobachten.

Folglich besorgten wir uns ein Zelt, eine Campingausrüstung, ein Feldstecher und eine Videokamera. Etwa 500 Meter vom Zaun entfernt fanden wir im Gebüsch eine Lichtung, auf der wir das Zelt aufbauen konnten, um das Grundstück im Blick zu behalten. Bis zum Wochenende passierte nichts, aber am Freitagmorgen begannen plötzlich die Aktivitäten auf dem Grundstück. Wir schlichten uns näher heran um alles besser beobachten zu können. Ab Mittag reisten nach und nach die Mitglieder der Gruppe an. Als die Dunkelheit kam, wurde die Bühne beleuchtet und Dieter Droschke hatte seinen Auftritt. Zuerst ging ein riesiger Krug umher, aus dem die Mitglieder getrunken haben. Dann begann Dieter Droschke mit seiner Rede bzw. Gehirnwäsche. Ich muss sagen, reden konnte er. Er sprach von Verschwörungstheorien und Weltuntergang. Der Krug machte immer wieder die Runde, so dass die Mitglieder der Gruppe immer weiter in

Trance verfielen. Nach etwa zwei Stunden hörten die Reden auf. Dann saßen die Mitglieder am Lagerfeuer, machten Musik, sangen Lieder von Freiheit und Glück und zu guter Letzt kam die freie Liebe. Dieter Droschke nahm zwei Frauen mit ins Haus, vermutlich auch, um dort freie Liebe zu praktizieren.

Am Samstag ging es gegen Mittag weiter. Dieter Droschke redete wieder über Verschwörungstheorien, Weltuntergang und plötzlich auch über Geld. Er holte eine Liste aus der Tasche und bat die beiden Frauen, die er gestern mit ins Haus genommen hatte, auf die Bühne. Er lobte die beiden Frauen, indem er den anderen Mitgliedern mitteilte, dass die beiden in dieser Woche mit mehr als 15.000 Euro das meiste Geld für die Gruppe Freiheit gespendet hatten. Weiter forderte er die anderen auf, sich mehr anzustrengen, damit sie den Abend mit ihm in Haus verbringen dürften. Samstagabend ging es wieder los. Der Krug machte die Runde und Dieter Droschke predigte. Anschließend gab es wieder Musik, Gesang und freie Liebe. Sonntagmorgen wurde ein neues Mitglied vorgestellt, mit dem er anschließend im Haus verschwand. Nachdem die übrigen Mitglieder aufgeräumt hatten, verließen sie das Gelände und fuhren vermutlich nach Hause zurück.

Wir brachen unser Zelt ab und fuhren zurück nach Offenbach, um uns mit Herrn Heinze zu treffen. Wir erzählten ihm, was wir gesehen hatten und übergaben ihm das Filmmaterial. Er wollte sofort zur Polizei, um Anzeige zu erstatten, aber wir hielten ihn davon ab. Regina und ich wollten die Internetforen durchsuchen, um eventuell ausgeschiedene Mitglieder der Gruppe Freiheit zu suchen. Die musste es geben, denn was sollte Dieter Droschke mit Mitgliedern anfangen, die ihm kein Geld einbrachten. Wir fanden in dieser Woche zwei ausgestoßene Mitglieder der Gruppe, die auch bereit waren, auszusagen. Diese Namen und Aussagen übergaben wir ebenfalls Herrn Heinze. Für uns war der Auftrag somit erledigt. Wir rieten Herrn Heinze noch seinen politischen Einfluss, falls vorhanden, geltend zu machen und mit dem Staatsschutz in Kontakt zu treten.

Sechs Monate später erhielten wir von Herrn Heinze ein Dankesschreiben. Er hatte seine Tochter wieder und Dieter Droschke wurde der Prozess gemachte.

Es ging auf Weihnachten zu. Einige Sorgen machte ich mir wegen Regina, denn ihr war morgens übel und sie konnte nicht gut schlafen. Mein Vater merkte es auch und sagte zu Regina: »Ich glaube, du bist schwanger.« Regina verneinte dies, aber mein Vater ließ nicht locker und schickte sie zum Arzt. Da ich mir Sorgen machte, bin ich natürlich mitgefahren. Die Ärztin untersuchte Regina und sagte ihr anschließend: »Sie sind gesund, Sie sind nur schwanger. Herzlichen Glückwunsch, Sie bekommen Zwillinge.« Ich war sprachlos. Wir schauten uns an und bekamen Tränen in den Augen. Bevor wir nach Hause fuhren, tranken wir erst mal einen Kaffee und redeten über die Schwangerschaft. Uns wurde klar, dass wir die Zwillinge unbedingt haben wollten. Die Freude war riesig. Wieder zu Hause erzählten wir es den Eltern. Mit einem Lächeln im Gesicht sagte Vater: »Ich habe es ja gesagt.« Der Tag war gelaufen. Wir redeten und planten die verrücktesten Dingen für die Zwillinge.

Am nächsten Tag im Büro fand ich bei der Post einen Brief des Gerichts. Mir wurde etwas mulmig – hatte ich etwas auf dem Kerbholz? War ich zu schnell gefahren? Nein, ich sollte ein Gutachten über einen 12-jährigen Jungen erstellen, der zurzeit in einem Jugendgefängnis saß. Ich rief bei Gericht an, um die weitere Vorgehensweise abzusprechen. Zwei Tage später bekam ich Akteneinsicht und als ich die Akte gelesen hatte, konnte ich kaum glauben, was ich gelesen hatte.

Tim, so will ich ihn nun nennen, wurde seit dem sechsten Lebensjahr von seinen Eltern missbraucht. Seine Eltern waren wohl so etwas wie ein Wochenendalkoholiker. Der Vater hatte einen guten Job bei der Stadt und somit war die Familie in ihrem Wohnviertel wohl auch gut angesehen. Freitagsabend ging es dann los, die Eltern betranken sich und hatten Sex miteinander. Da ihnen das nicht reichte, wurde Tim von beiden missbraucht und das Woche für Woche. Komischerweise fiel das keinem richtig auf. Klar, dass Tim sich veränderte, denn er zog sich zurück, wurde unnahbar und flippte manchmal aus, und zwar immer dann, wenn ihn jemand zu nahekam. Das ging über vier oder fünf Jahre so weiter, bis den Eltern das Ganze nicht mehr genug war.

Auf diversen Internetseiten fanden sie Gleichgesinnte und so fanden richtige Orgien statt. Ich will hier nicht weiter ins Detail gehen, nur so viel, Tims Veränderungen wurden immer stärker und ein Gewaltausbruch war nicht mehr aufzuhalten. Nach einer Orgie am Samstagabend, lagen Tims Eltern nackend auf dem Bett und schliefen ihren Rausch aus. Tim fesselte und knebelte seine Eltern, holte sich ein Messer aus der Küche, schnitt dem Vater den Penis ab und der Mutter die Brüste, so dass die Eltern verbluteten. Tim deckte beide zu, öffnete das Fenster und ging montags in aller Ruhe zur Schule, als wenn nichts gewesen wäre.

Aufgefallen ist seine Tat erst zwei Wochen später, als ein Arbeitskollege seines Vaters zum Haus kam. Der Mann klingelte, Tim öffnete die Tür und der Mann fragte nach seinem Vater. Tim antwortete, dass seine Eltern nicht da seien. Der Mann wollte natürlich wissen, warum sein Vater nicht mehr auf der Arbeit erscheinen war. Tim verhaspelte sich in seinen Aussagen. Der Mann ging und da ihm die Aussagen von Tim nicht geheuer vorkamen, informierte er Polizei und Jugendamt. Am nächsten Morgen um 7:00 Uhr klingelten die Polizei und das Jugendamt an der Tür. Tim öffnete und die Polizisten wollten seine Eltern sprechen. Wieder stammelte Tim, so dass sich die Polizisten Zugang zum Haus verschafften. Die Mitarbeiterin des Jugendamtes wollte sich um Tim kümmern, kam ihm dabei wohl zu nahe, denn Tim ging in die Küche, holte ein Messer und stach mehrmals auf sie ein. Zwischenzeitlich fanden die Polizisten die Eltern und hörten dann die Schreie der Mitarbeiterin des Jugendamtes. Die Polizisten überwältigten Tim und riefen den Notarzt sowie die Kriminalpolizei. Die Mitarbeiterin verstarb auf dem Weg ins Krankenhaus. Tim zeigte keinerlei Reue. Er wurde sicherheitshalber in einer Einzelzelle im Jugendgefängnis eingesperrt und als äußerst gefährlich eingestuft. Die Spurensicherung brauchte fast vier Wochen, um das Geschehene zu rekonstruieren. Eine eingesetzte Sondereinheit fand weitere Beweise über den Computer des Vaters, diverse Bilder und Internetforen. Eine Welle von Verhaftungen folgte innerhalb von sechs Monaten. So viel zu den Hintergründen.

Ich hatte drei Sitzungen mit Tim, bevor ich ein Gutachten erstellen konnte. Bei gewissen Fragen bezüglich seiner Eltern und anderer beteiligten Personen wurde er derart aggressiv, dass er mich angreifen wollte. Tim hat massive Probleme mit Regeln in der Schule, Gehorsam und Erziehung. Mein Gutachten hielt fest, dass ich Tim für äußerst gefährlich halten und ihn dauerhaft in einer Klinik unterbringen würde. Für mich war er eine tickende Zeitbombe.

Zurück zu den erfreulichen Dingen des Lebens. Unsere diesjährige Weihnachtsfeier stand vor der Tür. Meine Mutter und Regina organisierten die Feier und luden meine Geschwister nebst Enkelkinder ein. Regina bekam ihren Mutterpass, in dem der voraussichtliche Geburtstermin am 25.06.2004 stand. Vater und ich gingen morgens in die Praxis, um unsere Patienten zu betreuen und zu beraten. Ich erzählte Vater von Tim und bat ihn um Verschwiegenheit.

Das Weihnachtsfest lief ruhig und harmonisch ab. Am Abend des 1. Weihnachtstages sprachen meine Geschwister das Thema Weihnachtsplanung an, und zwar weil die Eltern des Ehepartners sich benachteiligt fühlten. Meine Geschwister und deren Partner nebst Enkelkinder waren von Heiligabend bis zum 2. Weihnachtstag bei uns und konnten somit nicht zu den Eltern des Ehepartners. Nach einigen Minuten stimmten meine Eltern, Regina und ich dem zu, denn sie hatten recht, dass wir die anderen Familien nie berücksichtigt hatten. Nach einigen Diskussionen einigten wir uns wie folgt: Von Heiligabend bis zum 2. Weihnachtstag gingen Claudia und Detlef zu den Schwiegereltern. Vom 27. bis 30.12. kamen sie zu uns. Alternativ könnten wir ja auch zu Claudia oder Detlef fahren.

Nach der Einigung stieß Vater mir immer wieder in die Rippen. Ich fragte: »Was ist los?« »Ihr habt etwas vergessen.« Ich schaute Regina an und sagte: »Vater hat recht. Regina, erzähle du es bitte.« Regina erzählte von ihren Schwangerschaft, den Zwillingen und dem voraussichtlichen Geburtstermin. Alle freuten sich und gratulierten uns. Detlef musste noch einen Spruch rauslassen, indem er sagte: »Unser Jüngling kann es doch, ich hatte schon Zweifel.«

Nach dem Frühstück am nächsten Morgen verabschiedeten sich meine Geschwister und fuhren nach Hause. Ich zog mich um, um zu trainieren. Die Weihnachtspfunde mussten wieder runter. »Wo willst du hin« , fragte Regina. »Trainieren« , antwortete ich. »Ich gehe mit dir trainieren.« »Aber du bist doch schwanger.« Da fauchte Regina zurück: »Ja und? Ich bin schwanger und nicht krank.« Ich war jetzt lieber ruhig. Wir gingen joggen, machten zwischendurch eine Pause und dehnten unsere Muskeln. Während einer Pause machte ich ihr klar, dass ich es nicht so gemeint hatte, denn ich wollte nur so intensiv wie früher trainieren. »Okay« , kam von ihr, »wir gehen gemeinsam joggen, so lang es geht und du kannst zusätzlich noch so intensiv trainieren wie früher.« Mein Ziel war es, wieder in Topform zu kommen.

Silvester stand vor der Tür. Meine Eltern fuhren nach Hamburg zu einer Silvesterparty mit Übernachtung, während Regina und ich zu Georg fuhren. Wohl das letzte Mal, denn wir hatten Georg, Petra und Klaus noch nichts von der Schwangerschaft erzählt. Die Begrüßung war wie immer herzlich, wir hatten uns ja lange nicht gesehen und eine Menge zu erzählen. Petra fiel im Laufe des Abends auf, dass Regina keinen Alkohol trank und stellte sie zur Rede. Regina ließ die Katze aus dem Sack und erzählte von der Schwangerschaft. In Windeseile machte die Neuigkeit die Runde. Sogar Georg redete nicht mehr von nur Max, sondern wünschte uns alles Gute. »Toll, was aus meiner kleinen Streunerin geworden ist« , flüsterte er Regina ins Ohr.

In einer stillen Minute bat ich Georg um ein Gespräch. Ich

erzählte ihm, dass ich wieder härter trainieren wollte, um top-fit zu werden. »Warum?« , fragte Georg. »Das weißt du doch, es geht um die Geschichte von meinen Eltern. Es ist nicht vergessen.« »Okay« , kam als Antwort, »ich werde mit Harry und Mary sprechen.« »Noch eins, Georg, ich benötige ein Training mit Schusswaffen, ohne das Regina davon erfährt.« Georg nickte. Regina saß mittlerweile bei Harry und Mary, die nun auch schon zwei Jahre zusammen waren. Sie verstanden sich gut, die Chemie stimmte und aber Kinder waren noch kein Thema. Beide sparten für ein Haus außerhalb von Hamburg, deshalb empfahl ich ihnen Geeshacht. Klaus und Petra gesellten sich ebenfalls an unserem Tisch und wir erzählten Anekdoten aus der Schul- und Jugendzeit. Es wurde eine Menge gelacht und gewitzelt.

Kurz vor Mitternacht, ich weiß heute noch nicht, warum, fragten wir Klaus und Mary, ob sie Taufpaten werden wollten. Die beiden stimmten zu. »Petra und Harry, seid bitte nicht böse, dass wir euch nicht gefragt haben. Aber Petra und Mary kennen sich seit ihrer Jugend und Klaus und ich seit der Schulzeit.« »Alles gut« , antworteten beide. Während wir so redeten, kümmerte sich Georg wie immer um seine Gäste. Unter ihnen waren auch in diesem Jahr seine Geschäftspartner und diverse Politiker in mittleren Stellungen.

Das Silvesterfeuerwerk wurde von der freiwilligen Feuerwehr durchgeführt. Auch hier hatte Georg keine Mühen und Kosten gescheut. Der Catering-Service füllte ständig das Buffet auf, damit die Speisen stets frisch waren. Einige Damen brachten Getränke herum, damit sich kein Gast selbst bemühen musste. Gegen 2 Uhr, als sich die ersten Gäste verabschiedeten, kam Georg zu uns an den Tisch. Er merkte, dass wir, mit Ausnahme von Regina, ganz gut dabei waren, denn wir hatten schon einiges getrunken. Wir feierten bis 5 Uhr weiter und gingen dann schlafen. Der Catering-Dienst räumte auf und stellte ein spätes Katerfrühstück zusammen. Um 6 Uhr kamen die Putzfrauen, um sauber zu machen.

Gegen 12 Uhr trafen wir uns zum Katerfrühstück. Regina, die

nichts getrunken hatte und Petra, die Max versorgen musste, waren schon gegen 10 Uhr wieder auf den Beinen. Das Katerfrühstück zog sich bis 14 Uhr hin. Eines muss ich hier noch erwähnen, denn Georg wechselte bei Max die Pampers. Dann bedankte sich Georg bei Harry und Mary für die perfekte Organisation der Silvesterparty. Ich verabredete mich mit Klaus für den nächsten Tag, denn wir hatten bisher noch keine Zeit gefunden, uns mal wieder persönlich zu unterhalten.

Am 2. Januar traf ich mich mit Klaus zum Kaffee. Wir redeten über unsere aktuelle Situation, über Kinder und was die Zukunft uns bringen könnte. Klaus erzählte mir, dass auf der Arbeit alles läuft, Petra und er mit Max sehr glücklich seien und dass für das Jahr 2005 eventuell ein weiteres Kind geplant ist, denn Petra wollte unbedingt noch ein Mädchen haben. Petras Eltern unterstützten beide im Haus und Garten und nahmen übers Wochenende Max auch mal zu sich. Ich erzählte von der Praxis, meinen Eltern, Reginas Heißhunger auf ausgefallenes Essen und dass ich plante, eine Halle zu mieten, um dort Sport zu treiben. Nach etwa drei Stunden trennten wir uns, denn Klaus musste wieder nach Hause, weil am nächsten Tag der Dienst wieder begann.

Ich fuhr ebenfalls nach Hause und berichtete über das Gespräch mit Klaus. Beiläufig ließ ich den Gedanken mit der Sporthalle fallen. Regina sah mich an und sagte: »Lass uns darüber sprechen.« Ich erzählte ihr, was ich mir grob vorstellte: eine Halle, die in 3 Bereiche geteilt ist, mit Sozialräumen und Sauna. Die drei Bereiche sollten aus einem Teil Leichtathletik, Kraftsport und Kampfsport bestehen. Außen könnte ich mir noch eine Laufbahn und eine Kletterwand vorstellen. »Die Planung und die Suche nach den Räumlichkeiten könntest du doch mit deiner Erfahrung durchführen.« Reginas Einwand war, wie dieser Plan finanziert werden sollte, denn allein könnten wir das nicht stemmen. Daraufhin brachte ich Georg ins Spiel. »Wäre eine Möglichkeit« , antwortete Regina.

Am nächsten Tag, nach der Arbeit, fuhren wir zu Georg und berichteten von unseren Überlegungen. Georg war dem nicht abgeneigt, stellte aber drei Bedingungen. »1. Partnerschaft zu 50 % ; 2. Mary und Harry unterstützen euch bei der Planung ; 3. Bevor wir anfangen, müssen die Kosten aufgezeigt werden.« Das kam mir entgegen, denn Regina war im 4. Monat und konnte Hilfe gebrauchen. Georg rief Harry und Mary zu sich und erklärte ihnen unser Vorhaben. Zwei Tage später verabredeten sich die drei zu einem Planungsgespräch und stellten eine To-Do-Liste auf. Die Zeit bis März ging relativ schnell vorüber. Reginas Bauch wuchs, so dass an Jogging bald nicht mehr zu denken war. Die Planungen für die Halle liefen und in die Praxis kamen die Patienten mit ihren Problemen, wobei Vater mich entlastete. Zu Hause wurde das Kinderzimmer in blau eingerichtet, denn mittlerweile wussten wir, dass es zwei Jungen werden würden. Lediglich bei den Namen waren wir uns noch uneinig. Ein Wort zu mir: Harry und Mary nahmen mich mittwochs und samstags mit ihren Trainingseinheiten ganz schön in die Mangel. Ich wurde langsam, aber sicher immer fitter. Die Schießübungen brachten mich auch weiter, nachdem ich die richtige Waffe fand.

Ende März rief Georg mich an und teilte mir mit, dass ich vorbeikommen sollte. Bei Georg angekommen, sah ich, dass Harry und Mary auch dort saßen. Georg redete auch nicht lange um den heißen Brei herum, denn wir sollten wieder einen Transport in die Schweiz durchführen und anschließend Armbanduhren aus Italien mitbringen. Harry und Mary fuhren diesmal das Wohnmobil und ich war die Sicherung. Das Ganze sollte am Gründonnerstag starten und am Mittwoch nach Ostern erledigt sein. Das Wohnmobil und für mich ein Peugeot stellte Georg zur Verfügung.

Wieder zu Hause erzählte ich Regina von dem Auftrag. Sie wollte natürlich mit, das redete ich ihr aber aus. Meinen Eltern erzählte ich, dass ich zu Klaus fahren würde, um ihm bei der Möbelumstellung zu helfen. Ich bat Vater am Gründonnerstag und den Dienstag nach Ostern die Praxis zu übernehmen.

Los ging es schon morgens um 6 Uhr mit der Fahrt über Hannover, Frankfurt, Karlsruhe nach Bern. Unterwegs tauschten wir uns ständig aus, um eventuelle Verfolger zu lokalisieren. Karfreitag trafen wir abends in Bern ein, wo uns der Bänker schon erwartete. Harry und Mary bauten die Verkleidungen ab und übergaben dem Bänker das Geld gegen Quittung. Anschließend fuhren wir ins Hotel, um uns auszuschlafen. Samstagmittag ging es weiter nach Mailand, wo wir am Sonntag eintrafen. Harry kontaktierte die Kontaktperson und die brachte uns zehn original verpackte Luxusuhren von Breitling und Rolex, deren Einzelwert nicht unter 10.000 Euro lag. Die Uhren wurden von Harry im Wohnmobil verstaut. Das Problem war, dass keine der Uhren hinter die Verkleidung passte. Harry und Mary zogen jetzt ihr Urlaubszeug an und kauften noch italienische Andenken wie T-Shirts, Hosen, italienischen Wein, Parfüm aus Mailand und weitere Kleinigkeiten für heimische Fensterbänke.

Kurz vor der deutsch-schweizerischen Grenze merkten wir, dass uns ein Mercedes verfolgte. Harry informierte sofort Georg, der ein weiteres Fahrzeug auf einem Autobahnparkplatz in der Nähe von Karlsruhe organisierte. Harry bekam den Auftrag, den Parkplatz anzufahren und ich sollte das Verfolgerfahrzeug so rammen, dass eine Weiterfahrt nicht möglich war. Gesagt, getan. Harry fuhr auf den Parkplatz, Mary ging auf die Toilette und ich fuhr mit meinen Peugeot so in die Seite des Mercedes, dass das linke Vorderrad samt Lenkung kaputt war. Es gab natürlich Beschimpfungen und Theater mit den Verfolgern, aber es ging für sie nicht weiter. In der Zwischenzeit war die Polizei aufgetaucht und die Verfolger und ich machten unsere Aussagen. Die Polizei bestellte zwei Abschleppwagen, um die defekten Fahrzeuge zu entfernen. Ich fuhr mit einem Abschleppwagen mit in die Stadt, stieg dort in einen Zug nach Hamburg und Regina holte mich dort ab.

Die Sache war aber noch nicht erledigt, denn die Verfolger hatten sich ein Ersatzfahrzeug besorgt und fuhren wieder auf die Autobahn Richtung Hamburg. Harry und Mary waren hinter Karlsruhe von der Autobahn gefahren, verfolgt von dem Fahrzeug, das Georg besorgt hatte. Der Fahrer hieß Peter, wie ich später erfuhr. Die Fahrzeuge wurden getauscht und die Uhren umgeladen. Georg gab Peter den Auftrag, erst in Frankfurt wieder auf die Autobahn zu fahren. Harry und Mary sollten nicht mehr über die Autobahn zurück nach Hamburg fahren.

Auf einem Rastplatz zwischen Hannover und Hamburg erwischten die Verfolger Peter auf der Toilette und er wurde schlimm verprügelt. Dann durchsuchten die Verfolger ohne Erfolg das Wohnmobil. Passanten, die Peter auf der Toilette gefunden hatten, riefen die Polizei. Die Verfolger verschwanden. Die Polizei fragte Peter, was die Verfolger von ihm wollten, worauf Peter antwortete, dass sie wohl Geld und Wertgegenstände gesucht hätten. Als er nach dem Nummernschild gefragt wurde, sagte er nur, dass es ein Kennzeichen aus Karlsruhe gewesen war und dass es sich um Ausländer handeln musste. Der dazu gerufene Krankenwagen mit Sanitäter verarztete Peter, denn er wollte nicht zur Untersuchung ins Krankenhaus. Zwei weitere Mitarbeiter von Georg holten Peter und das Wohnmobil ab.

Nach dieser Aktion ging ich wieder ganz normal in meine Praxis. Ich musste Regina versprechen, in diesem Jahr keine Aktion mehr durchzuführen, was ich auch Georg mitteilte. In meiner Freizeit kümmerte ich mich um Regina und unser Projekt. Regina war mittlerweile im siebten Monat, so dass Treppensteigen, Schuhe binden für sie immer beschwerlicher wurden. In dieser Zeit gingen wir viel spazieren, wobei wir über die bevorstehende Geburt und die zukünftigen Zwillinge redeten. An den regelmäßigen Projektgesprächen nahm Regina teil, das ließ sie sich nicht nehmen. Harry und Mary hatten im Industriegebiet von Geeshacht eine 2.500 Quadratmeter große Halle mit einem 5.000 Quadratmeter großen Grundstück gefunden, die einem Logistikunternehmen gehörten, welches den Standort Geeshacht schließen wollte. Der Kaufpreis war okay, so dass wir bei der Stadt eine Nutzungsänderung beantragten. Ein Architekt plante die Aufteilung der Halle in die vier Sportbereiche, Sozialräume und ein Büro. Der Architekt besprach den Plan erst mit uns und anschließend mit dem zuständigen Amt der Stadt.

Die Nutzungsänderung wurde genehmigt, so dass wir mit dem Ausbau beginnen konnten.

Mit Georg sprach ich ab, dass Harry und Mary das Sportzentrum als Geschäftsführer leiten sollten. Somit hatten die beiden einen geregelten Job, denn sie wollten auch heiraten und eventuell über ein Kind nachdenken. Harry und Mary hatten jetzt eine Menge zu tun, denn es war Juni und Reginas Geburtstermin kam immer näher. Es wurde auch Zeit, denn Reginas Launen wurden immer unerträglicher. Der Bauch war so dick, dass sie nur noch Latschen trug. An Bücken war gar nicht mehr zu denken. Am 25. Juni setzten die Wehen ein und ich brachte Regina ins Krankenhaus. Um 20: 17 Uhr erblickten die Zwillinge gesund und munter die Welt. Wir waren glücklich und weinten vor Glück. Als Regina ins Krankenzimmer geschoben wurde, waren meine Eltern auch schon da. Mein Vater erkundigte sich beim Stationsarzt noch mal über den Gesundheitszustand von Regina und den Zwillingen. Alles war in Ordnung. Regina wurde immer müder, so dass die Eltern mich überzeugten, mit nach Hause zu fahren. Unterwegs informierte ich Klaus und Petra, meine Geschwister sowie Harry, Mary und Georg.

Drei Tage später konnte ich Regina und die Zwillinge aus dem Krankenhaus abholen. Regina zeigte mir, wie man Windeln wechselt, aber das war nicht mein Ding. Das Leben im Haus änderte sich. Die Zwillinge schliefen nachts noch nicht durch und wenn beide weinten, musste ich mich auch um sie er kümmern. Wir nannten sie Peter und Paul. Glücklicherweise hatten wir tagsüber Hilfe. Meine Mutter unterstützte Regina und Vater half mir weiterhin in der Praxis. Es war eine stressige Zeit für mich. Regina und die Zwillinge, die Praxis, unser Projekt mit der Sporthalle und mein Training machten mir zu schaffen. Dazu kam der Besuch von Klaus, Petra und Max, Georg, Harry und Mary sowie einigen anderen Bekannten meiner Eltern. Meine Mutter lud ihre Bekannten zu Kaffee und Kuchen ein. Regina zeigte ihnen kurz die Zwillinge und verschwand dann mit einer Ausrede. Klaus, Petra und Max kamen am Wochenende zu Besuch. Sie übernachteten bei Georg, der sich über den Besuch freute. Samstagabend trafen sich Regina, Petra, Mary und meine Mutter bei uns zu Hause zu einem Mädchenabend. Wir Männer, Klaus, Georg, Harry, mein Vater und ich, trafen uns in Hamburg. Georg übernahm die Führung und führte uns in diverse Restaurants und Lokale, was bis morgens um 5 Uhr ging. Bezahlen musste ich, denn die Zwillinge mussten ja pinkeln. Die Rückfahrt organisierte wieder Georg. Um 6 Uhr fielen mein Vater und ich ins Bett, wir waren aber auch voll wie die Haubitzen.

Als wir am späten Nachmittag aufstanden, hatten Vater und ich tierische Kopfschmerzen. Zudem kamen noch die grimmig dreinblickenden Gesichter unserer Frauen. So verlief der Nachmittag und Abend etwas spannungsgeladen und um unsere Ruhe zu haben, gingen wir gegen 20:00 Uhr zu Bett. Ich hatte die Rechnung aber ohne Regina gemacht. Um 22:30 Uhr wurde ich unsanft geweckt, denn die Zwillinge schrien. Ich stand auf, sagte nichts und kümmerte mich um die Zwillinge. Da Regina im Bett blieb, musste ich ihr die Zwillinge zum Stillen bringen und anschließend mit ihnen herumlaufen, damit sie ein Bäuerchen machen konnten. Es war gegen 00:30 Uhr, als ich Regina fragte, ob noch etwas wäre oder ob ich wieder ins Bett gehen könnte. Sie sagte nichts und ich ging wieder ins Bett.

Am nächsten Morgen saßen wir am Frühstückstisch und redeten über die gestrige Nacht. Vater und ich erklärten unseren Frauen, was passiert war und dass es Brauch war, die Zwillinge pinkeln zu lassen. Damit war das Thema durch. Mutter fragte Regina, wann denn die Zwillinge getauft werden sollten. So richtig Gedanken über den Termin hatten wir uns noch nicht gemacht. »Innerhalb der nächsten drei bis vier Monate«, antwortete Regina. Der Sonntag plätscherte so vor sich hin.

Am anderen Tag begann die Routine wieder. Vater und ich gingen in die Praxis, Regina und Mutter kümmerten sich um Haus, Garten, die Zwillinge und das Drumherum. Nachmittags erschien eine neue Patientin. Gerda Meier war ihr Name. Ich kannte sie nur vom Sehen auf einer von Georgs Feiern. Gerdas

Mann war der Stadtrat von Hamburg. Zuerst wollte sie nicht reden, denn ihr Mann Franz war ja eine Person des öffentlichen Lebens. Gerda war mit Franz schon 30 Jahre verheiratet. Sie hatten zwei erwachsene Kinder und waren auch schon Oma und Opa. Im Prinzip hatten die beiden ein gutes, geregeltes Leben und brauchten sich keine finanziellen Sorgen machen. Franz war 56 Jahre alt und Gerda 52 Jahre alt. Gerda stand plötzlich auf und verabschiedete sich. Ich war verblüfft und wusste nichts mit ihren Erzählungen anzufangen. Ich redete mit Vater über diese kuriose Vorstellung. Wir googelten im Internet und fanden nichts Negatives über Franz und Gerda Meier. Im Gegenteil, beide waren in der Öffentlichkeit bekannt und akzeptiert. Beide waren in einigen Projekten tätig und gingen fast regelmäßig in die Kirche. Also eine Bilderbuchfamilie. Vater kam auf die Idee von einem Geheimnis in der Familie Meier, entweder könnte diese Geheimnis das Ehepaar, die Kinder oder Enkelkinder betreffen oder sie wären wegen eines Projektes in Schwierigkeiten. Ich fuhr den PC runter und wir machten uns auf den Nachhauseweg.

Mitte August meldete sich Gerda wieder und bat um ein Termin am Abend. Normalerweise schließen wir die Praxis um 16:00 Uhr, aber sie bestand auf einem Termin mit mir allein um 20:00 Uhr. Vater und ich schlossen die Praxis um 16:00 Uhr und fuhren nach Hause. Beim Abendessen sagte ich zu Regina, dass ich um 20:00 Uhr noch ein Termin hätte. Regina sah mich an und sagte nur: »Außergewöhnlicher Termin, sei bitte vorsichtig.« Vater wollte unbedingt mit, aber ich lehnte ab. Da mir der Termin auch mysteriös vorkam, nahm ich eine Waffe mit. Punkt 20:00 Uhr kam Gerda. Ich bot ihr einen Kaffee an, aber sie fragte mich nach etwas Stärkerem, so dass sie von mir einen Whisky bekam.

Nachdem sie mich fragte, ob über ihr Besuch Stillschweigen herrschen würde und ich das bejahte, verlangte sie zudem, dass ich mir keine Notizen über unser Gespräch machte. Ich sagte ihr das zu, so dass sie zu erzählen begann: »Mit 49 Jahren kam ich in die Wechseljahre und der Sex, den ich bis dato hatte, war regelmäßig. Ich bin auch nie fremd gegangen. Unser Leben ist auch weiterhin gut. Das Problem ist nur, dass wir seit etwa zwei Jahren keinen Sex mehr haben. Franz versucht es auch gar nicht. Als die Wechseljahre begannen, hat mir der Frauenarzt Medikamente gegeben, die für meinen Hormonhaushalt gut sein sollen. Es ist ja in Ordnung, wenn das Sexleben im Alter nachlässt, aber gar kein Sex, kein Kuss, keine Streicheleinheiten, nichts, das ist schwer auszuhalten. Entweder ekelt sich mein Mann vor mir oder er hat eine andere.« Was sollte ich dazu sagen, eine solche Situation hatte ich noch nie. Wie sollte ich dieses Problem angehen? Ich wollte und konnte jetzt und hier noch nichts dazu sagen. Gerda und ich verabredeten einen neuen Termin. Zum Abschluss sagte sie mir noch, dass, egal, wie mein Ratschlag aussehen wird, das Gesagte unter uns bleiben muss.

Nachdem Gerda gegangen war, schloss ich die Praxis ab und fuhr nach Hause. Unterwegs machte ich mir noch Gedanken, aber zu Hause angekommen, redete ich nicht über das Treffen mit Gerda. Mein Vater und Regina bohrten, doch ich blieb hart. Am anderen Morgen bat ich Vater, Mutter und Regina an unseren Esstisch, da ich einige Informationen von ihnen benötigte. Regina saß mit am Tisch, damit sie informiert ist, was ich gelegentlich abends so mache. Alle waren gespannt. Ich fing damit an, dass ich ihnen sagte, keine Namen oder Details zu nennen. Das Thema wären die Wechseljahre. Ich fragte meine Eltern, ob es ihnen peinlich sei, darüber zu reden, wenn Regina mit am Tisch sitzt. »Junge« , sagte Mutter, »leg los und frage« . »Ich muss wissen, wie sich eurer Leben während der Wechseljahre verändert hat. Welchen Einfluss haben die Medikamente? Was war mit Sex und wie hat sich eurer Leben nach den Wechseljahren verändert?« »Soll ich jetzt gehen?« , fragte Regina. »Das brauchst du nicht, auch du kommst früher oder später dahin. Mit Beginn der Wechseljahre veränderte sich mein Leben bzw. mein Körper. Es war zwar schön, dass die Periode ausblieb, aber durch die Medikamente wurde ich unbeherrschter und launisch. Zum

Glück hatte Vater eine Geduld wie ein Elefant. Es flog schon mal das ein oder andere Teil durch die Gegend. Weinattacken gab es auch. Vater musste für alles herhalten. Sex war tabu. Ich schloss mich sogar im Badezimmer ein.« Mein Vater sagte dazu nur, dass meine Mutter aus seiner Sicht untertreiben würde, denn er wollte damals ausziehen. Meine Mutter fuhr fort: »Nach einem drei viertel Jahr hatte sich mein Körper an die Medikamente gewöhnt und ich versuchte meine Unbeherrschtheit und meine Launen in den Griff zu kriegen. Das klappte auch zum Teil, es wurde immer besser, aber meine Weinattacken blieben. Während dieser Weinattacken warf ich deinem Vater vor, dass er mich nicht mehr liebe. Er nahm mich in den Arm und tröstete mich. Beweis es, ich will jetzt und sofort Sex. Wenn Vater nicht wollte, weinte ich noch mehr, bis er sich erbarmte, Sex mit mir zu haben. Nach etwa zwei Jahren war der Spuk vorbei. Ich bin deinem Vater so dankbar, dass er das ausgehalten hat.« »Es gab Zeiten, während der Wechseljahre, da wollte ich alles hinschmeißen und einfach weglaufen« , sagte Vater. »Ich arbeitete mehr als normal und trank auch mehr Alkohol. Aber wir konnten es vor euch Kindern immer gut verstecken. Ich wollte auch eine andere Frau. Abgehalten hat mich der Gedanke, dass es mit der neuen Frau auch neue Probleme geben würde.« Jetzt übernahm Mutter wieder das Wort. »Beruflich gibt es jede Menge Ehen, die während dieser Zeit geschieden worden sind. Doch das ging fast nie in Ruhe über die Bühne. Krach, Vermögen und Vorwürfe standen im Vordergrund. Am schlimmsten waren die Vorfälle, die auch noch in der Öffentlichkeit ausgetragen wurden. Das ging so weit, dass einer den anderen ruinierte.« Ich bedankte mich bei meinen Eltern für die Informationen. Im Inneren dachte ich, au Backe, da kommt ja noch etwas auf mich zu.

Bis in den Oktober hinein hörte ich nichts mehr von Gerda. War auch egal, zum einen hatte ich genug Patienten und unser Projekt »Sporthalle« musste auch weiter abgearbeitet werden. In der Freizeit kümmerte ich mich um unsere Zwillinge und die Taufe stand vor der Tür. Regina und meine Mutter hatten schon die Lokalitäten ausgesucht und den Termin mit dem Geistlichen abgesprochen. Der Termin der Taufe war der 3. November 2004.

Am 20. Oktober rief Gerda unerwartet an und bat um ein Termin. Das passte mir zwar nicht, aber ich sagte den Termin am 22. Oktober zu. Als sie abends um 20:00 Uhr klingelte und ich die Tür öffnete, waren Gerdas Augen voller Tränen und sie machte einen niedergeschlagenen Eindruck. Sie setzte sich aufs Sofa und ich bot ihr Kaffee und einen Whisky an. Nachdem Gerda sich beruhigt hatte, erzählte sie mir, was in der Zwischenzeit passiert war. Gerda hatte sich von ihren Ärzten komplett untersuchen lassen, um herauszufinden, ob irgendetwas mit ihr nicht in Ordnung war. Das ging sogar so weit, dass sie meinte, es wäre ihr Körpergeruch, den ihr Mann störte.

Nach den Untersuchungen stellte sie ihren Mann zur Rede. Zur Antwort bekam sie: »Gerda, es ist nichts. Ich habe nur so viel um die Ohren und nun mach bitte keinen Aufstand.« Gerda gab sich mit dieser Antwort bis zum Wochenende zufrieden. Sie ging davon aus, dass die beiden mal wieder ein schönes und romantisches Wochenende hätten. Gerda ging zum Friseur, zog sich schick und sexy an und bereitete das Lieblingsessen ihres Mannes vor. Doch der Plan ging komplett daneben. In ihrer Wut schrie sie ihn an und warf ihn aus dem gemeinsamen Schlafzimmer. Ihr Mann sagte nur okay, packte seine Sachen und zog ins Gästezimmer. Gerda ging ins Schlafzimmer und weinte die halbe Nacht. Am nächsten Vormittag fragte sie ihren Mann, was denn wirklich los sei. »Ich liebe dich nicht mehr« , bekam Gerda zur Antwort. »Hast du eine andere Frau?« , fragte Gerda. »Nein, ich schwöre es dir.« »Was stellst du dir denn vor, wie es weitergehen soll?« »Wir haben beide unsere gesellschaftlichen Verpflichtungen, die wir wahrnehmen sollten. Oder möchtest du das alles aufs Spiel setzen?« Natürlich nicht, wollte sie das nicht und so erzählte sie weiter: »Folglich spielen wir weiter in der Öffentlichkeit unsere Rollen und gut ist es. Das ging mir so gegen den Strich, dass ich wutentbrannt ins Schlafzimmer lief und weinte. Ich machte mir Vorwürfe, dass ich alles falsch gemacht habe.

Nach diesem Wochenende änderte sich unser Leben. Gelegentlich aßen wir abends zusammen, redeten nur das Nötigste und schliefen weiter in getrennten Schlafzimmern. Das alles ließ mir keine Ruhe. Ich hatte den Verdacht, dass er eine jüngere Frau hat. Ich organisierte einen Detektiv und setzte ihn auf meinen Mann an. Bis Ende September ergab sich nichts.«

Nun machte Gerda eine kleine Pause, holte tief Luft und fuhr fort: »Mein Mann ging weiter seinen Verpflichtungen nach. Zu den Verpflichtungen gehörte auch, dass er öfters mal im Hotel übernachtete. Auch dort folgte der Detektiv meinem Mann und fand nichts. Auffällig war nur, dass er öfters in Begleitung eines Mannes war. Auch das brachte keine neuen Erkenntnisse. Denn beide Männer hatten je ein Einzelzimmer gebucht. Durch Zufall schoss der Detektiv ein Foto, auf dem die Hand des fremden Mannes auf dem Oberschenkel meines Mannes lag. Diese Sache ging der Detektiv nach und machte noch weitere intime Fotos von den beiden.

Als ich die Bilder sah war ich geschockt, ich konnte es nicht glauben, mein Mann war homosexuell.

Das haute mich erst mal um. Ich betrank mich fürchterlich und spielte mit dem Gedanken, fremdzugehen. Aber ich ließ es sein, denn ich wollte meinen gesellschaftlichen Status nicht aufs Spiel setzen. Nun bin ich hier und weiß nicht weiter.« »Wie gehe ich mit der Situation um?«, fragte Gerda mich. Die Frage war recht einfach zu beantworten. »Gerda, wenn ich alles richtig verstanden habe, ist Ihnen und Ihrem Mann die gesellschaftliche Stellung am wichtigsten. Sprechen Sie mit Ihrem Mann. Sagen Sie ihm, dass Sie von dem Verhältnis mit einem Mann wissen und dann legen Sie gemeinsame Spielregeln für Euer weiteres Zusammensein fest. Wenn Sie auch ein Verhältnis eingehen wollen, dann genauso diskret und nicht am Wohnort. Fahrt gemeinsam los und trefft Euch dann in einer anderen Stadt mit Euren Partnern.« »Ich muss erst darüber nachdenken«, antwortete Gerda. »Schicken Sie mir bitte keine Rechnung, ich bezahle bei der nächsten Sitzung bar.« Um 23:30 Uhr ging Gerda und ich fuhr nach Hause, wo Regina mich schon erwartete. Ich erzählte Regina von der Sitzung nur das, was ich erzählen durfte.

Als ich am nächsten Morgen gegen 10:00 Uhr auf stand, war Vater schon in der Praxis, Die Zwillinge waren schon versorgt und spielten. Ich setzte mich zu Peter und Paul und spielte mit ihnen. Mittags fuhr ich in die Praxis, wo Vater mich schon erwartete, weil er etwas mit mir besprechen wollte. Vater erzählte mir, dass sich die beiden, nach Rücksprache mit Mutter, im Laufe des nächsten Jahres zurückziehen und nur noch Oma und Opa sein wollten. »Ich werde dich bei der Suche nach einem Praxispartner unterstützen und diesen auch einarbeiten.« Da meine Eltern fast siebzig Jahre alt waren, konnte ich ihren Wunsch nachvollziehen. Wir beschlossen. mit der Suche im Januar 2005 zu beginnen.

Die letzten Tage vor der Taufe verflogen wie im Flug. Meine Mutter hatte noch einen Fotografen organisiert, der die Taufe fotografieren und filmen sollte. Nach der Taufe ging es von der Kirche zu einem nahe gelegenen Restaurant, wo es zur Feier des Tages ein 5-Gänge- Menü gab. Nach dem Essen fuhren wir mit meinen Eltern, Geschwistern und Paten zu uns nach Hause. Auch hier wurden noch weitere Gruppen- und Einzelbilder gemacht. Abends gab es noch ein Buffet zum Abschluss. Regina und ich waren froh, als gegen 20:00 Uhr die Gäste gingen.

Am nächsten Morgen sprachen wir mit meinen Eltern über Weihnachten. Verabredungsgemäß fand das diesjährige Weihnachtsfest nicht bei uns statt. »Das kläre ich« , sagte meine Mutter. Als Vater und ich abends von der Praxis nach Hause kamen, sagte Mutter uns, dass das wir das Weihnachtsfest bei meiner Schwester in München feiern würden.

Bis zu unserer Fahrt nach München am 22. Dezember passierte nichts Außergewöhnliches mehr.

Die Praxis lief gut und unser Projekt »Sporthalle« lief planmäßig. Mary und Harry hatten in der Nähe eine Wohnung gefunden und planten zwischen Weihnachten und Neujahr umzuziehen.

In Münchener Süden angekommen. bezogen wir erstmal unser

Apartment und ruhten uns aus. Vom Fenster aus konnten wir die Alpen sehen, ein toller Ausblick. Meine Eltern fuhren mit dem Zug bis zum Münchener Hauptbahnhof. Dort wurden sie von meiner Schwester abgeholt, denn sie schliefen dort. Mein Bruder kam mit seiner Familie am 23.12. Er hatte ebenfalls ein Apartment in unserem Hotel gebucht, das mit Schwimmbad, Sauna und Massage gut ausgestattet war.

Am Heiligabend fuhren mein Bruder mit seiner Familie und ich mit Familie zu meiner Schwester Claudia. Nach der Begrüßung trafen wir uns alle mit Kindern im Wohnzimmer. Da das Wohnzimmer fast zu klein für 14 Personen war, öffnete Claudia auch den Wintergarten. Nach der Bescherung gab es Essen, für das Claudia extra eine Köchin organisiert hatte. Es gab zuerst Suppe, als Hauptspeise Knödel mit Kraut und zwei Sorten Fleisch und zum Nachtisch Eis mit warmen Obst. Da wir uns nur selten sahen, zogen sich unsere Gespräche bis Mitternacht hin. Am nächsten Tag wollten wir uns erst um 15:00 Uhr zum Kaffee treffen, denn Detlef und ich wollten erst ins Schwimmbad und in die Sauna. Leidtragende war Regina, denn Peter und Paul waren noch zu klein für diese Abwechslung. Folglich ging Regina in der Zeit mit den beiden spazieren. Das Familientreffen endete nach dem Abendessen um 20:00 Uhr. Zuerst verabschiedete sich Detlef mit seiner Familie, denn sie wollten am 2. Weihnachtstag nach dem Frühstück zurück nach Köln fahren. Als wir uns verabschieden wollten, sagte Mutter, dass wir noch warten sollten, da sie uns mitteilen wollten, dass sie noch zwei Wochen bei Claudia bleiben wollten. »Wir haben beschlossen, uns die Sehenswürdigkeiten in München und Umgebung anzusehen. Dazu gehören der englische Garten, das deutsche Museum, die Alte Pinakothek, der Marienplatz, die Asamkirche, Schloss Nymphenburg, das BMW-Museum und so weiter.« Regina und ich verabschiedeten uns und wünschten meinen Eltern viel Spaß bei den Besichtigungen. Dann fuhren auch wir zurück zum Hotel. Am nächsten Morgen nahmen wir ein spätes Frühstück ein und fuhren nach Hause.

Die nächsten drei Tage waren wir faul und wollten unsere Ruhe. Relaxen war angesagt. Wir spielten mit Peter und Paul und gingen mit den beiden spazieren. Am 30.12. trafen wir uns mit Georg, Mary und Harry an der Sporthalle. Die Sozialräume, das Büro und die Parkplätze waren fertig, so dass wir die bestellten Geräte kommen lassen konnten. An der Außenfassade wollten wir im Frühjahr noch eine Kletterwand anbringen und eine Joggingstrecke, die durch die nähere Umgebung führte, wurde ebenfalls noch geplant. So gesehen, lagen wir gut im Plan. Wir waren uns einig, dass wir schnellstmöglich öffnen wollten. Wir benötigten noch einen Trainer für die Leichtathletik (Schwebebalken, Barren, Ringe, Bodenturnen), einen für die asiatischen Kampfkünste und einen für den Fitnessbereich. Diesen Part übernahm erstmal Harry. Die Abnahmen der Stadt sowie die Genehmigung für den Betrieb waren auch schon vorhanden. Die Eröffnung fand mit viel Werbung am 1. Februar 2005 statt.

Nun aber wieder zurück zur Silvesterfeier, für die Georg wieder alles organisiert hatte. Damit wir in Ruhe feiern konnten, wurde für den Abend sogar eine Kinderbetreuerin engagiert. Es war eine große Party mit über 80 Personen, Geschäftsleute, Politiker, Künstler und der ein oder andere Fernsehstar war auch da. Georgs Silvesterparty war in und um Hamburg bekannt. Kontakte wurden geknüpft, es wurde gelacht und getanzt bis in den frühen Morgen. Da wir wenig Zeit hatten, uns mit Klaus und Petra zu unterhalten, verabredeten wir uns für den nächsten Tag bei uns.

Am nächsten Tag kamen Klaus, Petra und Max zu uns. Großartig etwas vorbereitet hatten wir nicht. Regina ging mit Petra und Max ins Spielzimmer, wo auch Peter und Paul spielten. Klaus und ich unterhielten uns über unsere Arbeit und Ziele. Klaus war immer noch bei Alemannia Aachen als Sportmediziner tätig. Seine Arbeit wurde im Großraum Köln geschätzt, so dass er ein lukratives Angebot von Bayer Leverkusen bekommen hatte. Das, was Klaus von einer Zusage an Bayer Leverkusen noch abhielt, war, dass die Familie dann umziehen müsste. Aus diesem Grund fragte er nach meiner Meinung. »Klaus« , sagte ich, »diese Entscheidung können nur Petra und du treffen. Mit dem Umzug verdienst du bestimmt mehr Geld als in Aachen, aber du musst neu anfangen. Bayer ist sicherlich ein großer Konzern mit den Abteilungen Fußball und Leichtathletik, wobei du auch berücksichtigen musst, dass deine Aufstiegschancen größer sind als bei deinem jetzigen Arbeitgeber. Ich würde es tun.« Und fügte lachend noch hinzu: »Vielleicht kannst du später auch in unserer Sporthalle arbeiten.« Wir wechselten noch das ein oder andere Wort, bevor unsere Frauen zu uns stießen. Petra erwähnte noch, dass sie planen würden, im Sommer das erste Mal mit Max in den Urlaub zu fliegen. »Ich hätte Lust mitzufliegen, wenn ihr nichts dagegen habt« , sagte Regina. »Kein Problem« , kam als Antwort. Klaus und ich schauten uns nur an und sagten, »dann plant mal schön unseren Urlaub.« »Wir müssen zurück zu Georg, denn der wartet schon auf Max, um mit ihm zu spielen. Ich hätte nie für möglich gehalten« , sagte Klaus, »dass Georg so verrückt auf Max ist.«

Als meine Eltern Mitte Januar zurückkamen, begann die Suche nach einem Nachfolger für meinen Vater in der Praxis. Die Suche zog sich bis Februar hin, so dass der Nachfolger, sein Name war Dr. Günter Kraus, erst am 1. März 2005 anfangen konnte. Dr. Günter Kraus war 41 Jahre alt und verfügte schon über 12 Jahre Berufserfahrung. Er brachte auch eine Anzahl von Patienten mit in die Praxis, so dass wir beschlossen eine Gemeinschaftspraxis zu eröffnen. Da der organisatorische Aufwand jetzt größer werden würde, stellten wir noch eine Assistentin für die Büroleitung ein. Eine weitere Einigung war, dass Dr. Kraus seine Kassenpatienten weiter betreuen konnte. Die Einarbeitung und Zusammenarbeit funktionierten gut, so dass sich Vater nach drei Monaten zurückziehen konnte.

Im Februar meldete sich Gerda und bat um einen Abendtermin. Als sie gegen 20:00 Uhr die Praxis betrat, wirkte sie verändert. »Eigentlich« , sagte sie, »wollte ich nur die offenen Rechnungen bezahlen, aber da ich nun mal hier bin, kann ich Ihnen auch erzählen, wie es mit mir und meinem Mann weitergeht. Nach meinem letzten Besuch bei Ihnen habe ich lange darüber nachgedacht, wie ich die Situation bewältigen kann. Nach einigem Hin und Her zwischen Wut, Enttäuschung, Selbstzweifel bin ich zu dem Entschluss gekommen, dass das Leben für mich weitergeht. Ich möchte meine gesellschaftliche Stellung in der Öffentlichkeit weiter aufrechterhalten und werde einige Dinge in meinem Leben noch ändern.« Ich gratulierte Gerda zu ihren Entscheidungen. Sie bezahlte mich für meine Dienste und verabschiedete sich.

Unsere Sporthalle wurde wie geplant am 1. Februar 2005 geöffnet. Zur Eröffnungsfeier reichten wir Snacks, Salate, Soft- und Energiedrinks. Da Georg ordentlich die Werbetrommel gerührt hatte, gewannen wir schon am Eröffnungstag 37 Mitglieder. Auch hier lief es also gut an. Ende März installierten wir die Kletterwand und die Joggingstrecke. Unsere Mitgliederzahlen stiegen weiter.

Alles lief gut bis zu dem Zeitpunkt, als meine Schwester Claudia anrief und mir mitteilte, dass die Vergewaltiger meiner Eltern im August entlassen würden. Namen und Adressen waren mir ja bekannt. Das andere Ich kam wieder zum Vorschein, je mehr ich darüber nachdachte. Ich fuhr nach Hause und bat Regina mit mir und den Zwillingen spazieren zu gehen. Unterwegs erzählte ich ihr von der bevorstehenden Freilassung und meiner Wut. Regina steuerte mit dem Kinderwagen direkt die nächste Bank an, um sich zu setzen. »Egal, wie du dich entscheidest, denke daran, du hast eine Frau und Kinder.« »Ich weiß« , gab ich zur Antwort, »aber ich kann das nicht durchgehen lassen.«

Am nächsten Tag fuhr ich zu Georg und sprach mit ihm über die Freilassung. »Was willst du tun?« , fragte Georg. »Ich will die Leute haben« . »Okay, ich helfe dir. Mache dich aber darauf aufmerksam, dass eine Hand die andere wäscht.« Ich fragte Georg, ob Hugo noch das Haus in Ostfriesland hat und ob wir es nutzen konnten. Georg wollte sich erkundigen. »Wie stellst du dir das denn vor?« , fragte Georg. Eine grobe Vorstellung hatte ich schon. »Ich will zuerst den Deutschen und dann erst die Migranten, denn die bringe ich zurück.« »Du brauchst Hilfe«, antwortete Georg. »Ich kenne zwei Brüder, die für diese Aufgaben in Frage kommen, aber Vorsicht, sie sind gefährlich.«

Zwei Wochen später trafen wir uns wieder und Georg stellte mir Kurt und Anton vor. Das Haus von Hugo konnten wir nutzen, so dass ich den beiden die Adresse des Hauses gab und sie aufforderte, das Haus, aber hauptsächlich den isolierten Keller, zu inspizieren. Wenn alles in Ordnung wäre, sollten sie, maskiert und verkleidet, den Deutschen holen. Eine Woche später hatten sie den Deutschen gefangen und im Keller eingesperrt. Auch ich war verkleidet, als ich in den Keller ging und ihn gnadenlos verprügelte. Dann zog ich ihn aus und vergewaltigte ihn mehrmals mit diversen Dingen. Es war mir egal, als er vor Schmerzen schrie, denn auf meine Eltern hatte er auch keine Rücksicht genommen. Dann peitschte ich ihn aus und setzte ihn unter Drogen. Kurt und Anton bekamen den Auftrag ihn weiter täglich zu verprügeln und unter Drogen setzen. Ich sagte den beiden, dass sie den Deutschen weit entfernt von seinem zu Hause, nackt und süchtig in einen Straßengraben werfen sollten. Anschließend sollten sie ihr Fahrzeug in einer Schrottpresse entsorgen.

Der nächste Teil meiner Rache wurde schwieriger, denn es ging um die drei Migranten, die aber glücklicherweise in einer Stadt wohnten. Ich besorgte Kurt und Anton ein Betäubungsgewehr für ihre Arbeit, denn es war klar, dass sie die drei nicht gleichzeitig erwischen konnten. Der Transporter, den ich für diese Aktion zur Verfügung gestellt hatte, war isoliert und schallgedämpft. Kurt und Anton beobachteten die drei einige Tage, die in der Stadt ständig ältere Passanten bedrängte, um Geld zu erbeuten. Die drei fühlten sich dabei wie die Könige. Abends trafen sie sich im Park, um zu saufen und auch hier ließen sie Frauen und Jogger nicht in Ruhe. Eines Nachts gegen 1:00 Uhr schlugen Kurt und Anton zu. Ehe sie merkten, was los war, waren zwei schon betäubt. Der Dritte konnte noch 50 Meter laufen, bevor er ebenfalls von einem Betäubungspfeil getroffen wurde.

Sie wurden in den Transporter geworfen, der dann in Richtung Ostfriesland unterwegs war. Dort bekamen sie nochmals eine Betäubung und wurden in den Keller gebracht. Anton rief mich an. »Setzt sie unter Drogen« , war meine Antwort, »ich komme am Wochenende.«

Zu Hause wurde es schwieriger, Regina war zwar informiert, aber meine Eltern fragten nach, wo ich denn am Wochenende immer bin. Dazu muss ich noch erwähnen, dass meine Eltern mittlerweile auch wussten, dass die Vergewaltiger entlassen wurden. Meine Ausrede war, dass Georg und ich ein neues Geschäft planen würden und ich aus diesem Grund auch für etwa zwei Wochen verreisen müsste. »Was ist das für ein Geschäft?« , fragte Vater. »Ich möchte zurzeit noch nicht darüber reden, denn es ist noch nicht spruchreif. Kannst du während der zwei Wochen nochmal in der Praxis helfen?« Vater gab sein Okay.

Am nächsten Tag rief Georg an und bat mich, vorbeizukommen. Er teilte mir mit, dass er im Hafen von Dobrodosli in Kroatien ein Schiff für eine einwöchige Angeltour gemietet hatte. Von dort aus kannst du die Leute übers Mittelmeer nach Tunesien bringen. Der Skipper ist ein Vertrauter von mir. Auf dem Rückweg bringst du 20 Kilogramm Gold mit. Harry und ich sind ebenfalls dabei.« Mir blieb nichts anderes übrig als Okay zu sagen.

Am Wochenende fuhr ich nach Ostfriesland. Ich maskierte mich, nahm einen Baseballschläger und ging in den Keller. Kurt sagte nur, dass aufpassen solle, da die drei in der Mehrzahl und gefährlich seien. Ich machte sie trotz Gegenwehr klein. Als sie nicht mehr konnten, zog ich sie aus, fesselte die anderen beiden und vergewaltigte den ersten mit diversen Gegenständen. Dann nahm ich mir den nächsten vor. Am nächsten Tag das gleiche Spiel, Vergewaltigung und Schläge auf Hände und Knie mit dem Baseballschläger. Anton sagte nur, dass ich hart gewesen war. »Was haben sie getan?« , fragte er. »Das geht Euch nichts an. Verprügelt sie täglich und gebt ihnen Drogen.« Diese Prozedur dauerte noch zwei Wochen.

Dann besorgte ich Betäubungsmaterial für die Fahrt nach Dobrodosli. Die Vorbereitungen für die Fahrt begannen. Georg besorgte die Frachtpapiere und drei Kisten, in die wir die betäubten Migranten einsperrten. Die drei Kisten wurden zuerst verstaut, aber so, dass wir die Migranten jederzeit mit Drogen und Betäubungsspritzen versorgen konnten. Davor packten wir Kisten mit Salzwasserpumpen und Zubehör. Kurt und Anton fuhren den Transporter. Georg, Harry und ich fuhren mit einem großen Kombi hinterher, in dem wir zur Tarnung noch Angelgeschirr luden. Die Fahrt bis Dobrodosli dauerte drei Tage.

Der Skipper hatte am Hafen eine Halle, in der wir die Kisten ausluden und lagerten. Das Angelgeschirr und unsere Sachen brachten wir zuerst ins Boot, bevor dann nachts die drei Migranten auf das Boot geschafft wurden. Am nächsten Morgen legten wir ab in Richtung Tunesien und machten unterwegs einige Stopps, um zu angeln, wobei wir sogar Fische fingen. Im Hafen von La Goulette wurden unsere Papiere von den Behörden kontrolliert. Wir hatten Glück, dass die Behörden unser Schiff nicht gründlich durchsucht haben, aber wir konnten ihnen klar machen, dass wir wegen einer Angeltour unterwegs waren. Belegen konnten wir das mit Bildern von den gefangenen Fischen, der Charter und natürlich mit unserem Angelgeschirr.

Der Skipper besorgte Proviant und Getränke für die Rückfahrt, während Georg und Harry sich mit einem Tunesier trafen. Nachts kam dieser Tunesier und brachte uns eine Kiste, die Harry im Boot verstaute. Georg gab ihm einen Umschlag und bat ihn, die drei Tunesier mitzunehmen und landeinwärts einfach nackend auszusetzen. Das kostete extra, so dass ich ihm 15.000 Euro für seine Dienste geben musste.

Am anderen Morgen fuhren wir zurück nach Kroatien. Bis jetzt war alles gut gegangen, fast schon zu gut. Georg hatte mal wieder vorgesorgt, denn er gab dem Skipper die Anweisung nach Dubrovnik zu fahren. Das passte ihm überhaupt nicht, denn er hatte gesehen, wie viel Mühe Harry hatte, um die Kiste im Boot zu verstauen. Kurt und Anton hatten vor der Abfahrt den Auftrag bekommen mit dem Kombi nach Dubrovnik zu fahren und ein weiteres Fahrzeug zu besorgen. Der Kombi stand am Hafen, der Schlüssel war unter dem rechten Kotflügel befestigt. Kurt und Anton blieben im Hintergrund und waren nicht zu sehen. Harry und ich trugen die Kiste in den Kombi und Georg entlohnte den Skipper.

Als wir mit dem Kombi losfuhren, rief Georg Kurt an und sagte ihm, er solle uns mit Abstand folgen und uns Rückendeckung geben. Wir benötigten für die Strecke Dubrovnik, Slowenien, Italien über Verona und Mailand in die Schweiz gute drei Tage. Es war anstrengend, denn geschlafen wurde abwechselnd auf der Rückbank unseres Kombi. In der Schweiz ging es von der Grenze in der Nähe von Lausanne in Richtung Zürich, wo uns Georgs Bänker schon erwartete. Um den Kombi und das Fahrzeug von Kurt und Anton kümmerte sich der Bänker. Wir suchten uns ein Hotel, um uns auszuschlafen und flogen am nächsten Tag nach Hamburg.

Regina und Mary erwarteten uns am Flughafen, ich bezahlte Kurt und Anton für ihre Dienste und dann brachten uns die Mädels nach Hause. Unterwegs erzählte ich Regina von unserer Angeltour. Zu Hause angekommen, wollten meine Eltern wissen, wo ich denn gewesen bin. Ich erzählte ihnen von der Angeltour und zeigte ihnen die aufgenommenen Bilder. Drei Tage nach meiner Rückkehr fuhren meine Eltern nach Köln und besuchten meinen Bruder Detlef nebst Familie. Sie wollten sich die Sehenswürdigkeiten in Köln anschauen. Mutter wollte unbedingt in das am Rhein liegende Schokoladenmuseum, zum Kölner Dom, eine angebotene Zeitreise in das historische Köln machen und die Rheinauen besichtigen. Daraufhin bestand Vater auf eine Besichtigung des Regierungsbunkers in Ahrweiler. Geplant hatten die beiden etwa zwei Wochen, dann wollten sie für zwei bis drei Tage nach Hause kommen, um anschließend vier Wochen Urlaub auf der Insel Usedom zu machen.

Zurück in der Praxis kam das nächste Problem auf mich zu. Dr. Kraus und unsere Assistentin wollten ebenfalls in Urlaub fahren, so dass wir folglich für den Restzeitraum 2005 einen Urlaubsplan entwerfen mussten. Das gelang uns auch, denn die Assistentin sollte für zwei Wochen im Oktober und über Weihnachten in Urlaub gehen, Dr. Kraus ab Anfang Dezember bis ins neue Jahr, denn er war begeisterter Skifahrer. Für das Jahr 2006 bekam die Assistentin den Auftrag, den Urlaubsplan für 2006 bis Mitte November auszuarbeiten. Des Weiteren sprachen wir noch über eine Aushilfskraft auf 450-Euro-Basis ab Januar 2006. Die Praxis wuchs, denn wir hatten mittlerweile fast 300 Patienten, aufgeteilt in 250 Kassenpatienten und 50 Privatpatienten.

Neben der Praxisarbeit fuhr ich dreimal in der Woche in unsere Sporthalle. Zum einen, um nach dem Rechten zu sehen und zum anderen, um zu trainieren. Ein- bis zweimal in der Woche kam Regina auch dorthin, um zu trainieren und während dieser Zeit passte Mary auf unsere Zwillinge auf. Eines Abends kam Georg unerwartet vorbei und bat uns vier um ein Gespräch. Er fackelte auch nicht lange herum und sagte, dass er Nachwuchs benötige und wir die Ausbilder sein sollten. Er hatte in Hamburg drei Streuner aufgetrieben, die von Diebstahl und Hehlerei lebten. Er hatte sie bei sich aufgenommen und gut behandelt. Anfangs haben sie versucht, bei Georg zu stehlen, was ihnen aber nicht gut bekam, denn er ließ sie windelweich prügeln. Jetzt schienen sie vernünftig geworden zu sein.

Die drei hießen Anna, Angelika und Sven. Anna und Sven waren 12 Jahre alt und Angelika 13 Jahre alt. Sie waren zwar flink als Taschendiebe, aber körperlich durch Rauchen und Saufen nicht fit. Zu ihren Eltern hatten sie schon seit zwei Jahren keinen Kontakt mehr, denn sie waren Junkies und nicht gewollte Kinder. Anfangs kamen die drei zweimal in der Woche zum Training, wo Harry und Mary sie hart rannahmen. Kondition, Balance und Schnelligkeit waren die Trainingseinheiten in den ersten sechs Monaten. Georg war bewusst, dass die Ausbildung von Anna, Angelika und Sven zwei bis drei Jahre dauern würde. Sie gingen wieder in die Schule und lernten auch die üblichen Benimmregeln. Sich an Regeln zu halten, fiel ihnen schwer. Im Unterricht fielen sie immer wieder negativ auf.

Meine Eltern tauchten irgendwann im September wieder zu Hause auf. Sie erzählten Regina und mir, wo sie überall hingereist waren und wie viele Bilder sie gemacht hatten. Da beide ja keine Aufgabe mehr hatten, entschieden sie, ein elektronisches Fotoalbum mit ihren Bildern und Kommentaren zu erstellen. Dieses Fotoalbum wollten sie ihren Kindern zu Weihnachten schenken. Da beide diesbezüglich am PC nicht fit waren, waren sie bis kurz vor Weihnachten damit beschäftigt. Für Regina und mich war es manchmal lustig, den beiden zuzuhören, denn wenn etwas nicht klappte, gab es kleine Wortgefechte. Helfen lassen, wollten sie sich nicht. Nach jedem Wortgefecht ging Mutter mit den Zwillingen spazieren und Vater kam in die Praxis. Es war eine lustige Zeit bis zur Fertigstellung des Fotoalbums.

Bis Weihnachten 2005 lief alles gut und harmonisch in der Familie. Weihnachten trafen wir uns in diesem Jahr bei meinem Bruder Detlef, der sogar zwei Apartments für Claudia nebst Familie und uns besorgt hatte. Das Weihnachtsfest verlief wie immer in unserer Familie. Als wir uns am 2. Weihnachtstag verabschieden wollten, bat uns Claudia noch um ein Gespräch. Teilnehmer des Gespräches waren meine Eltern, Detlef, Claudia und ich. Als wir allein waren berichtete Claudia uns, dass den Vergewaltigern wohl etwas zugestoßen sein musste, denn die drei Migranten waren spurlos verschwunden und der Deutsche wurde, unter Drogen gesetzt, aufgefunden und befand sich nun in einer Entzugsklinik. Seine Eltern hatten nach dem Verschwinden eine Vermisstenanzeige aufgegeben. Seinen Aussagen zu Folge wurde er entführt, vergewaltigt, geschlagen und nackt ausgesetzt. Hinweise auf die Täter konnte er nicht geben, da sie ständig maskiert waren. Das einzige, was er sagen konnte, war, dass die Täter Deutsch sprachen und eine stämmige Figur hatten. Die Suche nach den Tätern verlief im Sande. Die Reaktion meiner Eltern war ruhig, mein Vater sagte nur, dass sie eine gerechte Strafe bekommen hätten. Ich sagte gar nichts dazu, sah meine Schwester nur an.

Anschließend fuhren wir nach Hause, denn wir waren wie immer Silvester bei Georg eingeladen. Auch die Silvesterfeier lief mit zwei Ausnahmen wie immer. Wir hatten viel Zeit, um mit Klaus und Petra über unsere Kinder und über unserem gemeinsamen Sommerurlaub 2006 zu reden. Da die Kinder noch klein waren, ging die Tendenz in Richtung Spanien. Kommen wir nun zu den Ausnahmen. Georg hatte einen Comedian engagiert, der uns zwischendurch unterhielt. Die andere Ausnahme war, dass einer der Politiker immer wieder meine Nähe suchte, um mit mir zu reden.

Es war der Innenminister eines Bundeslandes und da ich nicht unhöflich zu Georgs Gästen sein wollte, sprach ich mit ihm. Im Prinzip unterhielten wir uns über Gott und die Welt, folglich belangloses Zeug.

Da die Silvesterfeier bis in den frühen Morgen ging, hatte Georg für Max, Peter und Paul ein Kindermädchen organisiert, die bis mittags unsere Kinder versorgte. Eine Putzkolonne kam gegen 8 Uhr zum Aufräumen und Saubermachen. Der Service vom Catering hatte den Tisch für den folgenden Brunch neu gedeckt. Mittags saßen wir zusammen am Tisch und redeten über die gelungene Silvesterfeier. Petra und Regina unterhielten sich noch über die Urlaubsreise nach Spanien im Juli/August. Georg spitzte die Ohren, als er das hörte und fragte: »Nehmt ihr mich mit?« Die Mädels antworteten mit einem Grinsen auf den Lippen und sagten: »Aber nur, wenn du dich benimmst.« Alles lachte. Gegen Abend verabschiedeten wir uns und fuhren nach Hause.

Wir genossen noch die Zeit bis zur 2. Januarwoche mit Peter und Paul, denn dann wurde die Praxis und die Sporthalle wieder eröffnet. Als erstes musste ich unserer Assistentin sagen, dass ich Urlaub im Juli/August benötigte. Dann ging der ganz normale Praxisbetrieb weiter.

Ende Januar hatten Georg und ich einen Termin bei dem Innenminister und das Treffen fand auf einem Bauernhof südlich von Hamburg statt. Der Bauer war der Bruder von dem Innenminister und stellte uns einen Besprechungsraum zur Verfügung. Dann erzählte uns der Innenminister, dass der Cousin seiner Frau mit seinem Sohn Probleme hatte. Der Sohn, Dieter, kam aus einem reichen Haus, tingelte quer durch Europa und gab jede Menge Geld aus. Dieter war von Beruf aus Sohn. Seine Sprüche wie: »Ihr wolltet mich doch und jetzt seht zu, wie ihr mich ernährt« brachten den Vater zur Weißglut. Da die Mutter Dieter immer unterstützte, war das Familienleben bzw. die Ehe kaputt. Der Vater war mittlerweile ausgezogen und wohnte in der Stadt, während die Mutter weiter in dem Bungalow wohnte. Da die finanzielle Lage mittlerweile angespannt war, griff der Vater zu härteren Maßnahmen. Dieters Kreditkarten wurden gesperrt und die Mutter bekam nur den errechneten Unterhalt. Da der Unterhalt nicht reichte, weil die Mutter Dieter unterstützte, kam es zu einem Rosenkrieg.

Dann kam eine Lösegeldforderung für Dieter von einer Million Euro aus Albanien, die der Vater nicht bezahlen wollte. Jetzt ging es bei der Scheidung unter die Gürtellinie weiter. Der Vater blieb hart, so dass die Mutter den Bungalow verkaufte und das Lösegeld zahlte. Somit war der Bungalow weg und die Mutter zog in eine Mietwohnung. Dieter wurde trotz Lösegeldzahlung nicht freigelassen und drei Monate später kam die nächste Lösegeldforderung. Der Vater zahlte nicht und bekam stattdessen ein Stück von Dieters Ohr zu geschickt, mit einer Warnung und der Aufforderung zur Lösegeldzahlung.

Soweit der aktuelle Stand. Dem Innenminister waren aus politischer Sicht die Hände gebunden. Klar, man hatte die Polizei informiert, die auch örtliche Nachforschungen anstellte, allerdings ohne Erfolg. Nun kam die Frage an uns, ob wir den Auftrag übernehmen wollten, um Licht ins Dunkle zu bringen. Nach einem kurzen Zögern willigten wir ein. Wir benötigten Bilder von Dieter und mussten seine Vorlieben und Schwächen kennenlernen.

Die Vorbereitungen waren recht kurz. Geldmittel, Bilder von Dieter, den letzten bekannten Aufenthaltsort und seine Vorlieben und Schwächen hatten wir nun. Regina war informiert und

Vater ging wieder für mich in die Praxis. Vater sagte nur: »Irgendwann musst du mir mal erzählen, was du so zwischendurch treibst.« Am nächsten Tag flogen wir (Harry, Kurt, Anton und ich) nach Skopje in Mazedonien. Dort kauften wir zwei Autos, teilten uns auf und fuhren in die nordalbanischen Alpen in die Nähe von Jecerca. Unterwegs hatten wir uns getrennt, so dass Harry und ich in dem einem Fahrzeug und Kurt und Anton in dem anderen Fahrzeug unterwegs waren.

Etwa hundert Kilometer vor Jecerca besorgten wir uns Waffen, Proviant und eine Campingausrüstung. Fotoausrüstung und das nötige Zubehör hatten wir bereits dabei. So fuhren wir von zwei Seiten kommend nach Jecerca. Dort angekommen, suchten wir uns ein Hotel. Da die dortigen Menschen gegenüber Fremden zurückhaltend waren, erzählten wir überall, dass wir Wanderurlaub und viele Bilder von den Tieren und der Natur machen wollten. Glücklicherweise hatten wir schon etliche Landschaftsbilder auf der Fahrt nach Jecerca gemacht, die wir vorzeigen konnten.

In den ersten zwei Tagen fuhren Harry und ich allein los, um Landschaftsbilder zu machen. Kurt und Anton hielten sich zurück und taten so, als würden sie uns nicht kennen. Am dritten Tag besorgten wir uns einen Führer für etwa eine Woche. Wir fuhren etwa sechs Stunden mit dem Fahrzeug, bevor uns der Führer bat, auszusteigen, unsere Sachen zu packen und ihm zu Fuß zu folgen. Zur gleichen Zeit fuhren Kurt und Anton in entgegengesetzter Richtung davon. Nach 30 Kilometer drehten sie um und fuhren in Richtung unseres GPS-Signals. Somit konnten die beiden unserem Ausgangspunkt folgen. In den Bergen hinterließen wir Zeichen, damit uns Kurt und Anton folgen konnten. Es war nicht einfach für die beiden, den Spuren zu folgen, aber es gelang ihnen.

Eins musste man dem Führer lassen, er führte uns in Gegenden, in denen wir wunderschöne Landschafts- und Tierbilder machen konnten. Am zweiten Tag des Ausfluges wurden wir jedoch überfallen und in eine Art Höhle gebracht. Wir wurden gekidnappt und unser Führer gehörte zu den Entführern. Unsere

Sachen wurden durchsucht und wir wurden geschlagen, denn die Entführer wollten wissen, ob wir Geld hatten. Das vorhandene Geld, die Ausrüstung und die Kamera nahmen sie uns ab. Der Führer bekam den Auftrag zurückzugehen und unser Fahrzeug zu entsorgen. So hatten wir es noch mit vier Entführern zu tun.

Am nächsten Tag wollten uns die Entführer in eine Schlucht stoßen. Wir konnten nur hoffen, dass Kurt und Anton aufpassten und das taten sie. Sie fassten den Führer und bearbeiteten ihn so lange, bis sie alle Details kannten. Sie fesselten und knebelten ihn, so dass er keine Chance hatte, frei zu kommen. Da Kurt und Anton wussten, was die vier Entführer mit uns vorhatten, war Eile geboten. Als sie uns fanden, wir wollten gerade aufbrechen, kannten sie keine Gnade und schossen die vier Entführer nieder. Zwei waren sofort tot und zwei verwundet. Mit dem nötigen Druck und Gewalt erzählten sie uns alles, was wir wissen wollten. Dieter war gar nicht entführt worden und es war auch nicht sein Ohr, was der Vater bekommen hatte. Sie hatten uns außerdem ihr Versteck verraten und uns alles über den Zugang und die Sicherheitsvorkehrungen erzählt.

Wir nahmen unser Gepäck und ihre Waffen auf, ließen die Entführer in der für uns vorgesehenen Schlucht verschwinden und machten uns auf dem Weg zum Versteck. Es war ein mühsamer Weg dorthin, denn wir mussten ihre Sicherheitsvorkehrungen beachten bzw. umgehen. In Position gebracht, machten wir Bilder von den dortigen Leuten und drehten auch einen Film. Auch Dieter war dort zu erkennen. Am anderen Morgen wurde es in dem Versteck unruhig, denn unsere vier Entführer und der Führer wurden vermisst. Mehrmals versuchten sie ihre Leute zu erreichen. Dann schickten sie einen Suchtrupp von sechs Leuten los, um ihre Kameraden zu finden.

Jetzt wurde es für uns gefährlich. Wir ließen die sechs Leute, unter ihnen war auch Dieter, passieren. In ihrem Versteck befanden sich jetzt noch drei Frauen, ein Kind und zwei bewaffnete Männer. Wir beobachteten das Versteck noch circa eine Stunde, bevor wir es einnahmen. Die beiden Männer wurden überwältigt, gefesselt und geknebelt. Die Frauen und das Kind weinten fürchterlich. Eine Frau namens Verena erzählte uns, dass sie vor fast drei Jahren entführt worden war, Lösegeld für sie bezahlt wurde, aber sie trotzdem nicht freikam. Die drei Frauen dienten hier als Huren und waren für Essen, Wäsche waschen zuständig. Während ihrer Gefangenschaft hatte Verena ein Kind mit Hilfe der anderen beiden Frauen auf die Welt gebracht. Verena stammte aus dem Saarland, wo ihr Vater eine Maschinenfabrik besaß, und seine Produkte weltweit im Bergbau vermarktete. Jetzt hatten wir das nächste Problem. Wir konnten sie nicht zurücklassen.

Wir durchsuchten das Versteck nach Karten und Hinweisen, wie wir entkommen konnten. Während wir es durchsuchten, schnappte sich Verena ein Messer und schlitzte die Kehlen ihrer Peiniger auf. Als wir das Camp in Richtung Norden verließen, setzten wir das Versteck in Brand. Die anderen beiden Frauen hatten Angst und blieben zurück. Wir mussten versuchen über den Kosovo nach Serbien zu kommen. Um nach Decan im Kosovo zu gelangen, mussten wir die albanische Grenze überqueren. Decan liegt im Prokletije-Gebirge nahe der Grenze. Die Gebirgszüge des Prokletije-Gebirges sind bis zu 2.500 Meter hoch und schwer zu überwinden. Mittlerweile hatten die Verfolger unseren Führer mehr tot als lebendig gefunden und dieser berichtete den Verfolgern, was passiert war.

Da sie sich erst eine Ausrüstung und Proviant besorgen mussten, bekamen wir noch einen Tag Vorsprung. Viel war das nicht, denn wir mussten etwa 200 Kilometer durch das Gebirge, um nach Decan zu kommen. Uns war klar, dass es zu einem Kontakt mit den Verfolgern kommen würde. Nach sechs Tagen hatten sie sich bis auf Sicht an uns genähert. Wir durchquerten gerade ein kleines Tal, als sie uns sahen. Unser Vorsprung war auf circa 1.500 Meter geschmolzen. Als wir das Tal durchquert hatten, suchten wir Deckung und warteten darauf, dass die Verfolger kommen würden. Den Gefallen taten sie uns aber nicht, denn ihnen war klar, dass wir sie dann leicht abschießen konnten.

Sie kamen in der Dunkelheit in Zweiergruppen und mit größerem Abstand. Wir mussten folglich mit Verena und ihrem Kind weiter.

Ich blieb zurück, um sie aufzuhalten. Die erste Zweiergruppe näherte sich vorsichtig, denn sie wollten vermeiden, in eine Falle zu laufen. Sie erreichten das andere Ende des Tals und fanden schnell unser Lager. An den Spuren erkannten sie, dass wir weg waren. Als sie die anderen beiden Zweiergruppen mittels Lichtzeichen informieren wollten, fiel ich über sie her. Es kam zum Kampf. Ich überwältigte beide, wobei mir einer von ihnen einen Streifschuss am linken Arm verpasste. Getötet haben ich keinen der beiden, verletzte sie aber so, dass sie uns nicht mehr verfolgen konnten. Dann verband ich noch notdürftig meinen Arm und folgte unserer Gruppe.

Am Nachmittag des nächsten Tages erreichte ich unsere Gruppe wieder und war fix und fertig. Harry verband meine Wunde und Kurt suchte eine Übernachtungsmöglichkeit, von der aus wir uns auch verteidigen konnten. Nach einer Stunde hatte Kurt eine Möglichkeit in circa einem Kilometer Entfernung gefunden. Um dorthin zu kommen, mussten wir einen Gebirgsbach überqueren. Harry half mir, den letzten Kilometer zu laufen und den Bach zu überqueren. Kurt und Anton halfen Verena und dem Kind über den Bach und richteten unser Lager ein. Dann besprachen wir unsere weitere Vorgehensweise. Da unser Lager gut gewählt und leicht zu verteidigen war, beschlossen wir auf die letzten vier Verfolger zu warten. Harry, Kurt und Anton übernahmen die Wachen. Wir hatten aber trotz allem ein Problem, denn unsere Vorräte gingen zur Neige.

Am nächsten Vormittag kamen sie. Es kam zum Schusswechsel, wobei Kurt von einem Querschläger am Kopf getroffen wurde. Wir verwundeten drei Verfolger und der Vierte, es war Dieter, türmte. Dann gingen Harry und Anton über den Bach und versorgten die Verfolger. Ihre Waffen, die in einem nicht mehr gebrauchsfähigen Zustand waren, schmissen sie in den Bach, aber ihren Proviant transportierten sie zu uns. Währenddessen versorgte Verena Kurts Kopfwunde. Kurt hatte eine Gehirnerschütterung, die zu einer dreitägigen Pause für uns alle führte. In den drei Tagen sammelten wir weitere Kräfte für den Fußmarsch.

Es dauerte noch eine weitere Woche, um bis nach Decan zu kommen. Vor Decan entsorgten wir erstmal unsere Waffen. Völlig ausgepowert suchten wir uns dann ein Hotel, denn Duschen und Schlafen war als erstes angesagt. Am nächsten Tag passierten zwei Dinge. Zum einem rief Harry Georg an und bat ihn um finanzielle Unterstützung, zum anderen kam die örtliche Polizei zu uns, um unsere Papiere zu kontrollieren. Verena hatte natürlich keine Papiere. Wir erzählten der örtlichen Polizei von unserer Foto-Safari, dass wir uns verlaufen hatten und Verena ihre Papiere verloren hätte. Zum Glück konnten wir das Problem finanziell lösen. Zwei Tage später kam das Geld von Georg, so dass wir wieder flüssig waren.

Verena wollte unbedingt ihre Familie informieren. Das redeten wir ihr aus, denn wir waren aus meiner Sicht noch nicht in Sicherheit, denn die Grenze nach Albanien war noch zu nah. Wir kauften uns in Decan einen Kleinbus, ein Satellitentelefon, Proviant für unterwegs und machten uns auf den Weg nach Pristina. Unterwegs konnte Verena endlich ihre Eltern informieren, dabei weinte sie vor Glück. Vorher hatten wir ihr gesagt, dass sie ihren Eltern nicht alles erzählen darf, da wir viel Ungesetzliches getan hatten. Es musste unser Geheimnis bleiben. Sie erzählte den Eltern, dass sie für sich und ihr Kind Papiere benötigte und wir auf den Weg nach Pristina waren. Als wir in Pristina nach einer relativ stressfreien Fahrt ankamen, erwarteten Verenas Eltern schon ihre Tochter und das Kind. Wir setzten sie ab und suchten uns ebenfalls ein Hotel. Wir verkauften den Kleinbus, denn am nächsten Tag wollten wir ins Flugzeug nach Düsseldorf steigen.

Eine Überraschung gab es trotzdem noch, denn Verena, Kind und Eltern stiegen ebenfalls in das Flugzeug nach Düsseldorf. Verena hatte nichts erzählt, denn sie tat so, als würde sie uns nicht kennen. In Düsseldorf angekommen, wartete bereits ein

Fahrer, der uns nach Hause fuhr. Wieder zu Hause erzählte ich meinen Eltern von der Foto-Safari in Süd-Ost-Europa. Mein Vater schaute mich nur böse an und sagte: »Junge, bevor du uns anlügst, sage lieber nichts mehr.« Abends im Bett erzählte ich Regina natürlich die wahre Geschichte.

Am nächsten Montag ging ich wieder in die Praxis, um dort meine Patienten zu betreuen. Dr. Kraus nahm mir mehr und mehr Arbeit ab und organisierte praktisch die Praxis im Alleingang. Nach Feierabend wollte er mit mir reden und fragte mich, ob ich mit ihm zufrieden wäre und was ich über seine Arbeit denken würde. Ich sagte ihm, dass ich sehr zufrieden mit ihm war und seine Arbeit schätzen würde. Dann fragte er mich, was ich von einer Gemeinschaftspraxis halte. Im Prinzip hatte ich nichts dagegen. Nach Abzug aller Kosten für Miete, Personal usw. konnten wir uns über eine Teilung des Gewinns unterhalten und einigten uns auf eine Teilung von 55 % zu 45 %. Am nächsten Tag ließen wir einen dementsprechenden Vertrag ausarbeiten.

Abends zu Hause rief Georg an und fragte mich, ob ich am Samstag für ein Abschlussgespräch auf dem Bauernhof Zeit hätte, und ich willigte ein. Als Georg, Harry und ich dort eintrafen, war der Innenminister und sein Cousin schon dort. Wir erzählten, ohne ins Detail zu gehen, was wir gesehen hatten. Dazu zeigten wir ihm das Bildmaterial und die gedrehten Filme. Wir sagten ihm auch, dass Dieter noch lebt. Der Cousin war sprachlos, denn das hatte er nicht erwartet. Der Innenminister fragte den Cousin, ob er auf der politischen Schiene etwas unternehmen sollte. »Lass ihn verhaften, wenn er wieder in Deutschland ist« , war die Antwort. Der Innenminister dankte uns für den Einsatz und sorgte dafür, dass unsere Ausgaben ausgeglichen wurden und wir noch einen Bonus bekamen.

Damit dachten wir, das Thema wäre durch, aber Pustekuchen. Verenas Eltern hatten mittlerweile Anzeige gegen Unbekannt gestellt. Bei der Anhörung der Polizei schwieg Verena, aber wie es zu dem Kind kam, konnte sie nicht verschweigen. Sie musste zugeben, dass sie in den albanischen Bergen festgehalten und oft vergewaltigt wurde. Sie gab weiterhin zu, dass es sich bei den Entführern um Albaner und einen Deutschen Namens Dieter handelte. Auf die Frage, wie sie überhaupt entkommen konnte, gab sie zu Protokoll, dass sie getürmt und irgendwie in Decan gelandet war. Die Beamten glaubten ihr diese Geschichte nicht und hakten nach: »200 Kilometer allein mit Kind durch die Berge? Wer hat Ihnen geholfen?« »Mir wurde erst in Decan geholfen« , gab sie zur Antwort und damit war die Anhörung beendet. Wieder zu Hause nahm sie sich ihre Eltern zur Brust und drohte ihnen: »Wenn ihr jetzt nicht aufhört, werde ich euch verlassen. Ich werde meine Helfer nicht nennen. Seid froh, dass ich wieder da bin, denn dort in den Bergen wäre ich fast gestorben.«

Langsam, aber sicher kam unsere Urlaubsreise mit Klaus, Max und Petra näher. Die Vorbereitungen begannen. Vater übernahm wieder meine Vertretung in der Praxis. Am Abflugtag trafen wir uns in Düsseldorf am Flughafen. Der Flug ging von Düsseldorf nach Palma und dann mit dem Bus nach Cala Millor. Schon das Einchecken in Düsseldorf war mit zwei Koffern, Handgepäck und den Zwillingen eine Qual. Das Anstehen in der Menschenschlange und die unruhigen Kinder nervten. Im Flugzeug ging das Theater weiter. Die Kinder wollten nicht ruhig sitzen bleiben, so dass Regina und ich sie pausenlos beschäftigen mussten. In Palma ging es weiter. Auschecken, auf die Koffer warten, durch den Zoll und ab in den Bus nach Cala Millor.

Im Hotel angekommen, ging es weiter mit Einchecken, Zimmer beziehen, Koffer auspacken anschließend Abendbrot und ab ins Bett. Regina machte drei Kreuze, als Peter und Paul endlich schliefen. Am nächsten Morgen trafen wir beim Frühstück auf Klaus, Max und Petra. Deren Anreise war nicht so stressig, was vor allem daran lag, dass sie nur ein Kind hatten und Max älter als Peter und Paul war. Klaus und Petra konnten den Urlaub genießen, denn sie konnten Max von 10:00 bis 16:00 Uhr in den Kinderclub bringen. Mit Peter und Paul ging das nicht, denn die beiden waren noch zu klein. Folglich bestand unser Tag aus Essen, Strand und Pool. An einem der Urlaubstage erzählte uns Klaus beiläufig, dass er den Job bei Bayer Leverkusen zum 1.01.2007 annehmen werde. Der Umzug nach Leverkusen war auch schon geplant und zurzeit suchten sie ein Haus außerhalb von Leverkusen. Dazu sagte Petra nur: »Wir benötigen auch ein größeres Haus, denn ich bin schwanger. Das Kind kommt im März 2007.« Wir wünschten beiden viel Glück. Die Zeit in Cala Millor ging relativ schnell vorbei und wir mussten wieder Koffer packen, um die Rückreise anzutreten. Es wurde genauso stressig wie bei der Hinreise, mehr möchte ich jetzt nicht dazu sagen. In Düsseldorf verabschiedeten wir uns von den dreien und ab ging es nach Hause. Zu Hause erzählten wir meinen Eltern kurz über den Stress und den Urlaub. Das war der erste und letzte Urlaub mit unseren Kindern, solange sie klein waren.

So ging das Jahr 2006 ohne besondere Vorkommnisse zu Ende. Ich will auch hier nicht weiter über unser diesjähriges Weihnachtsfest oder über die Silvesterparty bei Georg reden.

Die Praxis wurde in der 2. Januarwoche wieder geöffnet. Mein Terminkalender war ziemlich voll, denn meine Privatpatienten hatten Gesprächsbedarf und erzählten mir ihre Sorgen und Nöte. Ich will das hier nicht abwerten, aber es ging hauptsächlich um Beziehungsprobleme, Einsamkeit, Liebe und Aussehen.

Frau Meier, eine meiner Patientinnen wurde 50 Jahre alt, war in den Wechseljahren, fühlte sich dick und nicht mehr hübsch genug. In der Sprechstunde zog sie sich plötzlich bis auf die Reizwäsche aus. So etwas hatte ich bis dato noch nicht erlebt. »Schauen sie mich mal an, die Speckfalte am Bauch und an der Hüfte, Geweberisse an Bauch und Bein und die ersten kleinen Falten am Hals.« Ich forderte sie auf sich wieder an zu ziehen und sagte ihr, dass sie für ihr Alter klasse aussehen würde. Ihr Gewicht schätzte ich auf 60 bis 65 Kilogramm und bei einer Größe von 1,70 Meter war sie aus meiner Sicht zu dick und das sagte ich ihr auch. »Das sieht mein Freund ganz anders« , war ihre Antwort. Den Freund hatte sie im letzten Jahr in der Türkei kennengelernt. Er war 28 Jahre alt und gut gebaut. Frau Meier war bis über beide Ohren in ihn verliebt und tat alles, damit er bei ihr bleibt. Sie unterstützte ihn mit Geld und flog auch regelmäßig in die Türkei. Frau Meier war dem Türken hörig. Was sollte ich dazu sagen, es fiel mir schwer. Ich fragte Frau Meier, was sie dieses Verhältnis schon gekostet hat. Gut und gerne 50.000 Euro, meinte sie. »Will er sie denn heiraten?« , war meine nächste Frage. »Er antwortet immer, dass sein strenger, religiöser Vater gegen eine Hochzeit sei. Das ginge erst, wenn Vater tot ist.« »Wie alt ist denn der Vater?« »Dreiundsechzig« ; antwortete Frau Meier. Innerlich schüttelte ich den Kopf darüber, wie man so blöd sein kann. Ich machte ihr folgenden Vorschlag, dass sie, bevor sie sich einer Schönheitsoperation unterzieht, die Aussagen ihres Geliebten überprüfen sollte. Wenn seine Aussagen richtig wären, könnten sie ihre Liebe genießen. Dann gab ich ihr noch eine Telefonnummer eines Privatdetektivs.

Eine Woche später gab es in der Praxis ein schwerwiegendes Ereignis mit einem Patienten von Dr. Kraus. Sein Name war Detlef Günna. Herr Günna war geschieden, hatte 3 Kinder und durfte aufgrund seines aggressiven Verhaltens, seine Kinder nicht sehen. Der Richter hatte ihm geraten, sich wegen seines aggressiven Verhaltens in Behandlung zu geben. Es war auch nicht die erste Sitzung mit Dr. Kraus. Während dieser Sitzung aber rastete er völlig aus und stach Dr. Kraus mit dem Brieföffner in die Schulter und in den Arm. Dann rannte er ins Vorzimmer und stach auf unsere Assistentin ein. Als ich die Schreie hörte, bin ich sofort aus meinem Büro gekommen und versuchte, ihn zu überwältigen. Er erwischte mich ebenfalls am Arm, aber ich konnte ihn trotzdem festhalten. Blutend rief ich den Notarzt und die Polizei an. Dr. Kraus und unsere Assistentin mussten ins Krankenhaus, während ich in der Praxis verarztet werden konnte. Detlef Günna wurde abgeführt und in eine psychiatrische Klinik überwiesen. Als ich nach Hause kam und die Geschichte erzählte, waren meine Eltern und Regina erschrocken. »Das gibt es doch nicht« , sagte mein Vater. Später wurde Herr Günna wegen dreifachen Mordversuchs angeklagt. Die Praxis wurde für zwei Wochen geschlossen, um sie zu säubern und teilweise neu zu möblieren. Bei meinem Besuch im Krankenhaus am nächsten Tag erfuhr ich, dass unsere Assistentin eine Woche und Dr. Kraus sogar drei Wochen dortbleiben musste.

Nach der Säuberung und Erneuerung der Möbel eröffnete ich die Praxis wieder. Unsere Assistentin hatte ein mulmiges Gefühl, was sie mir auch mitteilte. Folglich ließ ich eine Videoüberwachung an der Eingangstür installieren, was unsere Assistentin merklich beruhigte. Zwei Wochen später kam Dr. Kraus wieder in die Praxis und brachte für alle Pfefferspray zur Sicherheit mit. Mittlerweile war es März 2007. Mein 33. Geburtstag stand vor der Tür und dazu gab es nur eine kleine Feier im engsten Bekanntenkreis.

Aber ich muss noch einmal zurück in den Januar. Ende Januar heirateten Mary und Harry mit Regina und Georg als Trauzeugen. Zu unserer Überraschung teilte uns Mary mit, dass sie schwanger war. Das Kind sollte Anfang Oktober kommen und alle freuten sich für die beiden. Georg sagte nur: »Schaut euch mal meine beiden ehemaligen Streuner an, das ist aus ihnen geworden.« Dann nahm er seine neuen Streuner Anna, Sven und Angelika an die Seite und zeigte auf Mary und Regina. Die anschließende Hochzeitsfeier fand in der Nähe der Sporthalle statt. Unsere Stammkunden waren natürlich ebenfalls eingeladen.

Zurück in den März. Klaus, Petra und Max wohnten mittlerweile in Fühlingen. Dort hatten sie sich am Fühlinger See mit Georgs Unterstützung ein Haus gekauft. Ende März bekam Petra ihr zweites Kind, es war ein Mädchen und hieß Ines. Georg war so etwas von aus dem Häuschen. Natürlich sicherte er Ines Zukunft sofort ab. Nach Rücksprache mit Klaus und Petra durfte er sich in ihrem Haus ein Zimmer einrichten, denn groß genug war es ja.

Im April des Jahres meldete sich Frau Meier wieder bei mir und bat um ein Termin. Weinend und völlig auf gelöst kam sie in unsere Praxis. Als ich sie mir in meinem Behandlungszimmer näher ansah, bemerkte ich dicke, rote Augen und verlaufene

Schminke. Ich ging erst mal raus und bat unsere Assistentin um Kaffee und Abschminktücher bzw. Feuchttücher. Als Frau Meier sich beruhigt und gesäubert hatte, erzählte sie mir, was in der Zwischenzeit geschehen war. Sie hatte beim Schönheitschirurgen ihr Gesicht straffen und ihre Brüste vergrößern lassen. Sie war wieder in die Türkei geflogen, um Zeit mit ihrem Lover zu verbringen. Nur hatte er keine Zeit, denn angeblich war sein Vater schwer krank und brauchte dringend Medikamente, die sehr teuer waren. Frau Meier gab ihm weitere 15.000 Euro und erst als er in der zweiten Woche weiteres Geld haben wollte, sperrte sie sich.

Als sie nicht nachgab, begann er sie zu beleidigen und zu schlagen. Sie hatte plötzlich Angst und nahm das nächste Flugzeug zurück nach Hamburg, wo dann der Telefonterror begann. Ständig rief er an, bat um Verzeihung und sagte ihr, dass er sie doch liebe. Nur aus Sorge um seinem Vater sei er so ausgeflippt. Fast wäre sie wieder schwach geworden, aber dann erinnerte sie sich an die Telefonnummer, die ich ihr gegeben hatte. Frau Meier rief den Detektiv an und bat ihn, in der Türkei unter der Adresse ihres Freundes Nachforschungen anzustellen.

Der Detektiv stellte eine Woche lang Recherchen in Form von Bild- und Videomaterial an. Das Ergebnis war erschreckend, denn der Türke war verheiratet, hatte zwei Kinder und eine Villa. Frau Meier war zudem nicht sein einziges Opfer, denn es gab noch zwei andere Damen, mit denen er dieses Spiel trieb. Frau Meier tat mir leid, das hatte sie nicht verdient. Ich redete mit ihr und versuchte ein gewisses Verständnis für sie aufzubringen. Weinend sagte sie mir, dass sie von Männern erst mal die Schnauze voll hätte. Sie bezahlte mich und ging. Ich war davon aus gegangen, dass das Thema erledigt sei. Aber wohl doch nicht.

Im Oktober meldete sich Frau Meier noch einmal, um mir etwas zu beichten. Als sie in mein Behandlungszimmer kam, staunte ich, denn sie hatte sich zum Positiven verändert. Ich bot ihr einen Kaffee an und sagte ihr, sie möchte sich doch setzen. »Was wollten sie mir denn beichten, Frau Meier?« Zuerst fragte sie mich nach meiner Schweigepflicht. Ich sagte ihr, dass alles, was Patienten mir erzählen unter der Schweigepflicht steht und wenn sie es wünscht, würde ich auch keinerlei Notizen machen. »Okay«, kam als Antwort. »Ich muss mir etwas von der Seele reden. Ich habe den Detektiv beauftragt, mir die Namen und Adressen der beiden anderen geschädigten Frauen zu besorgen. Ich nahm Kontakt zu ihnen auf und wir verabredeten uns in Köln. Bei dem Treffen in Köln zeigte ich den anderen beiden Frauen die Bilder und Videofilme des Detektiv. Die beiden konnten es gar nicht glauben, erzählten mir daraufhin ihre Geschichte mit dem Türken. Die Geschichten ähnelten sich. Aus diesem Grund planten wir den Racheakt.«

»Ich ließ mich wieder auf ihn ein. Der Türke und ich verabredeten uns in Antalya. Die beiden anderen Frauen flogen ebenfalls mit, nahmen aber jeweils ein anderes Hotel. Die ersten beiden Tage verbrachten wir in Antalya und nachts ging es sexuell richtig zur Sache. Nach der zweiten Nacht kam wieder das Thema Geld auf. Ich versprach ihm das Geld, wenn er mit mir ein bisschen die Gegend zeigen würde. Dazu buchte ich für zwei Tage ein großes geräumiges Auto. Wir trafen uns morgens zum Kaffee und erzählte ihm, dass ich die von ihm benötigten 10.000 Euro am nächsten Tag erwarten würde. Seine Augen glänzten. Als er zur Toilette ging, gab ich ein Schlafmittel in seinen Kaffee. Eine halbe Stunde später begann die Wirkung des Schlafmittels, so dass ich ihn beim Gehen stütze und ins Auto brachte. Dann fuhr ich die beiden Hotels an und holte die anderen beiden Frauen ab. Von Antalya fuhren wir in Richtung Aksu, weiter nach Kursunlu und dann ich Richtung Karacaören. Unterwegs flößten wir dem Türken noch weitere Schlafmittel ein, bis er völlig groggy war. Zwischen Kursunlu und Karacaören kamen wir durch einsame Gegenden, wo wir nur gelegentlich auf einen Lkw trafen. An einer unübersichtlichen einsamen Gegend fuhren wir von der Hauptstraße ab. Die Abfahrt, die wir nahmen, war nichts anderes als ein unbefestigter Weg. Wir fuhren etwa zehn Kilometer den Weg entlang. Es war eine einstündige Fahrt, weil wir ständig Schlaglöcher und Felsbrocken ausweichen mussten.«

»Als wir den Wagen anhielten, warteten wir noch circa eine halbe Stunde, bis sich der Staub gelegt hatte. Dann sahen wir uns in der Gegend um. Eine der Frauen hatte eine tiefere Mulde gefunden, die vom Weg her nicht erkennbar war. Wir zogen den Türken aus und brachten ihn in die Mulde. Jetzt genossen wir unsere Rache. Wir waren dabei auch nicht zimperlich. Unser Hass trieb uns an. Zuerst pinkelten wir auf seinen Körper. Dann nahmen wir ein scharfes Messer und entmannten ihn. Dabei wurde er wach und schrie vor Schmerzen. Er blutete wie ein Schwein, den abgeschnittenen Penis und die Hoden ließen wir liegen. Fluchtartig verließen wir den Tatort. Wieder im Auto bzw. auf der Rückfahrt zur Hauptstraße wurde uns erst bewusst, was wir getan hatten. Wir hatten plötzlich so etwas wie Panik. Auf den Weg zurück nach Antalya, hielten wir in Aksu an, um den Wagen waschen und säubern zu lassen. Seine Sachen und Papiere ließen wir in diversen Müllbehältern verschwinden. Die Papiere verbrannten wir. Wir schworen uns, uns nie wiederzusehen und auch den Kontakt abzubrechen. Bis zum Abflug zitterten wir vor Angst, denn es hätte uns auch jemand beobachten können.« »Das war meine Beichte« , sagte Frau Meier zu mir. Was sollte ich darauf antworten, denn ich lebte ja selber nach dem Motto »Rache ist mein« . »Ich kann Ihnen nur einen Rat geben, Frau Meier, sie müssen mit dieser Tat leben.« Völlig in mich gekehrt fuhr ich nach Hause.

Am 12. Oktober bekam Mary ihren Sohn, der Kevin heißen sollte. Die Taufe fand am 8. Dezember statt. Da Harry und Mary mit ihren Familien gebrochen hatten, waren bei der Taufe nur Georg, Regina, Peter und Paul, unsere drei Streuner und ein paar Stammkunden aus der Sporthalle anwesend. Trauzeugen waren Regina und Georg.

Das bei mir geplante Weihnachtsfest mit der Familie fiel aus. Die Kinder von Claudia waren krank und meine Mutter schwächelte zurzeit. Folglich verbrachten wir Heiligabend und den 1. Weihnachtstag zu Hause.

Georg war bei seinem Bruder Klaus in Fühlingen und hatte ausnahmsweise und nach Rücksprache mit Petra seine langjährige Bekannte Julia mitgenommen. Julia und Beate kamen aus dem horizontalen Gewerbe, lebten aber schon zehn Jahre mit Georg zusammen. Anschaffen gingen sie nicht mehr. Beate sowie die drei Streuner verbrachten die Weihnachtstage mit Harry und Mary.

Am 29.12. kam Georg zurück und lud Regina und mich zu einem Gespräch ein. Ich dachte schon, dass es wieder um einen Auftrag geht, aber dem war nicht so. Anwesend bei dem Treffen waren Julia, Beate, Georg, Regina und ich. Georg kam mir zunächst ein bisschen in sich gekehrt vor, doch dann ließ er die Bombe platzen. »Im Juli werde ich 55 Jahre alt und dann möchte ich mich zur Ruhe setzen und alles verkaufen. Die Gründe sind vielschichtig. Zum einen drängen die Albaner und Russen immer weiter nach Hamburg vor und ich möchte keinen Bandenkrieg. Zweitens geht es um die Rauschgiftgeschäfte, Menschenhandel und Hehlerei. In meinen Bars gibt es noch kein Rauschgift und ich weiß nicht, wie lange das noch gut geht. Und drittens möchte ich mit Beate und Julia meinen Lebensabend verbringen. Dann liegen mir noch unsere drei Streuner Anna, Sven und Angelika am Herzen. Regina, Paul überlegt mal, ob ihr euch um einen der drei kümmern könntet. Die anderen beiden würde ich gerne in der Sporthalle beschäftigen.« Das saß erstmal und wir machten einen Cut.

Regina und ich zogen uns zurück, damit wir uns beraten konnten. Nach der Pause fragte Regina Georg, was wir denn mit seinem Ruhestand zu tun hätten. Georg antwortete: »Ich war ja noch gar nicht fertig mit meinen Ausführungen bzw. Gedanken. Wie ihr wisst, ist unsere Sporthalle mehr als ausgelastet und ich habe folgende Gedanken dazu. Wir kaufen das große Grundstück neben der Sporthalle, verdoppeln die Hallenkapazität, erweitern den Fitnessbereich und planen im Anbau eine große Wohnung für Harry, Mary, ihr Kind und zwei von den Streunern. Ich baue für Julia, Beate und mich einen Bungalow in Geeshacht und bin damit aus Hamburg verschwunden. Paul, wir bleiben 50:50-Partner. Du musst dich nur an der Sporthallenerweiterung und am Grundstück beteiligen.« »Wir überlegen es uns« , sagte Regina. Dann tranken wir noch einen Absacker und fuhren nach Hause.

Während der Fahrt sprachen wir kein einziges Wort. Auch zu Hause herrschte Stillschweigen. Wir spielten noch eine Weile mit Peter und Paul, bevor wir frühzeitig zu Bett gingen. Im Bett sprachen wir noch einmal über das Gehörte und machten uns Gedanken. Wir hatten beide die Dreißig überschritten und mussten auch unsere Zukunft planen.

Da wir beim Frühstück am anderen Morgen wenig sagten, fragte Vater uns, was denn los sei. Ich gab ihm keine Antwort, bis Regina sagte: »Erzähl es deinen Eltern, ich möchte gerne ihre Meinung hören.« Ich erläuterte ihnen Georgs Idee von der Sporthallenvergrößerung und dem dazu gehörigen Grundstück. Vaters Fragen waren: »Was kostet das? Und wie bist du mit der bisherigen Zusammenarbeit mit Georg zufrieden?« Zu dem Preis konnte ich noch nichts sagen, denn es waren ja erst Gedanken, aber mit der Zusammenarbeit war ich zufrieden. Die Sporthalle warf Gewinn ab und war eigentlich zu klein. »Paul« , antwortete Vater, »kümmere dich um die Kosten und denke daran, dass von dem Umbau dieses Hauses sicherlich noch der ein oder andere Euro übriggeblieben ist. Außerdem haben deine Geschwister und deren Kinder in diesem Jahr eine größere Summe zu Weihnachten bekommen. Mutter und ich können nichts mitnehmen, folglich unterstützen wir dich bei dem Projekt.« Dann erzählte ich ihnen von unseren drei Streunern. Meine Eltern schauten uns nur an und meine Mutter sagte zu Regina: »Ich weiß, du hättest gerne noch ein Mädchen gehabt, wenn du es machst, ist es deine Entscheidung.« Silvester wollte ich meine Eltern nicht allein lassen, deshalb blieben wir zu Hause. Regina dachte immer noch über ein Mädchen nach, aber ihre Entscheidung würde voll unterstützen.

In der ersten Januarwoche 2008 trafen wir uns wieder. Wir

besprachen das Projekt noch einmal und nannten unsere Vorstellungen, die gar nicht so weit auseinanderlagen. Regina erkundigte sich nach den Macken, Vor- und Nachteilen von Anna
(bald 15 Jahre) und Angelika (bald 16 Jahre). Georg antwortete,
dass Anna ruhiger, aber fleißiger in der Schule sei. Angelika dagegen wäre körperlich weiterentwickelt und würde dies gerne
bei Jungen ausnutzen. Sie hatte auch schon ein festen Freund.
Angelika würde auch gerne in Discos gehen und tanzen. »Okay«
, sagte Regina, »wir probieren das Zusammenleben mit Anna
aus.« Wir engagierten einen Architekten, der die Erweiterung
der Sporthalle nach unseren Wünschen plante und auch schon
eine Preiskalkulation erstellte. Regina nahm sich in den nächsten Wochen Anna zur Brust. Sie kontrollierte ihre schulischen
Leistungen, ihr soziales Verhalten in der Familie und in der Öffentlichkeit. Ihr Benehmen und der Umgang mit meinen Eltern
und Peter und Paul waren gut. Anna war stets zurückhaltend
und freundlich.

Die meiste Arbeit bei dem Projekt blieb an Regina hängen,
denn Georg war mit dem Verkauf seiner Unternehmen beschäftigt und ich hatte ja noch die Arbeit in der Praxis. Regina
führte also die Gespräche mit dem Architekten und erkundigte
sich beim Bauamt in Geesthacht, ob das Projekt aus deren Sicht
machbar ist und welche Auflagen die Stadt hatte. Dass Georg
sich zur Ruhe setzen wollte, ging wie ein Lauffeuer durch Hamburg. Ende Januar gab es die ersten Gespräche mit den Russen
und Albanern, da andere Interessenten überhaupt keine Chance
hatten, weil sie sich nicht mit denen anlegen wollten. Beide Gruppen wollten Georgs Unternehmen komplett kaufen. Dazu zähl-
ten fünf Bars mit jeweils einem Geschäftsführer, drei Türsteher
und etwa zehn bis zwölf Damen; ein Transportunternehmen mit
zehn Mitarbeitern und ein Beerdigungsunternehmen mit sechs
Mitarbeitern und einem Krematorium.

Um einen Bandenkrieg zu vermeiden, wurden die Unternehmen in Hoheitsgebiete aufgeteilt. Das bedeutete, dass um Ruhe
zu haben, Hamburg in einen Ostteil und einen Westteil geteilt

wurde. Den Ostteil übernahmen die Russen, den Westteil die Albaner. Um das Ganze sauber zu trennen, mussten noch verschiedene Angelegenheiten zwischen den Russen und Albanern geklärt werden, was nicht immer problemlos über die Bühne ging. Die Bosse mussten ab und an hart durchgreifen, wenn die eigenen Mitarbeiter nicht nach ihren Regeln spielen wollten. Der Verkauf von Georgs Unternehmen erfolgte zu 50 % mit Bargeld, denn die Käufer wollten die zu zahlenden Abgaben an den Staat reduzieren.

Damit hatte Georg ein Problem, denn nun hatte er zu Hause im Tresor 7,5 Millionen Euro liegen. Folglich musste wieder eine Tour nach Zürich geplant werden. Georg traute weder den Russen noch den Albanern, so dass er das Geld bei mir bunkerte. Regina und ich sollten es, getarnt als Urlaubsreise, nach Zürich bringen. Dass Peter, Paul und Anna uns begleiten sollten, passte Regina überhaupt nicht. Mit gemischten Gefühlen stimmte sie Plan zu.

Georg fuhr mit zwei Autos und drei Mann Begleitung über Ostdeutschland in Richtung Zürich. Für uns kaufte er ein großes Wohnmobil, in dem wir nachts die 7,5 Millionen Euro hinter den Verkleidungen und unseren persönlichen Sachen verstecken sollten. Dazu buchte er noch in einem Hotel am Züricher See für eine Woche ein Apartment für 5 Personen. Drei Tage später packten wir das Wohnmobil und fuhren los. Das meiste Gepäck hatte Regina für Peter und Paul gepackt, denn der Kinderwagen nahm den meisten Platz ein.

Begleitet wurden wir von Kurt und Anton, die uns in einem größeren Abstand folgten. Wir nahmen den direkten Weg über Hamburg, Hannover, Stuttgart, Schaffhausen nach Zürich und brauchten für die 860 Kilometer inklusive Pausen 16 Stunden. Wegen der Kinder mussten wir alle zwei bis drei Stunden eine Pause einlegen, damit wir mit ihnen zur Toilette zu gehen konnten und Zeit hatten, etwas mit ihnen zu spielen. Hier muss ich Anna loben, denn während der Fahrt beschäftigte sie Peter und Paul, damit sie ruhig blieben.

Im Hotel erwartete uns Georg schon, auch Kurt und Anton trafen kurze Zeit später ein. Wir luden unsere Sachen aus und gaben Georg den Schlüssel von dem Wohnmobil und eine Liste mit den Verstecken. Damit wir mobil blieben, übernahmen wir das Fahrzeug von Kurt und Anton. Regina und ich genossen die Woche Urlaub. Am nächsten Tag stand als erstes einen Schifffahrt auf dem Züricher See an. Bei herrlichen Sommerwetter und mit Kaffee und Kuchen genossen wir den Tag. Am dritten Tag besichtigten wir den Zoo und anschließend die Zürcher Altstadt. Am vierten Tag ging es nach Niederdorf und zu einer Museumsbesichtigung. Am fünften Tag fuhren Anna und ich allein ins FIFA World Museum, denn Regina streikte beim Thema Fußball. Da Anna auch heimlich für den HSV schwärmte, war sie natürlich Feuer und Flamme. Bei einem unserer Gespräche fragte ich sie nach ihren Eltern. Die Antwort war recht kurz: »Ich will sie nicht wiedersehen, ich möchte bei euch bleiben. Ich will auch nicht mehr für Georg arbeiten. Ich möchte lernen und später Ärztin werden.« Damit war das Thema durch und ich bohrte auch nicht weiter.

Als Anna und ich zurückkamen, sahen wir das Wohnmobil auf dem Parkplatz stehen. Georg erwartete uns schon. Anna ging zu Regina und den Zwillingen, damit Georg und ich uns unterhalten konnten. Georg erzählte uns von einem Vorfall während der Fahrt nach Zürich, denn sein Auto wurde nachts aufgebrochen und durchsucht. Zum Abschluss des Gespräches tauschten wir wieder die Autoschlüssel, denn am nächsten Tag mussten wir zurück. Eine Woche Urlaub inklusive An – und Abreise, heißt fünf Tage am Ort und das ist verdammt wenig. Als Georg weg war, nutzten Regina, Anna, die Zwillinge und ich noch einmal das Schwimmbad und die Sauna. Am nächsten Morgen räumten wir das Apartment, luden unsere Sachen in das Wohnmobil, frühstückten letztmalig im Hotel und fuhren los. Als Regina und ich auf dem Rastplatz einmal kurz allein waren, erzählte ich ihr von dem Gespräch mit Anna.

Zurück in den Januar, Februar des Jahres. Neben der Sporthallenerweiterung, um die sich Regina kümmerte, brauchte Georg ja auch noch ein neues Zuhause. Diese Aufgabe übernahmen Julia und Beate, denn sie suchten eine Luxusimmobilie oder ein entsprechendes Grundstück. Das war gar nicht so einfach, denn Georg wollte ein große Immobilie in einer ruhigen Gegend mit Schwimmbad. Die beiden telefonierten mit diversen Maklern im Umkreis von 50 Kilometern rund um Geesthacht. So viele Objekte gab es da nicht. Gefunden bzw. angeboten bekamen sie immerhin fünf Objekte, und zwar in Lauenburg, Gülzow, Winsen, am Metzensee und am Reihersee. Die Immobilien verfügten über ein Schwimmbad, zwei Badezimmer, Gäste WC und 450 bis 500 Quadratmeter Wohnfläche mit einem 2.500 bis 3.000 Quadratmeter großen Grundstück. Nachdem sie die Expertisen mit Georg durchgesprochen hatten, verabredeten sie Besichtigungstermine. Zu den Terminen fuhr Georg nicht mit, er sagte nur: »Mädels, ihr kennt mich lange genug, wisst was ich will, also schaut es euch erst mal allein an.«

Der erste Termin war in Lauenburg, wo das Objekt am Ende einer verkehrsberuhigten Zone lag. Eingerichtet war das Objekt mit altdeutschen Möbeln, die Bodenbeläge war passend eher dunkel. Die Besitzer waren über 70 Jahre alt und wollten ins betreute Wohnen ziehen. Die Immobilie wurde in den siebziger Jahren gebaut, der Garten war gepflegt und das Objekt sollte 650.000 Euro kosten. Im Prinzip war es damit abgehakt, denn zu dem Kaufpreis würden noch mal 250.000 Euro für Umbau und Renovierung dazukommen.

Am nächsten Tag besichtigten Julia und Beate zwei Objekte, und zwar in Gülzow und in Winsen. Das Objekt in Gülzow machte einen guten Eindruck, stammte aus den Achtzigern, verfügte über drei Bäder und sechs weitere Zimmern. Das Wohnzimmer mit offener Küche war modern und hell eingerichtet. Das Haus hatte ein Schwimmbad und eine Sauna. Die Böden gefielen Julia und Beate allerdings wieder nicht. Bewohnt wurde das Objekt von einem Geschäftsführer mit Frau und drei Kindern. Die Wohnfläche war mit 460 Quadratmetern und das

Grundstück mit 2.750 Quadratmetern angegeben, wobei der Preis bei 725.000 Euro lag. Dieses Haus gefiel Julia und Beate, während ihnen das Objekt in Winsen gar nicht gefiel.

Zwei Tage später ging es zur Besichtigung nach Bütlingen am Metzensee und nach Brietlingen am Reihersee. Die Gegend und die Nähe zum See gefiel ihnen in beiden Städten. Die angebotenen Objekte sagten ihnen nicht unbedingt zu. In Bütlingen besichtigten sie ein Restbauernhof mit 5.000 Quadratmetern Grundstück zum Preis von 300.000 Euro. Die Frage nach Umbau und Renovierungsarbeiten, beantwortete der Makler positiv. Das Objekt in Brietlingen sah sehr abgenutzt aus. Dort wohnte ein älteres Ehepaar, die das Objekt verkaufen und zu ihren Kindern ins Ruhrgebiet ziehen wollten. Der Preis lag hier bei 425.000 Euro.

Julia und Beate erkundigten sich bei dem Makler, ob es auch Grundstücke in dieser Größenordnung geben würde. Die Frage bejahte er und zeigte ihnen anschließend noch Grundstücke zwischen 2.000 bis 4.000 Quadratmetern Größe zum Preis von 125 Euro pro Quadratmeter. Von den Grundstücken schossen sie noch einige Fotos, verabschiedeten sich vom Makler und fuhren nach Hause, um Georg zu berichten.

Anfang der nächsten Woche fuhren Georg, Beate und Julia erneut zu Besichtigungen nach Gülzow, Bütlingen und Brietlingen. Das Haus in Gülzow gefiel Georg zwar, aber die Gegend sagte ihm nicht zu. Das Objekt bzw. der Restbauernhof gefiel ihm nicht unbedingt, aber die Gegend gefiel ihm. Unverblümt fragte er den Makler, ob er alles abreißen und neu bauen dürfe. Diese Frage konnte der Makler aber nicht auf Anhieb beantworten.

Folglich ging es weiter nach Brietlingen zum Reihersee, um sich die Grundstücke anzusehen. Auch Brietlingen gefiel Georg, besonders das Grundstück, das fast bis an den See ging. Nachdem Georg alles gesehen hatte, bekam der Makler mehrere Aufträge. Zum einen sollte er dafür sorgen, dass die Verkäufer in Bütlingen über den Kaufpreis nachdenken, und dann sollte sich der Makler erkundigen, was der Abriss kosten könnte und welche Auflagen die Stadt Bütlingen für einen Neubau hatte. Das gleiche galt für das Grundstück in Brietlingen. Auch dort sollte der Makler herausfinden, welche Auflagen die Stadt bei einer Bebauung des Grundstücks hat.

Zwei Wochen später meldete sich der Makler und Georg lud ihn zu sich nach Hamburg ein. Er berichtete, dass die Verkäufer in Bütlingen den Preis auf 375.000 Euro reduziert hätten und der Abriss etwa 10.000 Euro kosten würde, wobei dieser Preis verhandelbar sei, wenn er den Auftrag für den Neubau bekommen könnte. Zu dem Neubau war zu sagen, dass die Höhe des neuen Objektes drei Stockwerke nicht überschreiten durfte. In Brietlingen wäre bei einem Neubau auch die Höhe begrenzt, ansonsten würde das Grundstück nur bis in eine Entfernung von 20 Meter vom Ufer reichen. Begründung war, dass es um den See einen Rad- und Wanderweg gab. Wenn sie ein Boot kaufen wollten, gab es in beiden Städten nur im Hafen Liegeplätze. Georg bedankte sich bei dem Makler für die Infos und verabschiedete ihn mit der Zusage, sich in der nächsten Woche zu melden.

»Ladies«, sagte Georg, »ihr entscheidet. Fahrt noch mal nach Bütlingen und Brietlingen, schaut euch alles an, achtet aber auch auf den Wanderweg in Brietlingen. Ich habe keine Lust, mich von Wanderern, Joggern usw. begaffen zu lassen.« Am Wochenende fuhren Julia und Beate früh morgens los, denn sie wollten sich auch die nähere Umgebung und die Möglichkeiten in den Städten ansehen. Sie nutzten den Tag, sahen sich die Objekte noch genauer an und machten aus vielen Positionen noch Bilder, um die Einsehbarkeit der Grundstücke abzuschätzen. Der Wanderweg in Brietlingen war ein Problem, denn dort müsste ein zwei Meter hoher Zaun hingesetzt werden. Der Vorteil war, dass man einfach über den Wanderweg zum Schwimmen im See gehen konnte.

Beim Abendessen berichteten Julia und Beate von dem Tag und zeigten Georg noch die geschossenen Bilder. Georg sagte anschließend nur, dass die Ladies nun entscheiden sollten. Er stand auf, ging ins Wohnzimmer, um fernzusehen, während Julia und Beate fleißig weiter diskutierten. Georg grinste nur. Montagmorgen fragte Georg seine Ladies, welche Entscheidung sie getroffen hätten. Sie hatten sich für Bütlingen entschieden. »Okay« , sagte Georg, »ruft den Makler an, er soll den Kaufvertrag fertigstellen. Dann erkundigt ihr euch bei dem Abrissunternehmen und fragt an, ob sie auch einen Architekt an der Hand haben.«

Eine Woche später, es war bereits März, kam es zum Notartermin. Die Verkäufer verpflichteten sich, das Haus bis Ende Mai zu räumen. Da sie nicht das gesamte Inventar mitnehmen konnten, verpflichtete sich Georg, den Rest zu entsorgen. Georg überwies das Geld und der Notar ließ den neuen Eigentümer beim Grundbuchamt eintragen. Im April trafen sich Georg, Julia und Beate mit dem Architekten und Georg war schnell fertig mit dem Gespräch. Er gab dem Architekt nur vor, was er unbedingt haben wollte. Schwimmbad mit Sauna, zwei Badezimmer, ein Gäste WC, acht Zimmer plus Wohnzimmer mit offener Küche, dazu kamen Alarmanlage, Solaranlage zur Stromerzeugung, alles elektrifiziert und behindertengerecht. »Alles andere besprechen Sie bitte mit den Damen« , war seine Ansage. Bevor er ging, mussten Julia und Beate noch einige Fragen bezüglich der Raumaufteilung, dem Schwimmbad und der Zahl benötigter Garagen beantworten.

Somit hatten wir alle genügend Arbeit für die nächsten Monate. Georg musste jetzt noch mit Sven und Angelika reden. Angelika, mittlerweile 18 Jahre alt, wollte auf gar keinen Fall aufs Dorf ziehen. »Ich bleibe in Hamburg und ziehe mit meinem Freund zusammen.« »Okay« , antwortete Georg und gab ihr zum Abschied 10.000 Euro. Sven, 17 Jahre alt, blieb bei Harry und Mary und arbeitete in der Sporthalle. Unsere Praxis lief nach wie vor gut, von besonderen Fällen gab es nichts zu berichten.

Regina war mit dem Projekt Sporthalle so weit vorangekommen, dass die Genehmigung zur Erweiterung der Sporthalle vorhanden war. Der Kaufpreis des Grundstückes lag bei 75 Euro pro Quadratmeter, das waren 300.000 Euro insgesamt und die Erweiterung der Sporthalle mit einer größeren Wohnung für Harry und Mary lagen ebenfalls bei etwa 300.000 Euro. Dazu kam noch eine kleine

Wohnung für Sven und diverse Sportgeräte. Regina rechnete alles in allem mit 700.000 Euro. Georg und ich kauften das Grundstück und der Rest wurde aus Steuergründen finanziert. Regina klärte noch die Finanzierung und wir vergaben den Auftrag an eine Firma in Geesthacht. Spatenstich war am 15. Mai 2008.

Mitte April bat der Architekt aus Bütlingen um einen Termin in seinem Büro, wo er Georg, Julia und Beate mittels Beamer seine Pläne vorstellte. Die Varianten wurden diskutiert, wobei sich für Georg, Beate und Julia ein Vorschlag als Favorit herauskristallisierte. Praktisch würde es sich um zwei Gebäude handeln, zum einem der Wohnbereich und zum anderen das Schwimmbad und die Garagen. Beides Gebäude war über einen fünf Meter langen Gang verbunden, so dass man trockenen Fußes von einem in den anderen Bereich kommen konnte. Der Preis lag inklusive Abriss, Innenausbau und Zufahrtswegen bei 750.000 Euro. Dann bekamen wir noch die Information, dass die Verkäufer schon Ende April ausgezogen sein wollten. Der Architekt bekam den Auftrag, den Bauantrag zu stellen und Georg bat ihn noch, nach Auszug der Verkäufer die zurückgelassenen Möbel an die Arbeiterwohlfahrt oder das Rote Kreuz zu verschenken. Der Rest, den dann niemand wollte, sollte entsorgt werden. In der letzten Maiwoche, nach Genehmigung des Bauantrages, kam es auch hier zum Spatenstich.

Im Juli wurde Anna 18 Jahre alt. Regina und ich finanzierten ihr den Führerschein und ein Auto. Es gab auch schon Jungs in ihrem Leben. Der erste Junge, den sie kennenlernte, bekam von ihr eine ordentliche Tracht Prügel. Fummeln ließ sie sich ja noch gefallen, aber als er mehr wollte und immer aufdringlicher wurde, sagte sie ihm zweimal, bis hierhin und nicht weiter. Er hörte trotzdem nicht auf, also verprügelte sie ihn. Das hatte sich natürlich herumgesprochen, so dass der nächste junge Mann vorsichtiger war. Er half ihr in der Sporthalle und wenn sie auf die Zwillinge aufpasste. Nach sechs Wochen ließ sie sich zum Sex überreden, aber irgendwie waren Regina und ich der Meinung, dass die beiden nicht zusammenpassten.

Der Bau der beiden Objekte lief relativ gut. An der ein oder anderen Stelle musste noch nachjustiert werden, aber ich denke, dass das beim Bau normal ist. Eigentlich konnten alle Beteiligten zufrieden sein, aber dem war nicht so. Meine Eltern begannen mit über 70 Jahren langsam, aber sicher, körperlich abzubauen. Selbst der Besuch bei meinen Geschwistern fiel ihnen schwer. Die von uns eingeschalteten Ärzte fanden aber nichts Wesentliches. Da Anna täglich zum Gymnasium musste, Regina sich um die Zwillinge und die Sporthallenerweiterung kümmerte und ich in die Praxis musste, stellte Regina von montags bis freitags eine Haushaltshilfe ein.

Das Jahr neigte sich dem Ende zu. Das Projekt Sporthalle war Mitte Dezember erledigt, so dass wir mit dem inneren Umbau und der Aufstellung der neuen Geräte beginnen konnten. Dazu schlossen wir die Sporthalle am 20.12. und die Wiedereröffnung sollte am 9.01.2009 stattfinden. Hilfskräfte besorgte Georg. Mary und Harry zogen in die angebaute Wohnung und Sven sollte die Wohnung darüber beziehen. Soweit der Plan, aber dazu kam es leider nicht, denn Sven hatte in die Sporthallenkasse gegriffen und war abgehauen. Mary fand einen Brief von Sven, in dem stand, dass ihm die Arbeit zu stressig sei und er lieber wieder nach Hamburg zurückgehen würde. Daraufhin setzten wir eine Anzeige in diverse Zeitungen mit dem Text Hausmeisterehepaar für Sporthalle gesucht, Wohnung vorhanden. Die Gespräche mit den Bewerbern führte Harry und auf seine Empfehlung stellten wir zum 15. Februar 2009 ein Ehepaar ein. Bis dahin mussten wir sehen, wie wir den Betrieb der Sporthalle aufrechterhielten.

Aufgrund der körperlichen Verfassung meiner Eltern organisierten wir das Weihnachtsfest bei uns. Wie immer kamen meine Geschwister mit Anhang am 23.12. und reisten am 26.12. wieder ab. Als am 1. Weihnachtstag meine Eltern und die Kinder im Bett waren, unterhielten wir uns über den Zustand der Eltern. Mein Bruder Detlef, der ja ebenfalls Doktor war, konnte die Lage sehr gut einschätzen. Er gab uns keine Hoffnung, dass sich die Lage der Eltern noch großartig verbessern würde. Als sich meine Geschwister am 26.12. verabschiedeten, sagten sie nur zu mir: »Wenn du Hilfe brauchst, melde dich.« Silvester feierten wir zu Hause.

Georg war mit Julia und Beate nach Fühlingen gefahren, um Klaus, Petra, Max und Ines zu besuchen. Nach dem Abendessen fuhren sie zurück ins Hotel und feierten dort Silvester.

Anfang Februar war es dann auch für Georg, Julia und Beate so weit. Sie zogen in ihr neues Haus nach Bütlingen. Zur Einweihungsfeier lud Georg wieder Leute aus der Politik und dem Fernsehen ein, da es im Grunde genommen ein Vorzeigen von dem war, was man hat. Regina und ich schauten uns das Ganze aus einer ruhigen Ecke an, als der Innenminister auf mich zu kam und um ein Gespräch bat. Im Grunde genommen, war es ein recht kurzes Gespräch. Er begrüßte Regina und fragte mich, ob er sich bei Problemen an mich wenden könnte. Ich nickte und wir tauschten unsere Telefonnummern aus.

Im Mai 2009 erlitt Mutter einen Schlaganfall, von dem sie sich nicht mehr erholte. Vater brach zusammen, er wollte auch nicht mehr. Ihr letzter Wille war, verbrannt und im Wald bestattet zu werden. Nach der Beerdigung nahm ich Kontakt mit der Stadt auf und beantragte in der Nähe des Baumes, eine Bank aufstellen zu dürfen. Der Antrag wurde genehmigt und ich beauftragte eine Firma mit der Aufstellung. Mit Vater war gar nichts mehr los und er begann, sich tagsüber mit Mutter zu unterhalten. Er aß kaum noch was und die Blasenschwäche verschlimmerte sich. Es ging so nicht mehr weiter, Vater brauchte eine 24-Stunden-Versorgung. Ich suchte eine entsprechende Einrichtung und übernahm seine Betreuung, damit ich die nötigen Behördengänge erledigen und das Finanzielle regeln konnte. Der Tod meiner Mutter und der langsame Untergang trafen mich hart. Glücklicherweise halfen mir die Kinder und vor allem Regina über die schreckliche Zeit hin weg. Vater verstarb 2011 und wurde neben Mutter beerdigt. Ich glaube es war für ihn eine Art Erlösung.

Nach Mutters Beerdigung und Unterbringung von Vater waren wir urlaubsreif. Die Praxis und die Sporthalle liefen. Anna machte uns keine Sorgen, folglich plante Regina unseren Urlaub. Es sollte auf jeden Fall ein Urlaub mit dem Wohnmobil von Georg sein. Das dürfte auch kein Problem sein, denn das Wohnmobil stand bei uns. Regina wollte unbedingt zur Ostsee, da es im Grunde genommen ein Kinderurlaub war. Peter und Paul waren mittlerweile fünf Jahre alt und wollten beschäftigt werden. Von Geesthacht aus fuhren wir zum Timmendorfer Strand, wo Peter und Paul im Wasser der Ostsee planschen konnten. Den ersten Schluck Salzwasser fanden beide nicht so prickelnd, denn sie kannten das nicht. Vor dem Abendessen spazierten wir noch über die Seebrücke Niendorf, die zu den neueren Seebrücken zählt und die Form eines Fisches hat.

Am nächsten Morgen fuhren wir zum SEA LIFE, wo es in diversen Gehegen und Aquarien eine Vielzahl von Fischen zu sehen gibt. In den Gehegen sahen wir Fischottern, Pinguine und Seehunde. Nach dem Mittagessen ging es Spielplatz Sealife, wo sich die Kleinen auf Klettergerüsten, Schaukeln, Rutschen usw. richtig austoben konnten. Das Gute an diesem Tag war, dass die Zwillinge früh schliefen und wir ein bisschen Zeit für uns hatten.

Am dritten Tag besichtigten wir noch die Seeschlösschenbrücke, bevor es weiter zum Ostseebad Boltenhagen ging. Abends sahen wir uns noch die beleuchtete Seebrücke an. Am nächsten Tag mussten wir wieder ein Ziel für die Zwillinge anlaufen. Die beidseitige Promenade hatte einen Spielplatz und Peter und Paul waren nicht mehr zu halten. Da wir wussten, dass der Besuch des Spielplatzes wieder zeitintensiv werden würde, ging Regina los, um Getränke und ein paar Plätzchen zu kaufen. Geschlagene dreieinhalb Stunden saßen Regina und ich auf der Bank und sahen den Zwillingen zu.

Einen Tag später besichtigten wir das Buddelschiffmuseum und die Steilküste. Nach dem Mittagessen mit Pommes rot-weiß ging es zum Badestrand. Am nächsten Tag fuhren wir mit dem Wohnmobil zur Insel Poel, fanden aber nichts Interessantes. Da Peter und Paul wieder quengelten, hielten wir wieder an einem Spielplatz an. Glücklicherweise hatten die Zwillinge bald keine

Lust mehr und wir konnten weiter nach Warnemünde fahren. Zum Essen gingen wir zu Fuß in die Innenstadt. Auf dem Weg zu einer Gaststätte kamen wir am Brunnen Warnminner Ümgang vorbei, der mit seinen zahlreichen Skulpturen sehenswert war. In der Gaststätte gab es wieder Zoff mit den Zwillingen, denn ich bestellte ihnen Pommes mit Mayonnaise und Fischstäbchen. Nach anfänglichem Gemurre schmeckte es ihnen doch.

Am nächsten Vormittag ging es ins Ostseebad Warnemünde. Müde und abgekämpft schliefen die Zwillinge früh ein. Regina und ich waren uns einig, dass der nächste Urlaub zu einem Ziel mit Kinderclub gehen würde. Vor der Weiterfahrt zum Ostseebad Graal-Müritz gingen wir noch über die Promenade vom Alten Strom, wo ich die Fischbrötchen mit Matjes und Aal besonders genoss. Regina spazierte in diverse kleine Geschäfte, um dort das eine oder andere Souvenir zu kaufen.

Unsere letzte geplante Station war das Ostseebad Graal – Müritz. Wir fuhren mit dem Camper zum Ostseebad & Ferienpark »Rostocker Heide«, der direkt an der Ostsee lag. Die Zwillinge konnten im Meer baden, die Spielplätze nutzen und auch andere Kinder kennenlernen. Der fast perfekt ausgestattete Ferienpark hatte mit Gaststätte, SB-Markt, Imbiss, Bäcker und Eisdiele einiges zu bieten, so dass wir vier Tage dortblieben.

Die Rückfahrt lief nicht ganz so problemlos. Als wir an einer Raststätte anhielten, um zu tanken und unsere Toilettengänge zu erledigen, wurde Regina von drei Typen belästigt. Regina ließ die drei aber links liegen, was denen überhaupt nicht passte. Sie packten Regina am Hintern und an die Brust, so dass Regina ausflippte. Den ersten Typen trat sie in die Eier, dem zweiten brach sie die Nase und dem dritten zwei Finger. Gut, dass ich mit den Zwillingen an der Kasse war, um zu bezahlen, denn dadurch bekamen sie nicht alles mit. An Weiterfahrt war nicht zu denken, denn wir mussten auf die Polizei warten. Ich nahm Regina und die Zwillinge in die Arme und flüsterte Regina ins Ohr: »Du hast es ja noch drauf.« Kurze Zeit später kam die Polizei und nahm Personalien und Aussagen auf. Dann fuhren wir ohne weiteren

Zwischenfall nach Hause. Zu Hause angekommen, begrüßten uns Anna und ihr Freund.

Im Herbst 2009 bekam ich eine offizielle Einladung vom Innenminister. Als ich dort eintraf, saß in seinem Büro noch ein dritter Mann, der mir als Markus Ritter vorgestellt wurde. Herr Ritter machte auf mich einen sehr militärischen Eindruck. Sein Team bestand aus sechs Personen, die für die Regierung gelegentlich spezielle Aufgaben erledigten. Er legte mir Bilder von drei Personen vor, die ich vom Sehen aus unserer Sporthalle kannte. Diese drei Personen waren in das Visier von Herrn Ritters Leuten geraten und wurden deshalb schon seit einigen Wochen beobachtet. Es wurden aber noch keine Beweise gefunden, sogar die elektronische Überwachung von Telefonen und Computern brachte nichts.

Die drei Personen bzw. Verdächtigen trafen sich immer donnerstags zum Training in der Sporthalle. Alle drei wohnten in der Gegend zwischen Hamburg und Geesthacht, waren verheiratet, hatten Kinder und waren selbstständig. Der erste Verdächtige hatte ein internationales Transportunternehmen, der zweite handelte mit Soft – und Hardware und der dritte mit landwirtschaftlichen Maschinen. Aufgefallen waren die drei durch einen dummen Zufall. Einer der Fahrer des Transportunternehmers verdiente sich ein bisschen Geld nebenbei. Er fuhr immer die gleiche Raststätte an, um sich dort mit einem anderen Fahrer zu treffen. Beim Austausch von einer Kiste gegen Geld wurden sie von einem Jungen zufällig mit einem Handy gefilmt. Als die Eltern später zu Hause den Film sahen, informierten sie die Polizei. »Von der Polizei kam der Film dann zu uns« , sagte Herr Ritter. »Jetzt wissen sie fast alles, Paul« , sagte er zu mir.

Der Innenminister machte mich noch darauf aufmerksam, dass dieses Gespräch nie stattgefunden hatte. Herr Ritter sagte mir dann, dass er zwei Leute in die Sporthalle einschleusen würde und ich bekam den Auftrag, den Müll von jedem Tag, an dem diese Verdächtigen in unserer Sporthalle waren, separat aufzubewahren. Mir blieb nichts anderes übrig als mitzuspielen. Damit ich zu Hause eine glaubwürdige Ausrede wegen des Termins haben würde, kündigte der Innenminister an, dass er unsere Sporthalle besichtigen möchte und ich die Presse für diesen Termin informieren sollte. Dazu gehörte auch, dass ich Georg informierte und ein kleines Buffet organisieren würde. Diesen Auftrag gab ich an Harry und Mary weiter und so aufgeräumt und geputzt. Weiterhin wurden noch Tische mit weißen Decken und Blümchen sowie Stühle aufgestellt. Regina hatte sogar 30 Paar Filzpantoffeln besorgt, in die die Besucher mit ihren Schuhen schlüpfen konnten, damit der Boden in der Sporthalle nicht beschädigt wurde.

Dann kam der große Tag. Der Innenminister kam mit seiner Frau, dem Fahrer und Herrn Ritter. Bei der Ankunft gab es ein Blitzgewitter der Fotografen und jeder Journalist wollte ein Interview. Der Innenminister beruhigte die Zeitungsleute, indem er sagte: »Leute, ganz ruhig, ich werde mir erst die Sportanlage ansehen und dann beim Buffet Ihre Fragen beantworten.« Der Rundgang dauerte etwa 45 Minuten. Anschließend ging es zum Buffet, wo die Reporter 30 Minuten lang Fragen stellen durften. Der Innenminister beantwortete den größten Teil der Fragen und nach exakt 30 Minuten stieg er in sein Auto und fuhr davon. Am nächsten Tag berichteten die Zeitungen ausführlich über den Besuch des Innenministers und das Positive war, dass wir zwölf neue Mitglieder für die Sportanlage bekamen.

Der ganz normale Betrieb lief nach dem Besuch des Innenministers weiter. Mir war bewusst, dass zwei der neuen Mitglieder von der Sondereinheit waren, aber sie gaben sich nicht zu erkennen und das war auch gut so. Ich hielt mich an die Absprachen, indem ich dafür sorgte, dass der Abfall kontrolliert werden konnte. Drei Monate lang passierte nichts. Die Lkw-Transporte und das Nebengeschäft des Fahrers wurden weiter beobachtet, aber die Sondereinheit kam einfach nicht weiter. In dem Abfall fand man Obstreste, Papiertücher und Papierfetzen, mal mit Lochstreifen, mal mit Strichen und mal mit Punkten. Diesen einzelnen Papierfetzen hatte man anfangs keine besondere Aufmerksamkeit geschenkt, aber nachdem die Papierfetzen gesammelt und wie ein Puzzle zusammengesetzt wurden, sah man, wie die drei Unternehmer ihre Informationen austauschten, nämlich in Blindenschrift, mit Morsecodes und mit Lochstreifen.

Nun hatte die Sondereinheit eine Spur, so dass weiter Beweise gesammelt und die Überwachung verstärkt wurde. Es gab aber auch glückliche Zufälle. Der Fahrer, der mit seinem Nebengeschäft Geld verdiente, erschoss bei einem Tauschgeschäft seinen Geschäftspartner. Da auch er überwacht wurde, konnte ein Mitarbeiter der Sondereinheit das Ganze filmen. Der Beamte griff nicht ein, denn sie wollten den Fahrer als Kronzeugen, wozu sie ihn außer Gefecht setzen mussten. Das passierte auf einer Raststätte, während der Fahrer zur Toilette ging. Der Mann der Sondereinheit kippte ihm eine Flüssigkeit in sein Getränk, aber das Medikament sollte erst vier Tage später auf einer seiner Touren wirken. Als der Fahrer wieder zur Toilette gehen wollte, bekam er plötzlich Krämpfe und verlor das Bewusstsein. Der Notarzt war kurze Zeit später vor Ort und transportierte ihn nach einer kurzen Untersuchung mit einem Krankenwagen ab. Der Arzt und der Fahrer des Krankenwagens waren Mitarbeiter der Sondereinheit, die den Lkw-Fahrer in ein vorbereitetes Safehouse brachten. Dort wurde ihm das Gegenmittel verabreicht, damit er verhört werden konnte. Anfangs schwieg er wie ein Grab, aber als die Beamten ihm Bilder von dem Mord zeigten und ihm seine Nebengeschäfte nachwiesen, wurde er gesprächiger.

Er erzählte, dass er seit sieben Jahren für das Transportunternehmen arbeitete. Seine Touren gingen immer nach Ost – und Südosteuropa, da sein Chef internationale Verbindungen hatte. Auf seinen Touren nahm er auf der Hinfahrt grundsätzlich landwirtschaftliche Maschinen und Geräte mit, in Ausnahmefällen handelte sich auch um acht Meter lange Rohre mit einem Durchmesser ab 200 Millimetern. Zurück brachte er häufig Küchengeräte und Kupfer. Seine Papiere waren sauber, so dass er die Grenzkontrollen immer problemlos passierte. Sein Nebengeschäft bestand in dem Schmuggel von Rauschgift und Tabletten.

Das, was er noch sagen konnte, war, dass die landwirtschaft-lichen Maschinen und Geräte repariert und bearbeitet worden waren. Damit kamen die Beamten auch nicht weiter, aber immerhin hatten den Fahrer als Mörder gefasst, aber sonst nichts Belastbares gefunden.

Zwischenzeitlich tauchte ein SUV auf dem Rastplatz auf, auf dem der Lkw des Fahrers noch stand. Vier Leute stiegen aus und beobachteten den Lkw, aber erst als dunkel wurde, näherten sie sich, um den Lkw zu untersuchen. Nach einigen Telefonaten fuhren zwei Personen mit dem Lkw davon, während der SUV ihm folgte. An der nächsten Abfahrt drehte der Lkw und fuhr zurück zur Verladestelle der Landmaschinenfirma, wo er in die Halle gefahren und vermutlich untersucht wurde. Zwei Tage später fuhr der Lkw wieder los.

Der nächste Schritt war eine intensivere Überwachung des Händlers für landwirtschaftliche Geräte und Maschinen, wozu die Sondereinheit auf zwölf Personen aufgestockt wurde. Die Verdächtigen und ihre Familien wurden rund um die Uhr überwacht. Es wurden unzählige Videos gedreht und Hunderte von Bildern geschossen. Nach Sichtung der Fotos fiel einem Mitarbeiter auf, dass die Farbgebung im Bereich der Traversen und Holme von den Landmaschinen leicht unterschiedlich zu sein schien. Diesem Indiz ging man nach, was nicht einfach war.

Auf dem verfolgten Lkw saßen zwei Fahrer, so dass während einer Pause immer nur einer auf die Toilette ging. Somit konnten wir den LKW auch nicht kontrollieren, aber das Sonderkommando setzte den Zoll ein. Die Zollbeamten waren informiert und wussten, worauf sie zu achten hatten. Damit das Ganze nicht auffiel, wurde auf einer Raststätte eine Kontrollstelle eingerichtet. Die Beamten zogen den Lkw aus dem Verkehr und führten eine Fahrzeugkontrolle durch. Fahrzeug, Sattelzug, und sogar der Treibstoff wurde kontrolliert. Dann wurde der Container geöffnet, um die Ladung und die Ladungssicherung zu begutachten. Mit einer Bodycam wurden die Landmaschinen geprüft und gefilmt. Zum Abschluss machten die Zollbeamten die Fahrer darauf aufmerksam, dass die Bereifung zum Teil erneuert werden musste. Bei der Auswertung der Bodycam sah man deutlich die frischen Farbspuren an den Holmen und Traversen der Landmaschinen.

Die Sondereinheit war einen großen Schritt weitergekommen. Sie wussten jetzt, wie transportiert wurde, aber es stellte sich noch die Frage, was transportiert wurde. Auch dort gab es nach Auswertung der Morsecodes, der Blindenschrift und der Lochstreifen ein Licht am Horizont. Das zu transportierende Material wurde zwar nicht mit Namen benannt, sondern mit Zahlen und Buchstaben. Analysten fanden heraus, dass die Zahlen und Buchstaben aus den Büchern »Moby Dick« oder »Die Schatzinsel« stammen müssten. Es stellte sich schlussendlich heraus, dass es das Buch »Die Schatzinsel« der Schlüssel war.

Die drei Unternehmer transportierten seit Jahren Sprengstoff, Rauschgift, Gift und Pläne für Drohnen und deren Steuerung nach Ost- und Süd-Ost-Europa. Es handelte sich hierbei um einen internationalen Schmugglerring. Die betroffenen Staaten wurden informiert und im April 2010 wurde nach zehn Monaten langer Arbeit der internationale Schmugglerring hochgenommen. Nach dieser Aktion rief mich der Innenminister an, bedankte sich für die Unterstützung und sagte nur: »Bis zum nächsten Mal.«

Jetzt aber erst mal zurück in den Sommer 2009. Die Praxis lief nach wie vor gut. Dr. Kraus war die ständige Fahrerei aus dem Westen Hamburgs nach Geesthacht mittlerweile zu lästig. Nach langen Diskussionen mit seiner Freundin Daniela und einem Heiratsantrag konnte er sie endlich überzeugen, umzuziehen. Daniela war schon einmal verheiratet gewesen und hatte einen 5-jährigen Sohn namens Urs. Im September fanden die drei ein Haus in Bergedorf und der Umzug war ab dem 15. Dezember geplant. Die Organisation für den Umzug sowie der Neukauf einiger Möbel überließ Dr. Kraus Daniela.

Kommen wir zu Regina, Peter, Paul und Anna. Peter und Paul entwickelten sich prächtig, so unterschiedlich sie auch waren.

Paul hatte etwas von mir geerbt, denn er konnte äußerst wütend und nachtragend werden. Da mussten Regina und ich aufpassen. Peter war der ruhigere Typ, beim Spielen mit Bausteinen oder Lego zeigte sich, dass er, wenn etwas nicht auf Anhieb klappte, Ausdauer hatte und so lange probierte, bis er es hinbekam. Das war bei Paul anders, denn bei ihm etwas nicht funktionierte, wurde er wütend und schmiss seine Legosteine durch die Gegend. Manchmal kam es auch so weit, dass er Peters Bauwerke zerstörte, was dann zu einer Keilerei zwischen Peter und Paul führte. Regina ging dann dazwischen und erklärte ihnen, dass Geschwister zusammenhalten müssen. Anna hingegen lernte fleißig weiter, denn sie verlor nie ihr Ziel aus den Augen. Sie wollte im Sommer 2010 zur Universität nach Münster und Psychologie und Sport studieren.

Weihnachten verbrachten wir im Kreis unserer Familie. Zu Silvester waren wir bei Georg eingeladen, wo wir auf Klaus, Petra, Max und Ines trafen. Harry, Mary und Kevin waren auch eingeladen, so dass es eine schöne und ruhige Silvesterfeier wurde. Julia und Beate hatten das Essen und die Getränke organisiert. Für die Erwachsenen gab es Kartoffelsalat, Würstchen, Schnitzel und verschiedene Sorten Lachs und für die Kinder Pommes rotweiß und Chicken Nuggets. Als Getränke gab es, was das Herz begehrte, wie Champagner, Spirituosen, Bier und Säfte. Uns war eigentlich gar nicht nach einem Trinkgelage, vielmehr setzten wir auf Gespräche und erzählten uns Dinge, die sich im Jahr 2009 ereignet hatten.

Klaus fühlte sich in wohl in Fühlingen und die Arbeit bei Bayer Leverkusen machte ihm Spaß. Max ging seit dem Sommer in die Schule und Ines war mittlerweile auch schon 2,5 Jahre alt. Sven, der Sohn von Harry und Mary, war auch schon über zwei Jahre alt, aber weitere Kinder wollten die beiden nicht. Dann erzählte Regina von Peter und Paul, von ihren Eigenschaften und dass sie Mitte 2010 in die Schule kommen würden. Dann trug Anna ihre Ziele vor. Als sie auf ihren Freund angesprochen wurde, sagte sie nur: »Entweder er zieht mit oder das war es. Ich möchte mir etwas aufbauen.« Georg staunte, denn diese Wandlung hatte er sich nicht vorstellen können. Zuletzt erzählte Georg, dass er das jetzige Leben genieße und er all seine Geschäftsinteressen aufgegeben hatte.

Um Mitternacht gingen alle hinaus, um das Silvesterfeuerwerk zu genießen und auf das neue Jahr anzustoßen. Gegen 3:00 Uhr gingen die Frauen und Kinder zu Bett und Georg, Klaus und Harry nahmen noch einen Absacker. Am Neujahrstag frühstückten wir um 10 Uhr und fuhren anschließend nach Hause. Wieder zu Hause machte sich Anna auf den Weg, um ihren Freund zu besuchen und ihm und seinen Eltern ein frohes neues Jahr zu wünschen.

Als Erstes wollte ich im neuen Jahr etwas klären, was mir schon lange auf den Zeiger ging. Als ich ins Büro kam, bot ich Dr. Kraus direkt das Du an. Die ständige förmliche Anrede unter uns hatte mich genervt, aber ab jetzt hieß es, Günter und Paul. Da es am ersten Tag ruhig zuging, fuhr ich los und besorgte Kuchen. Für unsere Mitarbeiterinnen kaufte ich noch ein paar Blumen und bedankte mich für ihre unermüdliche Arbeit im letzten Jahr. Gegen 14:00 Uhr schlossen wir die Praxis und fuhren nach Hause. Im Laufe der nächsten drei Monate bearbeiten wir Fälle bzw. Krankheiten wie Eifersucht, Einsamkeit, Eheprobleme und Probleme zwischen Eltern und Kinder.

Im April 2010 meldete sich eine Verena in der Praxis. Da ich nicht im Büro war, sagte sie nur, sie würde sich noch einmal melden. Am nächsten Vormittag erwischte sie mich vormittags telefonisch in der Praxis. Ich wusste anfangs nicht, wer Verena war, aber dann half sie mir auf die Sprünge. Als Verena das Jahr 2006 und Albanien erwähnte, fiel bei mir der Groschen. Sie wollte mich unbedingt sprechen, aber ich erinnerte sie daran, was wir verabredet hatten. Sie sagte: »Ja, ich weiß, aber trotz allem müssen wir uns sehen.« Nur widerwillig stimmte ich zu. Am Wochenende trafen wir uns dann am Dortmunder Hauptbahnhof. Regina hatte ich vor der Fahrt nach Dortmund eingeweiht. Ich setzte mich also an einem Samstag in Hamburg in den ICE, der mich nach Dortmund brachte. Treffpunkt sollte um 12:00 Uhr am Eingang Hauptbahnhof sein.

Ich erkannte Verena kaum wieder, denn sie wirkte auf mich wie ein verängstigtes Kind. Sie fiel mir in die Arme, weinte und zitterte am ganzen Körper. Bei einem Kaffee erzählte sie mir, was los war. Dieter war vor etwa sechs Monaten aufgetaucht und erpresste Verena. Da Verena nicht zur Polizei gehen konnte, ohne die komplette Wahrheit zu erzählen, rief sie mich an. Nach einigen Überlegungen kam ich zu dem Entschluss, dass ich ihr helfen musste. Dieter musste verschwinden.

Ich fuhr wieder nach Hause und informierte Regina. Georg besorgte mir über seine ehemaligen Kollegen einen alten gestohlenen Kleintransporter mit Papieren. Ich kaufte mir schwarze Kleidung, eine Sturmmaske, Betäubungsmittel und Heroin. Dann fuhr ich Richtung Saarland, denn Verena hatte mir den Ort und die verabredete Übergabestelle für das Geld genannt. Der Treffpunkt lag auf einem kleinen Parkplatz an der B 51 südlich von Saarbrücken. Meinen Kleintransporter parkte ich in einem Waldweg etwa 500 Meter hinter dem Parkplatz. Dann schlich ich mit Betäubungsmittel und Baseballschläger zurück und wartete im Dickicht.

Kurz vor 1:00 Uhr nachts kam Verena und fünfzehn Minuten später erreichte auch Dieter den Treffpunkt. Als sie aus ihrem Fahrzeug stieg, bedrohte er Verena mit einem Messer. Er zwang Verena, sich komplett auszuziehen und fing an, sie zu befummeln. Verena weinte und zitterte am ganzen Körper. Er wollte mehr. Dazu musste Dieter aber kurzzeitig das Messer weglegen, damit er sich seine Hosen runterziehen konnte. Auf diesen Moment hatte ich nur gewartet. Mit dem Baseballschläger schlug ich mehrmals zu, während sich Verena wieder anzog. Als ich ihm das Betäubungsmittel verabreicht hatte, nahm Verena das Messer und schnitt ihm den Penis samt Hoden ab. Damit hatte Verena meinen Plan, Dieter in einer Schrottpresse verschwinden zu lassen, vereitelt. Was nun?

Dieter lag auf dem Parkplatz und verblutete. Seine Leiche mit dem von mir mitgebrachten Heroin packten wir unter seinen Autositz. Wir versuchten so weit wie möglich, die Spuren zu beseitigen. Wir hatten aber immer noch das Problem mit Dieters Leiche und dass mein Kleintransporter noch in 500 Meter Entfernung stand. Es nützte nichts, wir mussten improvisieren. Ich schickte Verena nach Hause und sagte ihr, dass sie mich nie wieder anrufen sollte. Dann fuhr ich Dieters Auto mit der Leiche in den Waldweg, wo mein Kleintransporter stand, zapfte Benzin ab, übergoss Dieter, der mittlerweile verblutet war, mit Benzin und steckte ihn an. Dann machte ich, dass ich fortkam. Ich konnte nur hoffen, dass uns keiner gesehen hatte. Zuerst fuhr ich zu Georg, damit er den Kleintransporter in der Schrottpresse verschwinden lassen konnte. Regina kam, um mich bei Georg abzuholen. Sie sah Georg und mich nur an und fragte: »Wann hört das endlich auf?« Georg sagte nur: »Das sind die Schatten der Vergangenheit.« Wieder mal Glück gehabt, die Untersuchung der saarländischen Polizei verlief im Sande.

In den nächsten Wochen stürzte ich mich in Arbeit, trainierte wie ein Wahnsinniger und die Restzeit, vor allem an den Wochenenden, kümmerte ich mich um Peter und Paul. Regina plante unterdessen unseren Urlaub, denn wir wollten im Juli wieder in den Ferienpark »Rostocker Heide« . Wir mussten im Juli fahren, denn Regina und ich wollten Anna bei dem Umzug nach Münster helfen. Anna wollte unbedingt in eine Wohngemeinschaft ziehen und wollte sich während unseres Urlaubs selbst darum kümmern.

Im August würde sich unser Leben ändern. Wie bereits erwähnt, Anna zog nach Münster und wenn alles gut ging, war sie nach 12 bis 14 Semester fertig und Peter und Paul kamen in die Schule.

Zurück aus dem Ferienpark, indem sich Peter und Paul so richtig ausgetobt hatten, sprachen wir erstmal mit Anna. Sie berichtete uns von ihrer Suche in Münster und dass sie sich für eine Mädchen- WG entschieden hatte. Ihr Zimmer hatte 16 Quadratmeter, Küche und Dusche teilten sich die Mädels. Es war eine

4-Personen-WG und ein Plan, wer was und wann zu tun hatte, war vorhanden. Die anderen drei Mädchen studierten Sport und BWL.

Anna hatte nun zwei Probleme : 1. ihren Freund, mit dem sie schon seit zwei Jahren zusammen war und 2. die Entscheidung, was sie mit nach Münster nehmen sollte. Denn in dem 16 Quadratmeter großen Zimmer stand ein Bett, eine Kommode, ein Schrank, ein Tisch und ein Stuhl. Internet war vorhanden und Besuche von Jungen nicht erwünscht. Folglich konnte Anna nur Klamotten, ein paar Bücher und ihren Laptop mitnehmen. Wir boten ihr an, ein Apartment zu mieten, das wir bezahlen würden, aber sie wollte es nicht. Mit ihrem Freund war es schwieriger, denn die große räumliche Trennung machte ihm zu schaffen. Anna musste ihm versprechen, täglich anzurufen und jedes Wochenende nach Hause zu kommen. Ich wusste, dass das nicht funktionieren konnte, denn das Studium war kein Pappenstiel. Nach vielen Tränen seinerseits schlief die Beziehung dann nach dem ersten Semester ein.

Die Einschulung von Peter und Paul war für uns etwas Besonderes. Regina machte Bilder und drehte Videos von den beiden ohne Ende. Ich hatte Regina lange nicht mehr so glücklich gesehen. Meine Geschwister und Bekannten bekamen von Regina eine bearbeitete CD, auf der die Einschulung zu sehen war. Alles schien problemlos zu laufen.

Im Herbst trafen sich Georg, Harry und ich im Büro der Sporthalle, um uns über die jetzige Situation und die Zukunft zu unterhalten. Harry erklärte uns, dass wir zwischen Weihnachten und Neujahr einige Reparaturen in den Sanitäranlagen durchführen müssten. Im Grunde genommen nur Kleinigkeiten, da einige Duschköpfe, eine Toilette und zwei Waschbecken beschädigt waren. Der Hallenboden musste gründlich gereinigt werden und wir sollten an einigen Stellen Spender für Desinfektionsmittel und Papiertücher aufhängen. Harry bekam unser Okay für diese Arbeiten. Anschließend sprachen wir über das Finanzielle. Zurzeit nutzten 238 Personen unsere Sporthalle, dazu kamen noch Einnahmen durch den Verkauf diverser alkoholfreier Getränke wie Cola, Fanta und Wasser, Fitnessdrinks, Energieriegel und anderer Kleinigkeiten. Auf der Ausgabenseite standen die Abtragung des Krediters und die Personalkosten, aber alles in allem rechnete sich das Projekt. Zu dem Personal sagte Harry nur, dass die zwei Putzfrauen fleißig waren und das Hausmeisterpaar einwandfreie Arbeit lieferte. Eng wurde es nur, wenn das Hausmeisterpaar zweimal im Jahr in Urlaub war. Ich sagte ihm, dass er dann Hilfe von Regina und mir bekommen würde. Zum Abschluss des Gespräches bestellte uns Mary eine Pizza vom Lieferservice.

Die letzten Monate des Jahres plätscherten so dahin. Anfang Dezember bekamen Regina und ich eine Einladung zur Weihnachtsfeier von meinem Bruder Detlef nach Köln. Nach einer kurzen Rücksprache mit meiner Schwester Claudia sagten wir zu. Zwei Tage später kam die Einladung zur Silvesterfeier nach Fühlingen von Klaus. Jetzt wurde es doch noch hektisch, denn Georg meldete sich auch noch, denn er wollte etwas mit uns besprechen. Den Termin legte Georg auf den 29.12. in Fühlingen und hatte dazu im Hotel ein Sitzungszimmer gebucht. Regina hatte zwischenzeitlich mit Anna telefoniert und sie über unsere Planungen informiert. Anna sagte für die Weihnachtsfeier bei Detlef zu. Silvester wollte sie mit ihren WG-Mitbewohnern zu einer Party gehen. Daraufhin rief ich Detlef wieder an und bat ihn, uns ein Familienzimmer oder ein Apartment plus ein Einzelzimmer für Anna ab dem 18.12. zu buchen. Regina und ich wollten die Tage bis Weihnachten nutzen, um uns das ein oder andere anzusehen. Dann rief ich Georg mit der Bitte an, uns ein Apartment in Fühlingen von 28.12. bis 2.01.2011 zu buchen. Zwei Tage später rief Mary an und fragte Regina, ob wir auch eine Einladung nach Fühlingen von Georg bekommen hätten. Regina bejahte die Frage und fragte Mary, ob sie den Grund wisse. Mary wusste es nicht.

Am 18.12. fuhren wir mit unseren Zwillingen los in Richtung Köln. Da die Autobahn A1 ziemlich überlastet war, standen wir in Bremen, am Kamener Kreuz und am Leverkusener Kreuz im Stau. Durch diesen Zeitverlust kamen wir erst gegen 17:00 Uhr im Hotel an. Anna erwartete uns schon. Regina und ich waren gestresst, denn die Zwillinge Peter und Paul hatten uns während der rund siebenstündigen Autofahrt genervt. Anna nahm uns die Zwillinge ab und beschäftigte sie, so dass wir in Ruhe unser Zimmer beziehen konnten. Gegen 19:30 Uhr gingen wir zum Abendessen. Anna erzählte uns von dem Studium und ihren Mitbewohnern. Ihre Mitbewohner und sie waren bei den Eltern eines reichen Studenten zu einer Silvesterparty eingeladen. Anna wollte eigentlich nicht hin, denn der Student, sein Name war Gerd, war gelegentlich zudringlich. »Dann geh nicht hin« , sagte ich. »Ich habe zugesagt und möchte nicht kneifen« , antwortete Anna.

Regina wollte die Zwillinge ins Bett bringen, doch Paul fragte plötzlich: »Anna, kann ich nicht bei dir schlafen?« »Ich auch, ich auch« , sagte Peter. Anna zuckte mit den Schultern und sah Regina an. »Bitte, Mama, bitte, bitte.« Jetzt sah Regina mich an. »In Ordnung« , antwortete ich, »aber damit das klar, wir tauschen die Zimmer für eine Nacht.« Anna ging mit den Zwillingen nach oben in unser Zimmer. Regina und ich tranken noch zwei Gläser Rotwein und gingen ebenfalls schlafen.

Am nächsten Morgen fuhren wir nach einem späten Frühstück zu einer Besichtigung des Kölner Doms. Ein Führer erzählte uns die Geschichte des Kölner Doms und dessen Entstehung. Anschließend ging es zum Schokoladenmuseum. Vorab muss ich sagen, dass wir es uns etwas anderes vorgestellt hatten, denn eigentlich war es nur ein Rundgang. Den ersten Gang entlang sah man diverse Maschinen zur Herstellung von Schokolade und am Ende des Ganges stand ein Schokoladenbrunnen. Eine Bedienstete tauchte eine Waffel in den Schokoladenbrunnen und übergab jeden Besucher eine mit Schokolade überzogene Waffel. Kinder bekamen, wenn sie wollten, eine zweite. Zurück auf dem Gang standen dort weitere Maschinen, hinter Glas die ein oder andere Schokoladenfigur. Der Ausgang endete in einem großen

Raum, in dem Schokolade und andere Kölner Sehenswürdigkeiten verkauft wurden. Es war eine Enttäuschung für uns. Da wir noch Zeit bis zum Abendessen hatten, gingen wir noch durch die Altstadt. Als es dunkel wurde und wir zurück ins Hotel wollten, fragte Anna, ob sie nicht bleiben könne, um sich das Abend- bzw. Nachtleben von Köln anzusehen. Ich gab ihr Geld für diverse Kneipenbesuche und fürs Taxi zum Hotel.

Für den nächsten Tag hatten wir nichts Festes geplant und wollten relaxen. Regina schaute ins Internet und schlug vor, in die Claudia-Therme zu gehen. Neben Wellness und Saunabereichen gab es noch Innen- und Außenbecken. Sogar den Kölner Dom konnte man von dort sehen. Da Anna noch nicht zu sehen war, klopfte ich an ihre Zimmertür. Sie öffnete schlaftrunken die Tür. »War wohl eine lange Nacht« , sagte ich. »Ja, bin erst gegen 5 Uhr ins Bett gekommen. Was willst du?« , fragte sie mich. »Wir wollen in die Claudia-Therme zum Relaxen. Willst du mit?« »Gebt mir eine halbe Stunde, dann komme ich mit.« Regina packte ein paar Sachen ein und los ging es. Für die Zwillinge war es etwas Neues nur im Bademantel oder nackt herumzulaufen, aber sie gewöhnten sich schnell daran. Nach zwei Saunagängen ging ich mit den Zwillingen schwimmen und die beiden Frauen gingen in den Wellnessbereich. Nach etwa drei Stunden tauchten Regina und Anna wieder auf. Sie hatten sich massieren lassen und diverse Verwöhn– und Wohlfühlprogramme durchgeführt und sich über hochwertige Kosmetik informiert. Ich war leicht sauer, denn drei Stunden mit den Zwillingen waren nicht einfach. Regina sah in mein Gesicht und sagte nur: »Sorry, das musste sein.« Anna und ich machten noch drei Saunagänge inklusive der nötigen Pausen. Zurück im Hotel trafen wir Claudia mit ihrer Familie, denn sie hatten ihre Zimmer schon bezogen. Wir verabredeten uns für ein gemeinsames Abendessen um 19:30 Uhr. An diesem Abend gab es eine Menge zu erzählen, da wir uns ja schon lange nicht mehr gesehen hatten. Wir saßen bis 23:00 Uhr zusammen. Regina und Anna hatten natürlich nicht versäumt, von unserem Besuch in der Claudia-Therme zu berichten. Meine Schwester Claudia sagte zu ihrem Mann, dass sie dort auch einmal hin müsste.

Der nächste Tag verlief ruhig, denn Detlef hat angerufen und uns zum Kaffee eingeladen. Regina nutzte die Zeit bis dahin, um eine Rheinfahrt zu organisieren. Gegen 16:00 Uhr trafen wir uns bei Detlef und seine Frau hatte die Tische schon gedeckt. Dabei musste sie auch improvisieren, denn schließlich waren wir dreizehn Personen. Auch hier gingen unsere Unterhaltungen bis 20:00 Uhr, da es jede Menge Gesprächsstoff gab. Familie, Kinder, Schule und Arbeit waren unsere Hauptthemen.

Für den 21.12. hatte Regina eine Fahrt auf dem Rhein geplant, bei der es von Köln nach Bonn weiter nach Boppard am Rhein über die Loreley Passage nach Rüdesheim gehen sollte. In Rüdesheim hatten wir drei Stunden Aufenthalt. Wir nutzten die Zeit für eine Fahrt mit der Seilbahn Rüdesheim und eine Besichtigung der Drosselgasse. Die Seilbahnfahrt über den Rhein und den Rheingau bis hin zum Niederwalddenkmal hat uns sehr gut gefallen. Regina hatte unzählige Bilder gemacht. Die Besichtigung der Drosselgasse war ebenfalls interessant, denn die schmale Gasse, die vielen Weinlokale und die dazugehörigen Weinproben waren sehr gut. Es war so gut, dass Anna uns zurück ins Hotel fahren mussten, denn Regina und ich hatten die Weinproben genossen. Ich will nicht sagen, dass wir betrunken waren, aber fahren durften wir nicht mehr.

Am 23.12. fuhren wir mit Claudia und ihrer Familie noch einmal in die Claudia-Therme. Ich will hier nicht weiter berichten, aber wir nutzten die Angebote und hatten somit einen schönen Tag.

Auch Heiligabend und die Weihnachtstage verliefen wie immer mit Essen, Trinken und Gesprächen.

Am 27.12. verabschiedete sich Claudia mit ihrer Familie in Richtung München und Anna in Richtung Münster. Wir fuhren am 28.12. nach Frühlingen, wo Georg, Julia und Beate uns schon erwarteten. Wir bezogen die Zimmer und Hut ab, Georg hatte ein tolles Hotel gebucht. Am 29.12. kamen auch Harry und Mary mit ihrem dreijährigen Sohn an. Georg hatte für den Abend einen geschlossenen Raum gebucht, in den er Getränke und Gläser hineinstellen ließ. Der Wirt und die Bedienung wurden angewiesen, uns bei der Besprechung nicht zu stören. Harry und ich fragten nach dem Grund des Treffens, aber Georg sagte nur: »Wartet bis heute Abend. Kümmert euch lieber darum, wer heute Abend auf die Kinder aufpasst.« Unsere Wahl fiel auf Mary.

Gegen 20:00 Uhr trafen auch Petra und Klaus ein, deren Kinder bei Petras Eltern untergebracht waren. Als alle auf ihren Plätzen saßen, fing Georg an, zu reden. »Ich möchte, dass eure Kinder und möglichst auch eure Kindeskinder in normalen Verhältnissen aufwachsen und eine gute Bildung erhalten. Ich möchte nicht, dass eure Kinder jemals so Leben müssen wie ich in den Anfängen. Klaus, auch du weißt nicht alles, obwohl du mein Bruder bist. Nun sagt mir bloß nicht, uns geht es doch gut. Hört erst mal zu, was ich zu sagen habe. Ich bin bei drei Juwelieren stiller Teilhaber und bekomme 50 % der monatlichen Gewinne nach Abzug der Steuern. Dazu kommt noch die 50%ige Beteiligung an der Sporthalle sowie meine drei Konten in der Schweiz. Kommen wir nun zu meinem Testament. Wie ihr ja wisst, werde ich im nächsten Jahr 63 Jahre alt und bevor mir etwas passiert oder passieren könnte, möchte ich das jetzt geregelt haben.«

»Julia und Beate haben Wohnrecht auf Lebenszeit in dem Haus in Bütlingen. Zudem bekommen sie aus meiner Beteiligung bei den Juwelieren bis zu ihrem Tod jeweils 5000 Euro. Der Rest geht an Klaus und Petra. Die Juweliere haben ihre Geschäfte in Hamburg, Düsseldorf und München. Klaus und Petra, ihr kümmert euch um Julia und Beate, falls sie einmal in einem Pflegeheim untergebracht werden müssen.

Harry und Mary, ihr bekommt die 50 % von der Sporthalle.

Paul und Regina, ihr bekommt das Haus in Bütlingen. Somit könnt ihr auch Klaus und Petra in Bezug auf Julia und Beate unterstützen. Ich hoffe, eure Freundschaft hält noch viele Jahre.

Klaus und Petra, wir müssen im Januar einige Reisen unternehmen. Ich muss euch meine Teilhaber in Hamburg, Düsseldorf und München vorstellen und die Bänker in der Schweiz.

Um weitere Vermutungen auszuschließen, ich bin zurzeit gesund. Es ist wirklich nur eine reine Vorsichtsmaßnahme. So, Julia, Beate und ich werden jetzt gehen, damit ihr über das Gehörte nachdenken und reden könnt. Ich erwarte morgen Abend eure Zu– oder Absage zu meinem Testament.«

Als Georg draußen war, war es erstmal still. Regina ging zu den Kindern und schickte Mary herunter. Harry klärte Mary über das Gespräch auf. Das größte Problem mit dem Gehörten hatte Petra, denn sie wollte nie etwas von Georg. Nur Klaus zuliebe hatte sie das eine oder andere angenommen. Jeder musste das Gesagte mit seinem Partner klären. Vorsichtshalber buchte ich den Raum auch für den nächsten Abend.

Am nächsten Tag ging jeder seinen Gedanken nach. Regina und ich gingen mit den Zwillingen spazieren, als wir unterwegs auf Harry, Mary und Kevin trafen. Natürlich haben wir über Georgs Testament gesprochen. Wir kamen mit dem Vorschlag klar, waren uns aber fast sicher, dass es für Klaus und Petra schwierig wird. Und so war es auch.

Als wir uns abends in dem Sitzungszimmer trafen, bat Klaus ums Wort. Das, was er jetzt zu sagen hatte, war ihm mehr als peinlich und ich hatte das Gefühl, dass er sich schämte. Klaus machte Georg einen Gegenvorschlag, mit dem auch Petra einverstanden wäre. »Georg, wir möchten aus dir bekannten Gründen dein Geld aus der Schweiz nicht. Wenn du uns die Beteiligungen an den Juwelieren hinterlässt, reicht uns das.« Georg schluckte, sah Petra nur an und stimmte dann zu. Die Silvesterfeier war gelaufen. Georg und Harry fuhren nach Hause und ich blieb bei Klaus und Petra, denn ich war ja sein Freund. War ich das wirklich noch?

Silvester saßen wir bei Klaus zu Hause und sprachen natürlich über das Testament. Petra nahm noch einmal Stellung zu dem Testament und erklärte, dass das Geld in der Schweiz für schmutziges Geld halten würde, dass auf illegale Weise durch

Erpressung, Hehlerei und Zuhälterei erhalten wurde. Die Beteiligungen bei den Juwelieren hielt sie mit Zweifeln für einigermaßen sauber, weil dort auch Steuern usw. gezahlt wurden. »Wenn ich ehrlich bin« , sagte Petra, »wenn Georg nicht Klaus Bruder wäre, würde ich ihm jeglichen Kontakt mit unseren Kindern verbieten.« Nach dieser Aussage war jegliches Gespräch über dieses Thema sinnlos. Da wir nichts getrunken hatten, verabschiedeten wir uns von Petra und Klaus. Damit hatte unsere Freundschaft einen Knacks bekommen, denn auch ich hatte schlimme Dinge getan.

Am nächsten Wochenende rief Beate an und bat Harry und mich, vorbeizukommen. Als wir in Büdlingen ankamen und das Haus betraten, sah es aus wie auf einem Schlachtfeld aus. Georg hatte sich eine Woche lang betrunken und im Haus randaliert. Er sah schlecht aus, denn der Alkohol hatte ihm mächtig zugesetzt. Julia und Beate erzählten uns, wie sehr ihn die Aussage von Petra getroffen hatte. Wenn sie nicht die Frau seines Bruders wäre, hätte er sie killen lassen. Georg hatte auch im gewissen Sinne recht, denn er hatte am Anfang beide unterstützt. Für seine Nichte und seinen Neffen hatte er gesorgt, auch das war schmutziges Geld und nun diese Aussage. Damit hatte er zu kämpfen. Für ihn war das Thema Klaus und Petra erstmal erledigt. Georg brauchte drei bis vier Wochen, um wieder fit zu werden. In der zweiten Woche nach seinem Zusammenbruch kam er wieder in die Sporthalle und begann wieder leichtes Training. Julia und Beate beseitigten die Schäden im Haus und kauften neue Möbel. Ende Januar flog er mit Beate und Julia in die Karibik, um, wie er sagte, auf andere Gedanken zu kommen.

Im Augenblick lief eigentlich alles normal. Regina brachte morgens die Zwillinge in die Schule und trainierte anschließend in der Sporthalle. Sie war topfit. Ich ging in die Praxis, trainierte täglich ein bis eineinhalb Stunden und kümmerte mich abends um die Zwillinge. Der ganze Februar lief also wie gewohnt ab. Anfang März bat Georg zu einem Gespräch in der Sporthalle, bei dem Georg, Julia, Beate, Regina, Harry, Paul und ich anwesend waren. Das Gespräch begann mit den Erzählungen über das Erlebte in der Karibik. Dann begann Georg wieder mit dem Thema Testament. Er sagte uns, dass er die Aussagen schweren Herzens akzeptieren, ihr das aber nie verzeihen würde. Zu guter Letzt kam noch der Spruch: »Verwandte kann man sich nicht aussuchen, Freunde sehr wohl.«

»Mein neues Testament ist in zwei Teile geteilt. Der erste Teil betrifft meine Beteiligung bei den drei Juwelieren. Diese drei Beteiligungen erben Max und Ines. Treuhandverwalter wird Klaus. Mit Vollendung des 21 Lebensjahrs von Max und Vollendung des 18 Lebensjahrs von Ines endet für Klaus die Treuhandverwaltung und die beiden können ihr Erbe übernehmen. Dieses wird ein Anwalt mit Petra und Klaus regeln.«

»Bevor ich weiter mache« , sagte Georg zu Regina und mir: »brecht bitte meinetwegen den Kontakt mit Klaus und Petra nicht ab. Ihr seid Freunde und die Freundschaft solltet ihr pflegen. Das hat auch für mich den Vorteil, dass ich Informationen und Bilder von Klaus, Max und Ines bekomme.

Kommen wir zum zweiten Teil des Testamentes. Julia und Beate, ihr werdet das Haus in Büdlingen sowie je 500.000 Euro erben, damit ihr abgesichert seid. Wenn ihr das Haus verkauft und ein neues Leben beginnen wollt, reicht das. Dazu kommen ja auch noch der Schmuck und eure Autos.

Kommen wir nun zu euch. Meine Hälfte an der Sporthalle erben Harry und Mary. Damit sind sie gleichberechtigte Partner von dir und Regina.

Da ich das Geld aus der Schweiz investieren will, überlegt euch, welche Investition sinnvoll ist. Ich bezahle die Investition und nach meinem Ableben erbt ihr diese Investition zu je 50 %. Sollte dann noch Geld übrig sein, teilt euch das. Ihr habt vier Wochen Zeit für einem gemeinsamen Vorschlag. Zum Schluss noch ein letztes: Ich möchte verbrannt und an einem Baum bestattet werden, mit einer Bank zum Ausruhen wie du es bei deiner Mutter gemacht hast. Das zweite ist, dass ich eine Gedenktafel am Eingang der Sporthalle bekomme.« Nach Georgs Worten waren wir erst mal baff. »Und Tschüss«, sagte Georg, »ich fahre jetzt mit Julia und Beate essen.«

Als Georg weg war, starrten wir uns erstmal baff an. Eingefallen ist uns auf Anhieb nichts. Mary sagte nur, dass sie hier nicht wegwolle. Rums, der erste Pflock war damit gesetzt. Wir verabredeten uns eine Woche später zu einem Sondierungsgespräch.

Im März feierte ich meinen 37. Geburtstag mit einigen Freunden und Bekannten. Klaus, der arbeitsmäßig verhindert war, schickte mir Grüße und eine Kiste Eiswein. Wir telefonierten lange, denn es gab einiges zu erzählen. Klaus war jetzt bei Bayer Leverkusen unter anderem auch für die Betreuung der Bundesligamannschaft zuständig, aber über Georg sprachen wir mit keinem Wort. Gegen Abend stand plötzlich ein Überraschungsgast an der Tür. Es war Markus Ritter, der mir Geburtstagsgrüße vom Innenminister überbrachte. Da ich dem Braten nicht traute, fragte ich Herrn Ritter nach dem wahren Grund seines Besuches. Der Innenminister wollte einen Termin mit mir auf dem bekannten Bauernhof in der Nähe von Bremen vereinbaren. Ich sagte Herrn Ritter, dass es erst in zwei Wochen möglich sein werde. »Werde ich ausrichten«, antwortete Herr Ritter und verschwand wieder. Dieser Besuch blieb Regina nicht verborgen und ich musste ihr von dem Treffen berichten. Der Nachmittag und Abend verliefen so, wie jeder andere Geburtstag auch, mit Gesprächen, Buffet und Getränken. Als Harry und Mary gehen wollten, bat Regina die beiden am nächsten Tag zum so genannten Reste-Essen wiederzukommen.

Als sie am nächsten Tag wiederkamen und wir gegessen hatten, sprach Regina Harry und Mary bezüglich der Investition an. Von den beiden kam der Vorschlag, die Hallenkapazität zu erweitern, was eine Investition von etwa 1 Million Euro wäre. Unser Problem war, dass Georg uns keine Summe genannt hatte. Wir akzeptierten diesen Vorschlag erst einmal, wobei Regina Mary bat, sich morgen freizunehmen, denn sie wollten sich gemeinsam etwas ansehen. »Was es ist, erfährst du morgen, denn ich muss auch erst einmal darüber schlafen.« Als die beiden weg waren, fragte ich Regina, was sie vorhatte. »Es war ein plötzlicher Einfall oder Lichtblick, nenn es, wie du willst, Paul. Du erinnerst dich doch an unserem Besuch in der Claudia-Therme. Wie wäre es hier mit einer Georg-Therme?« Je mehr ich darüber nachdachte, desto mehr gefiel mir der Vorschlag. Am nächsten Vormittag fuhr ich mit Regina und Mary nach Hamburg in die Bartholomäus-Therme.

Während der Fahrt erzählte ich ihr, wie Regina auf den Gedanken gekommen war. In der Therme selbst genossen wir die dortigen Aktivitäten wie Sauna, Schwimmen, Massage und Wellness. Wir ließen uns im Wellnessbereich so richtig verwöhnen und kamen erst am Abend zurück. In der vorletzten Woche im März trafen wir uns wieder mit Georg. Wir stellten ihm die Idee zur Erweiterung der Sporthalle für circa 1 Million Euro vor und den Gedanken eine Georg-Therme zu planen. Die Georgs-Therme sollte über sechs bis acht Saunen verfügen, über Ruheräume, Gastronomie und einen Wellnessbereich. Ich sagte Georg, dass es uns schwerfallen würde, ohne finanzielle Vorgaben einen Vorschlag zu machen. »Georgs-Therme gefällt mir eigentlich. Seht mal zu, dass ihr eine Kostenaufstellung bekommt«, war seine Antwort.

Als erstes mussten Gespräche mit dem Bauamt geführt werden, denn wir brauchten ein Grundstück mit einer Größe von mehr als 10.000 Quadratmetern an der Sporthalle und die grundsätzliche Genehmigung der Stadt Geesthacht. Das Gespräch fand kurzfristig unter der Leitung des Bürgermeisters statt und uns wurde zugesagt, dass uns die Stadt keine Steine in den Weg legen würde, wenn wir überwiegend örtliche Firmen beauftragen würden. Auch die nach Fertigstellung benötigten Arbeitskräfte sollten möglichst aus Geesthacht und Umgebung kommen. Der erste Schritt war somit erledigt und Regina übernahm die Suche nach einem geeigneten Architekten. Sie fand nach gut drei Wochen zwei Architekten, einen in Frankfurt und einen in München. Nach Rücksprache mit Georg verabredete sie die Termine für die zweite Aprilwoche.

Zwischenzeitlich fuhr ich zu dem Treffen mit dem Innenminister nach Bremen. Dort wurde ich vom Innenminister, Markus Ritter und einem Herrn Ulda begrüßt. Nach den üblichen Begrüßungsfloskeln sagte mir der Innenminister, dass Herr Ulda ein persönlicher Freund von ihm sei und er Hilfe benötigen würde. Herr Ulda erzählte, dass im Dezember 2010 ein rumänischer Millionär auf ihn zu gekommen wäre, der eine 50%ige Beteiligung an seiner Kaufhauskette haben wollte und seine Vorstellungen damit begründete, dass er zukünftig auf dem deutschen Markt rumänische Produkte anbieten und verkaufen wollte. Die Beteiligung lehnte Herr Ulda ab, bot aber im Gegenzug dem Millionär an, rumänische Produkte über seine Kaufhauskette gegen Gewinnbeteiligung zu verkaufen. Das lehnte der Millionär jedoch ab. Bei der Verabschiedung sagte sein Schwiegersohn, der bis dato nichts gesagt hat, »Herr Ulda, überlegen Sie sich gut, was Sie machen, denken Sie an ihre Familie.« Zwischen Weihnachten und Neujahr meldete sich der Millionär mehrmals telefonisch bei Herrn Ulda, um den Druck zu erhöhen. Im Januar und Februar brannten zwei Filialen der Kaufhauskette ab und zwischenzeitlich kamen immer wieder Drohanrufe. Herr Ulada sagte: »Mitte März verschwand dann mein 13-jähriger Enkelsohn Hans. Sie hatten ihn entführt und ich werde das Angebot zu der Beteiligung annehmen.«

Jetzt übernahm Herr Ritter das Wort, denn natürlich hatte sich die Sondereinheit mit dem Fall befasst. »Wir haben einen der Brandstifter gefasst und verhört. Er schweigt. Weiterhin haben wir die Telefonate abgehört und Satellitenfotos gemacht. Hans befindet sich in der Nähe von Cluj-Napoka, auf Deutsch Klausenburg. Cluj-Napoka ist die zweitgrößte Stadt in Rumänien und hat etwa 32.500 Einwohner. Die Stadt liegt am Fluss Somesul Mic im Westen Siebenbürgens. Die Umgebung ist durch Berge, Wälder, Flüsse und Seen geprägt. Es gibt dort sogar unterirdische Gewässer. Eine direkte Ortung ist nicht möglich bzw. schwierig. Vermutlich wird Hans irgendwo in den Bergen festgehalten. Die Nachforschungen der rumänischen

Polizei verliefen im Sand. Eine Unterstützung deutscher Behörden wurde abgelehnt.«

»Wenn Sie, Herr Meyer« , damit meinte er mich, »den Auftrag übernehmen und Hans gesund zurückbringen, werde ich sie fürstlich entlohnen.«

Der Innenminister schaute mich nur an und nickte. Mir blieb praktisch nichts anderes über als zuzustimmen. Herr Ritter gab mir daraufhin ein Satellitentelefon und die Unterlagen.

Auf dem Rückweg nach Hause rief ich Georg an und bat ihn, sofort zu mir zu kommen. Wieder zu Hause saß Georg schon da und unterhielt sich mit Regina. Ich berichtete von dem Treffen mit dem Innenminister und Herrn Ulda. Regina passte das alles gar nicht. Georg sagte nur: »Regina, ihr habt dann mächtige Freunde, die euch notfalls auch helfen.« Ich fragte Georg, ob Kurt und Anton Zeit für einen Job hätten. Dazu benötigte ich noch einen zuverlässigen Mann, der rumänisch sprach. Nach einigen Telefonaten hatte Georg die Leute. Der vierte Mann hieß Victor.

Ich rief Herrn Ulda an und sagte ihm, dass ich 75.000 Euro für unsere Spesen benötigte und ließ mir das Geld zum Düsseldorfer Flughafen bringen. Wir vier, Kurt, Anton, Victor und ich flogen nach Bukarest. Dort kauften wir einen Kleintransporter und fuhren durch die Walachei nach Ploresti. Von Ploresti aus ging es weiter nach Brasov, auf Deutsch Kronstadt. Brasov hat etwa 25.0000 Einwohner und wird auch Stadt unter der Zinne genannt. Auch in Brasov hielten wir uns nicht lange auf, denn die Zeit drängte. Übers Satellitentelefon wurden wir ständig mit Neuigkeiten versorgt.

Zwischen Brasov und Tirgu Mures mussten wir noch einen Stopp einlegen, um Waffen zu kaufen. Während sich Kurt, Anton und Victor mit Schusswaffen und Munition versorgten, wählte ich Bogen, Pfeile, Wurfmesser, Ninjaschwert, Kunais und Wurfanker. Als wir bezahlt hatten und wieder im Auto saßen fragte Victor ganz erstaunt, was ich denn mit dem Zeug wollte. Kurt und Anton grinsten Victor nur an. In Tirgu Mures kaufte Victor in verschiedenen Geschäften Vorräte, Kocher und ein Zelt. Ab jetzt mussten wir vorsichtiger sein. Am diesem Abend bekam ich übers Satellitentelefon die Info, dass sich Hans wahrscheinlich etwa 30 Kilometer südlich von Cluj Napoka in Feleacu befinden könnte. Feleacu liegt auf einem etwa 700 Meter hohen Höhenzug, von dem man einen wunderschönen Ausblick auf Cluj Napoka hat. Das hatte für uns zur Folge, dass wir uns nur nachts Feleacu nähern können.

In einem Wald unterhalb von Feleacu versteckten wir unser Fahrzeug und legten uns auf die Lauer. Am zweiten Tag sahen wir Hans. Er konnte sich einigermaßen frei bewegen, denn wo sollte er auch hin, da er nicht wusste, wo er war und er auch kein rumänisch sprach. Wir beobachteten ihn, als er in einem nordöstlich stehenden Haus verschwand. Gegen 23:00 Uhr schlichen wir zum Haus, vor dem ein Wächter saß. Ich ließ die anderen zurück und schlich mich im Schatten des Hauses an. Dann konnte ich eines meiner Wurfmesser einsetzen und den Wächter am Hals erwischen, damit er keine Warnlaute ausstoßen konnte.

Die anderen drei kamen nun bis zum Haus. Durch ein Fenster sahen wir, dass es noch zwei weitere Wächter gab, von denen der eine am Herd hantierte und der andere etwas im Fernsehen ansah. Hans schien sich in der oberen Etage zu befinden, so dass ich an der Hauswand hochkletterte, das Fenster öffnete und dann Hans im Bett liegen sah. Als er wach wurde, schrie er laut, so dass meine Begleiter das Haus stürmten und die Wächter erschossen. Ich musste Hans erstmal beruhigen und ihm klar machen, dass ich Deutscher bin und ihm helfen werde. Kurt und Anton versteckten die Leichen und Victor holte unser Auto. Während dieser Zeit packte ich für Hans einige Sachen zusammen. Wir waren zum schon seit neun Tagen unterwegs., aber ich bezweifelte, dass wir den Rückweg ebenfalls in neun Tagen schaffen würden. Wir verließen Feleacu gegen 2:00 Uhr nachts. Wenn wir ganz viel Glück hatten, hätten wir acht Stunden Vorsprung. Wir mussten über den Fluß Mures und weiter in Richtung Sibiu, deutsch Hermannstadt. Gegen 12:00 Uhr meldete sich Herr Ritter und informierte uns über die Aktivitäten in Feleacu. So wie es auf den Bildern aussah, hatte man die Leichen gefunden und die örtliche Polizei begann mit der Spurensuche. Der Schwiegersohn des Millionärs stellte ebenfalls einen Suchtrupp zusammen. Ein Hubschrauber kreiste in immer größeren Kreisen um den Tatort. Erst als die Polizei Hunde einsetzte, fand man unsere Spur in Richtung Süden. Jetzt begann die Jagd.

Wir überquerten den Mures und etwa 60 Kilometer nach der Flussüberquerung sahen wir den Hubschrauber, der sicherlich unsere Position an den Schwiegersohn weitergab. Wir mussten den Hubschrauber loswerden und diese Gelegenheit ergab sich 30 Kilometer weiter, als wir aus einem Waldstück wieder auftauchten. Kurt, Anton und Victor schossen aus allen Rohren auf den Hubschrauber. Sicherlich durch einen Glückstreffer qualmte der Hubschrauber und drehte ab. Schätzungsweise hatten wir nur noch 100 bis 150 Kilometer Vorsprung, der stündlich schmolz. Wir fuhren jetzt in Richtung Südwesten, denn wir mussten die südlichen Karpaten erreichen.

Hans nahm das Ganze mit, denn er weinte die meiste Zeit der Fahrt. Auch wir wurden langsam müde, denn wir waren mittlerweile seit 15 Stunden auf der Flucht. Schlafen konnten wir erst, wenn wir in den Bergen waren. Als es gegen 22:00 Uhr war, machten wir eine Pause. Hans schlief vor Erschöpfung sofort ein. Wir schliefen sechs Stunden, bevor es weiterging. Wir hatten aber ein neues Problem, denn unser Benzin ging langsam zu Ende. Das Benzin reichte vielleicht noch für 100 bis 120 Kilometer.

Wir erreichten die ersten Ausläufer der südlichen Karpaten gegen Morgen. Wir versteckten unser Fahrzeug und machten uns mit Gepäck auf den Weg in die Berge. Uns war klar, dass uns die Verfolger heute finden mussten. Folglich brauchten wir ein Versteck, in dem wir uns auch notfalls verteidigen konnten. Etwa vier Kilometer weiter fanden wir eine geeignete Stelle. Wir nisteten uns dort ein und warteten auf die Verfolger, die zwischenzeitlich unser Fahrzeug gefunden hatten und den Rest der

Truppe informierten. Der Schwiegersohn gehörte zu dem Trupp, der uns gefunden hatte, und seine Ungeduld war unser Glück. Er wollte nicht warten und folgte unserer Fährte mit Hilfe der Hunde.

Ich hörte die Hunde hechelnd näherkommen. Meinen Partnern sagte ich nur, dass sie nicht schießen sollten, weil ich das anders erledigen wollte. Der Hundeführer konnte die Hunde nicht mehr halten, so dass er sie frei ließ und auf uns hetzte. Ich ließ sie kommen und erledigte sie mit meinem Schwert. Nun begannen die vier Verfolger in unsere Richtung zu schießen. »Nur ruhig«, waren meine Worte zu meinen Kumpanen, »schießt nur, wenn ihr ein Ziel habt.« Ich schlich mich geräuschlos in Richtung Osten aus dem Versteck und wollte sie von der Seite angreifen. Meine Partner feuerten immer noch nicht.

Der Schwiegersohn trieb seine Leute weiter an. Als sie bis auf 25 Meter herangekommen waren, schossen meine Partner. Zwei Gegner fielen um, der dritte bekam einen Streifschuss ab und den vierten holte ich mir. Es war der Schwiegersohn. Ich sagte ihn, dass er mit der Verfolgung aufhören solle, aber er lachte nur und sagte, dass er mich umbringen würde. Da schlug ich ihn bewusstlos und fesselte ihn an einem Baum. Die anderen drei Verfolger entwaffneten wir. Der Mann mit dem Streifschuss musste sich um die beiden Angeschossenen kümmern und diese zurückbringen. Von meinen Partnern war nur Victor verletzt. Er hatte eine tiefe Wunde am linken Oberarm, die wohl recht schmerzlich war. Anton verband die Wunde. Victor sagte zu mir: »Du weißt, dass du einen Fehler gemacht hast.« »Ich bin kein Mörder«, antwortete ich.

Wir packten unsere Sachen zusammen und gingen weiter, da es noch vier Stunden hell war. Wir hatten unseren Vorsprung vergrößert, denn die Verfolger mussten erst zurück, sich neu bewaffnen und auf die anderen Verfolger warten, die mittlerweile eingetroffen waren. Sie konnten deshalb erst am nächsten Morgen unsere Verfolgung wieder aufnehmen. Unser größtes Hindernis war Hans. Obwohl er sich Mühe gab, kamen wir nur langsam voran. Wir durchquerten noch einen Gebirgsbach und suchten auf der anderen Seite nach einem Lagerplatz, der aber schlecht zu verteidigen war. Es blieb uns jedoch nichts anderes übrig, als hier zu übernachten und uns morgen in aller Herrgottsfrühe eine bessere Verteidigungsstelle zu suchen.

Nach 7 Stunden Schlaf und einem ausgiebigen Frühstück ging es weiter nach oben in die Berge. Es war ein kalter und windiger Morgen. Anton und ich waren zurückgeblieben. Gegen Mittag standen die Verfolger auf der anderen Seite des Gebirgsbaches. Der Schwiegersohn, vier Mann und der Hundeführer mit zwei Hunden. Sie diskutierten und dann schickte der Schwiegersohn einen Mann flussaufwärts, um dort den Fluss zu überqueren. Ein anderer versuchte es hier, die restlichen gingen in Deckung. Anton schoss einen der Verfolger ab, während wir vom gegenüberliegenden Ufer pausenlos beschossen wurden. Unsere Deckung war schlecht, so dass uns etliche Steinsplitter trafen.

Ich kroch, jede kleinste Deckung nutzend, flussaufwärts, denn ich musste den zweiten Mann erwischen, bevor wir ins Kreuzfeuer gerieten. 30 Meter entfernt, hinter einem größeren Stein hockend, sah ich ihn. Er legte schon sein Gewehr auf Anton an, als ich ihn mit einem Wurfmesser in die Schulter traf. Er wollte schon mit der anderen Hand seine Pistole ziehen, als ihn das zweite Wurfmesser traf. Ich ging zu ihm hin und schaute mir seine Verletzungen an, mit denen er nicht mehr kämpfen konnte. Ich zog die Messer aus den beiden Wunden, nahm seine Waffen und kletterte etwa zehn Meter höher. Ich schoss auf alles, was sich drüben bewegte, um Anton die Flucht zu ermöglichen. Gegen Abend erreichten wir unseren Lagerplatz. Der Platz war gut gewählt und leicht zu verteidigen. Als Kurt uns sah, grinste er nur und sagte scherzhaft: »Habt ihr euch beim Rasieren geschnitten?« Unsere Gesichter waren von den kleinen Steinsplittern mit Blut übersät. »Wascht euch erst mal, dann sehen wir nach den Wunden.« Einige kleine Pflaster im Gesicht und am Hals und wir waren wieder okay. Anton berichtete über unsere Aktion. Wir hatten es jetzt noch mit dem

Schwiegersohn, zwei Leuten und dem Hundeführer mit den Hunden zu tun.

Der verletzte Verfolger hat beobachtet, wie wir uns davonschlichen und rief seine Leute. Zuerst kam der Hundeführer mit den Hunden, dann der Schwiegersohn mit den zwei Leuten. Trotz aufkommender Dunkelheit folgten sie uns mit Hilfe der Hunde und im Morgengrauen griffen sie an. Kurt, der Wache hatte, wurde von den Hunden attackiert. Einen konnte er erschießen, der andere Hund biss ihn im Arm, bevor Kurt ihn töten konnte. Da wir anderen geschlafen hatten, wurden wir erst durch Kurts Kampf mit dem Hund wach.

Die Angreifer waren schon fast im Lager, ehe wir uns wehren konnten. Es war ein harter Kampf ums Überleben. Kurt konnte den Hundeführer erschießen, Anton wurde im Oberschenkel getroffen und traf ebenfalls noch einen Gegner. Ich bekam einen Streifschuss an der Hüfte und einen an der linken Schulter ab. Ich erledigte mit meinen Wurfmessern den letzten Verfolger sowie den Schwiegersohn. Wir hatten alle genug. Victor kümmerte sich um unsere Verwundungen. Kurts Arm war gebrochen und musste geschient werden. Dann schnitt er Anton die Kugel aus dem Oberschenkel und verband diesen. Zum Glück war der Streifschuss an Antons Oberschenkel nicht so schlimm, er blutete nur stark. Meine Streifschüsse an der Hüfte und an der Schulter waren auch nicht weiter tragisch, bluteten aber auch heftig.

Der Hundehalter und ein Verfolger waren tot, der Schwiegersohn würde den Tag nicht überleben. Mein Messer hatte seine Arterie verletzt und der letzte Verfolger wurde von einer Kugel im Kniegelenk getroffen, so dass er nicht laufen konnte. Für Hans war das Erlebte ein Schock, aber er half Victor so gut es ging. Victor wurde wie ein zweiter Vater für Hans. Durch unsere Verletzungen saßen wir acht bis zehn Tage fest. Victor musste die Toten beerdigen und zur Jagd gehen, damit wir Fleisch hatten.

Nach zehn Tagen brachen wir auf. Für den letzten Verfolger hatte Victor eine Krücke gebaut, mit der er zurückhumpeln konnte. Während der zehn Tage hatten wir dreimal mit Herrn Ritter telefoniert und ihn über den aktuellen Stand berichtet. Hans ließen wir mit seinem Vater und Opa telefonieren. Wir gingen noch eine Woche weiter in Richtung Westen, bis wir in ein Dorf kamen, in dem wir die Gelegenheit hatten, mit einem Bauern in die nächste Stadt zu fahren.

Hier erwarb Victor einen alten Lkw, mit dem wir in Richtung Grenze fuhren. Ich rief Herrn Ritter an und sagte ihm, dass wir die Grenze nach Serbien etwa 50 Kilometer südlich von Timisoara überqueren und Hilfe brauchen würden. In einer Kleinstadt vor der Grenze tauschten wir den alten Lkw gegen einen Kleinbus ein. Wir kleideten uns neu ein und ließen unsere Waffen verschwinden. Jetzt mussten wir nur noch das letzte Problem lösen, denn Hans hatte keinen Ausweis.

Hans Vater kam über die Grenze nach Rumänien und brachte den Ausweis mit. Einen Tag später waren wir in Serbien, fuhren weiter nach Belgrad und flogen von dort aus zurück nach Hamburg. Vom Flughafen aus fuhren wir ins Hotel Marriott, in dem uns Herr Ulda erwartete. Er hatte für unser Treffen ein kleines Besprechungszimmer gemietet, in dem wir gemeinsam gegessen haben und über den Auftrag redeten. Ich hatte vom Flughafen schon Regina angerufen und sie gebeten, mich im Marriott abzuholen. Zum Abschied bekam jeder von uns einen Koffer und eine goldene Karte, mit der wir ein Leben lang einkaufen konnten.

Als ich Regina sah, nahm ich sie in die Arme und war glücklich. Wieder zu Hause kümmerte ich mich erstmal um Peter und Paul, denn sie hatten ihrem Vater schließlich vier Wochen nicht gesehen. Abends im Bett erzählte ich Regina von dem Abenteuer und sie sagte nur: »Das muss aufhören.« Wenn sie wüsste.

Am nächsten Tag schlief ich bis Mittag. Georg hatte schon angerufen, wie mir Regina sagte. »Egal, jetzt trinken wir erst mal Kaffee.« »Hast du den Koffer schon geöffnet?« , fragte Regina. »Nein, holst du ihn bitte, Regina, dann öffnen wir den Koffer gemeinsam.« Der Koffer war voller Geld, insgesamt 1 Million Euro. Da wir es nicht verbuchen konnten, mussten wir in die Schweiz reisen. Am Nachmittag riefen der Innenminister und Herr Ritter an und bedankten sich für die Hilfe bei der Aktion. Herr Ritter sagte mir noch, dass mittlerweile alle Helfer gefasst seien und der Millionär sich nicht mehr in Deutschland sehen lassen kann.

Am anderen Morgen in der Praxis brachte ich mich erst einmal auf den neuesten Stand und erfuhr, was in den letzten vier Wochen in der Praxis passiert war. Außer den üblichen und schon bekannten Problemen gab es kein Problemfall. Günter fragte mich natürlich nach meinen Erkenntnissen der letzten vier Wochen. Ich erzählte ihm, dass ich 30 Polizeianwärter begleitet hätte, sie beobachtet, mit ihnen Einzel – und Gruppengesprächen geführt sowie anschließend meine psychologische Einschätzung dokumentiert und abgegeben hätte. Mit dieser Erklärung gab sich Günter zufrieden.

Abends trafen sich Georg, Harry, Mary, Regina und ich bei Harry, um uns auf einen gemeinsamen Stand bezüglich Georgs Therme zu bringen: Die Stadt Geesthacht hatte uns für 60,00 Euro pro Quadratmeter ein Grundstück mit einer Fläche von bis zu 20.000 Quadratmetern schriftlich zugesagt. Die neuen Termine mit den Architekten waren für die dritte Maiwoche terminiert. Regina hatte die Termine montags in Frankfurt und dienstags in München vereinbart.

Sonntag fuhren Georg und Regina nach Frankfurt und übernachteten in einem Hotel in der Nähe des Büros des Architekten. Pünktlich um 10:00 Uhr trafen wir uns in seinem Büro. Der Architekt stellte sich und seine Assistentin vor und zeigte uns einige Bauwerke, die er entworfen hatte. Regina erzählte dem Architekten, er hieß übrigens Schulte und die Assistentin war seine Tochter Ines, dass wir eine große Sporthalle betreiben und gerne nebenan eine Therme bauen möchten. Ein Grundstück von bis zu 20.000 Quadratmetern wäre bereits vorhanden. Herr Schulte schaute uns misstrauisch an, sagte aber nichts, denn Regina und Georg sahen nicht so aus, als ob sie sich das leisten könnten. »Wie sind denn ihre Vorstellungen?« , fragte Herr Schulte. Regina antwortete: »Sieben bis acht verschiedene Saunen, zwei Schwimmbecken, Wellnessbereich und alles, was sonst noch dazu gehört. Herr Schulte schätzte die Investition je nach Ausführung auf 8 bis 10 Millionen Euro. Seine nächste Frage ging in Richtung der Finanzierung. Jetzt sprach Georg: »15 % bei Auftragsvergabe, weitere 50 % bei der Hälfte der Fertigstellung und den Rest bei der Abnahme.« »Welche Ausführung bevorzugen Sie?« »Das überlasse ich Ihrer Fantasie« , sagte Georg. »Bis Mitte Juni sind zwei Vorschläge inklusive geschätzter Kosten fertig« , erwiderter Herr Schulte. Dann lud er Regina und Georg noch zum Mittagessen ins Nobelrestaurant Lohninger ein. Nach einem sehr guten Essen verabschiedeten wir uns und fuhren nach München ins Platzl Hotel. Gegen 21:00 Uhr gingen wir auf unsere Zimmer.

Nach dem Frühstück fuhren wir ins Büro des Architekten Wurstl, der uns zusammen mit seinem Assistenten Herrn Guber begrüßte. Das Gespräch war praktisch identisch mit dem gestrigen in München. Zum Essen lud uns Herr Wurstl ins vietnamesische 5-Sterne-Restaurant VU JAA ein. Nach dem hervorragenden Essen wollte Regina unbedingt nach Hause, wo wir nachts um 4:00 Uhr ankamen. Ich brachte am nächsten Morgen die Zwillinge zur Schule und ließ Regina schlafen.

Abends unterhielten wir uns über den Besuch bei den Architekten, aber am längsten dauerte unser Austausch über das Essen im VU JAA. Zu guter Letzt musste ich ihr versprechen, auch einmal mit ihr im VU Jaa Essen zu gehen.

Mitte Juni trafen sich Regina und Georg mit den Assistenten in Georgs Haus in Büdlingen. Dienstags kam Ines Schulte und stellte uns zwei Entwürfe vor. Das eine Objekt lag bei 7,5 Millionen Euro, das andere bei 9 Millionen Euro. Ines Schulte erklärte jedes Objekt bis ins Detail, das eine war im modernem Stil, das andere im römischen Stil geplant. Es gab noch diverse Unterschiede bei den Saunen und Wellnessbereich, die hier nicht erwähnt werden sollen. Auf jeden Fall hinterließ Ines Schulte einen guten Eindruck.

Am nächsten Tag kam Herr Wurstl mit seinem Assistenten Herrn Gruber. Deren Vorstellung war technisch gesehen noch besser, erzählte mir Regina. Zum einem brachten sie Zeichnungen mit und zum anderen stellten sie ihre Objekte mittels Laptop und Beamer vor, und zwar dreidimensional. Somit konnten wir die Objekte drehen und aus jeder Perspektive sehen. Die Kosten lagen zwischen 8 und 9,5 Millionen Euro. Georg verabschiedete die Herren und verabredete sich in drei bis vier Wochen zu melden. Georg behielt die Entwürfe, um sich die Meinung von Beate und Julia einzuholen. Am Wochenende konnte sich Regina dann die Entwürfe abholen, um diese mit mir, Harry und Mary zu besprechen. Eigentlich konnten wir in Richtung Georg nur eine Empfehlung aussprechen, denn entscheiden musste er, da er das Objekt finanzieren wollte.

Georg entschied sich für die beiden teureren Objekte. Er telefonierte mit beiden Architekten und gab ihnen den Auftrag, das jeweilige Objekt bezüglich der Kosten detailliert auszuarbeiten. Für diese Ausarbeitung überwies er den Architekten jeweils 10.000 Euro, die bei Vertragsabschluss angerechnet werden sollten. Ende Juli bekam Georg die beiden Kostenvoranschläge. Das Angebot von Herrn Schulte lag bei 13,75 Millionen Euro, das von Herrn Wurstl lag bei 13,9 Millionen Euro.

Diese Angebote ließ Georg von einem Sachverständigen prüfen. Der Unterschied lag im Wesentlichen bei den Arbeitskosten, denn die Löhne waren in Frankfurt und München natürlich höher als in Geesthacht und Umgebung. Die Arbeiten sollten von örtlichen Firmen durchgeführt werden, so dass Georg diese Information ebenfalls weitergab. Dass diese Information nicht eher von Georg weitergegeben worden war, kostete ihn für die nochmalige Überarbeitung des Kostenvoranschlages weitere 5000 Euro pro Architekt. Mitte August hatte Georg die überarbeiteten Kostenvoranschläge, die nun beide lagen bei etwa 13 Millionen Euro lagen. Georg entschied sich für das Objekt aus München. Der Vertrag wurde aufgesetzt und von den Anwälten geprüft. Ende August flogen Georg, Beate und Julia dann zur Vertragsunterschrift nach München.

Regina kümmerte sich zwischenzeitlich um den Grundstückskauf. Regina verhandelte mit den Verantwortlichen der Stadt und konnte den Grundstückspreis noch auf 55,00 Euro pro Quadratmeter drücken. Georg überwies die 1,1 Millionen Euro auf das Konto der Stadt Geesthacht. Grundstückseigentümer wurden Harry und ich. Der Beginn der Baumaßnahme wurde auf den 15.11.2011 festgelegt. Die Fertigstellung sollte bis zum 31.12.2012 erfolgen.

Zurück zu den Zwillingen und Anna. Peter und Paul waren mittlerweile sieben Jahre alt und gingen in die Schule. Ihre Leistungen konnten sich sehen lassen. Sie standen in einer Art von Konkurrenzkampf, was Regina und mir manchmal missfiel, denn Peter übertrieb es manchmal und dann kam es zu Streitigkeiten zwischen den Zwillingen. Regina und ich mussten immer mal wieder eingreifen und den Zwillingen klar machen, dass sie keine Konkurrenten sind, sondern Brüder. Das ging auch nicht immer rein verbal ab, ab und an flogen auch die Fetzen. Dann griffen wir durch und es kam zu Disziplinarmaßnahmen wie Handyverbot und Spieleverbot. Anna war inzwischen im 3. Semester. Das Fach Geschichte hatte sie geschmissen und dafür als Zweitfach Sport gewählt. Für das Psychologiestudium musste sie lernen, lernen und lernen, aber über Skype half ich ihr des Öfteren. In den Semesterferien arbeitete sie in unserer Praxis. Anna hatte es verdammt schwer.

Der Sommer ging vorbei und für Urlaub hatten wir keine Zeit. Um wenigstens ein paar Tage dem Alltagstrott zu entfliehen, buchten wir von Montag bis Freitag ein Haus in einem Wasserpark. Ich war gestresst, denn dieses Jahr war für mich ein Powerjahr ohne Ende. Regina erinnerte mich auch noch daran, mit ihr ins VU JAA zu gehen. Darauf antwortete ich: »Lass uns Weihnachten zu Claudia fahren und dort Weihnachten feiern. Claudia wird sicherlich auf die Zwillinge aufpassen und wir gehen ins VU JAA. Telefoniere bitte mit ihr und frage, ob wir kommen können. Wenn sie zusagt, bestelle einen Tisch für den 23. Dezember.« So kam es dann auch. Wir waren also vom 22 bis 26.12. in München. Am 29.12. telefonierte ich über Skype mit

Klaus, wobei das Gespräch fast drei Stunden dauerte, denn es gab eine Menge zu erzählen. Zum Schluss des Gespräches bat ich ihn, mir Bilder von sich und den Kindern zu senden. Das tat er auch, aber im Grunde genommen wusste er, dass ich die Bilder an Georg weiterleiten würde. Silvester verbrachten wir in aller Ruhe zu Hause.

2012 gab es endlich ein normales Leben ohne große Höhen und Tiefen. Anna hatte in drei Semestern die Hälfte des Psychologiestudiums geschafft und die Zwillinge kamen im Sommer in die 2. Klasse. Die Praxis und die Sporthalle liefen ganz zufriedenstellend, so dass es fast ein sorgenfreies Jahr war. Mit dem Bau der Georg-Therme gab es ab und an Schwierigkeiten mit Terminen und mit der Qualität der Arbeit.

So ging das Jahr dahin. Die Eröffnung der Georg-Therme verschob sich auf den 1. März 2013. Der Aufwand bzw. der Bau der Therme ging doch nicht so schnell voran wie geplant. Durch die Verzögerung und diverse Änderungen erhöhten sich die Projektkosten um 15 %. Zur Eröffnung hatten Harry und ich ein 70x140 Zentimeter großes Schild mit Beleuchtung besorgt, auf dem der Name Georg-Therme stand. Es kamen auch eine Menge Gäste wie der Bürgermeister, Leute aus der Stadtverwaltung, der Landrat und Leute von diversen Zeitungen. Wir verteilten Gutscheine an die Leute der Stadtverwaltung und an die Unternehmer, die beim Bau geholfen hatten. Dazu gab es Getränke aller Art und ein Buffet. Abends kam noch die Putzkolonne, damit ab dem 2. März der Betrieb aufgenommen werden konnte. In der ersten Woche hakte es noch an der ein oder anderen Stelle, doch danach lief es glatt.

Eigentlich wollten wir in den Sommerferien mit Klaus und seiner Familie nach Griechenland fliegen. Das ging aber leider nicht, weil Anna ihre Bachelor-Arbeit schreiben musste und ich sie dabei unterstützen wollte. Somit fuhren Regina, die Zwillinge und ich das ein oder andere Mal nach Münster. Regina ging mit den Zwillingen in den Zoo, besichtigte die Altstadt, fuhr mit einem Schiff auf dem Aasee und ging schwimmen. In der Zeit lernte ich mit Anna, damit sie ihre Bachelor-Arbeit schreiben konnte, da der Abgabetermin Anfang August war. Ich sprach natürlich mit ihr über ihre weiteren Pläne. Anna plante noch 4 Semester dranzuhängen, um ihren Master zu machen, dann wollte sie zurückkommen und in unserer Praxis arbeiten. Der Plan gefiel mir, da sie in den Semesterferien schon bei uns arbeitete.

Nach bestandener Bachelor-Prüfung ging Anna mit einer Freundin zu einer Abschlussfeier, auf der es wohl Getränke ohne Ende gab. Am übernächsten Tag rief sie uns an und erzählte von der tollen Feier und dass sie anschließend in Münster durch die Kneipen zogen. Dann berichtete sie noch, dass sie und ihre Freundin Susanne wohl irgendwann einen Filmriss hatten und am anderen Mittag halbnackt außerhalb von Münster wach geworden sind. Es fehlten Slip und Büstenhalter. Daraufhin seien sie beide zum Frauenarzt gegangen, um sich untersuchen zu lassen. Die Untersuchungen ergaben nichts Genaues, aber sie mussten Geschlechtsverkehr gehabt haben. Daraufhin waren bei der Polizei und hatten eine Anzeige gegen Unbekannt gestellt.

Als Regina das hörte, flippte sie förmlich aus. Für vieles hatte Regina Verständnis, aber nicht für das Ausnutzen von Personen im betrunkenen oder betäubten Zustand. Regina packte ihre Tasche und fuhr sofort nach Münster. Ich hatte Regina lange nicht mehr so wütend gesehen. Sie redete mit Anna und Susanne und ließ sich den Ablauf des Abends so weit wie möglich schildern. Das ein oder andere Detail notierte sie sich. Auch bei der Polizei wurde Regina noch einmal vorstellig, um nach dem Stand der Ermittlungen zu fragen. Eine richtige Auskunft bekam sie nicht, denn Anna war volljährig.

Drei Monate später tauchten im Internet Nacktbilder der beiden jungen Frauen auf. Einige Studenten tuschelten und grinsten, wenn sie Anna und Susanne sahen. Susannes Zimmergenossen klärten sie endlich auf und zeigten ihr die Bilder. Mit diesen Bildern, die äußerst peinlich waren, gingen Susanne und Anna wieder zur Polizei und übergaben ihnen die Fotos. Auf den Fotos waren die beiden in eindeutigen Posen zu sehen, auf manchen sogar bei einem lesbischen Liebesspiel. Auch Sextoys kamen dabei zum Einsatz. Es sah alles so aus, als wenn die beiden ungezwungenen Sex gehabt hätten. Die Beamten hatten deshalb erhebliche Zweifel an einer Vergewaltigung. Sie recherchierten anhand der IP-Adresse nach der Person, die diese Bilder ins Netz gestellt hat. Ohne Erfolg. Die IP-Adresse war nicht zu lokalisieren, da die Bilder über Server gingen, die in der ganzen Welt verteilt waren. Es war peinlich für die beiden. Das Studium in Münster machte keinen Sinn mehr. Anna ging zur Universität nach Hannover und Susanne brach ihr Studium ab. Im November des Jahres bekam Anna ein Schreiben von der Polizei in Münster, indem ihr mitgeteilt wurde, dass das Verfahren eingestellt wurde.

Als Regina davon hörte, kochte sie vor Wut und rief Georg an. Georg sollte ihr einen Hacker besorgen, der erstens die Bilder im Internet löscht und zweitens den Täter findet. Regina traf sich mit dem Hacker auf einem Rastplatz auf der A7 zwischen Hamburg und Hannover. Sie erzählte ihm die Geschichte, gab ihm ihre Telefonnummer und eine Anzahlung von 25.000 Euro. Der Hacker nannte sich Phantom.

Zum Jahreswechsel meldete sich das Phantom und ein weiteres Treffen fand an der besagten Stelle auf der A7 statt. Die Bilder im Internet hatte er, so seine Worte, zu 95 % gelöscht. Das war schon gut, denn somit brauchte Anna keine Angst mehr zu haben, erkannt zu werden. Optisch hatte Anna sich auch verändert, denn sie trug jetzt eine Kurzhaarfrisur, überwiegend schwarze Klamotten und eine Baseballmütze. Zurück zum Phantom. Das Phantom erzählte von weiteren Bildern im Darknet. Das Schlimme daran war, dass dort noch weitere Bilder auch von anderen Leuten zu sehen waren. Auf dieser Seite waren außer normalen Nacktbilder, lesbische Bilder, homosexuelle Bilder und Bilder mit Sextoys zu sehen. Weiter gab es auf der Seite Pornos, Filme mit Kindern und Tieren und Filme mit Sklaven zu sehen. Die Filme und Bilder konnte man sich gegen Bezahlung ansehen. Regina kochte vor Wut und sagte dem Phantom: »Lösche die Bilder und suche die Hintermänner.« Das Phantom wollte weitere 25.000 Euro für die nächsten Recherchen. Regina überwies ihm das Geld auf ein Bitcoin-Konto.

Als Regina wieder zu Hause war, berichtete sie mir von dem Treffen und der weiteren Zahlung. Regina bat mich, kein Wort zu Anna zu sagen. Anna hatte genug gelitten.

Weihnachten und Silvester verbrachten wir bei Klaus und Petra in Fühlingen, wo wir ein kleines Haus vom 22.12. bis zum 2.1. 2014 gemietet hatten. Heiligabend, 1. Weihnachtstag und Silvester verbrachten wir bei Klaus und Petra. Den Rest der Zeit unternahmen wir diverse Besichtigungen in Bonn, Aachen und Maastricht. In Bonn besichtigten wir das alte Rathaus, das Beethoven-Denkmal und Teile des politischen Bonn. Aachen begeisterte uns mit dem Aachener Dom, dem Rathaus, dem Tierpark und den Chocoladefabriken von Lindt & Sprüngli. Endlich mal etwas für Anna, Peter und Paul. Wenn wir Peter und Paul nicht ausgebremst hätten, glaube ich, hätten sie den Laden leer gekauft. Am Eingang stand ein goldener Osterhase mit Glöckchen. Innen gab es Regale voller Süßigkeiten, von denen ich einige nicht kannte. Das Highlight war ein hinter Glas stehendes fast lebensgroßes Pferd aus Schokolade. Wir haben so viele Süßigkeiten gekauft, dass wir den Kindern von Klaus und Petra einiges abgaben. In Maastricht schauten wir uns den Underground an. Die Führung begann Fort Sankt Pieter, welches im Süden der Stadt liegt. Von oben hatten wir einen Überblick über die gesamte Stadt und vom Fort ging es hinab in die nördlichen Grotten. Die verwinkelten Gänge mit den reich verzierten Wänden waren außergewöhnliche Aussichten. Diese Grotten boten Schutz zur Zeit der französischen Belagerung. Weiter ging es zu den Zonneberg-Grotten, die während des 2. Weltkriegs als Unterschlupf für die Bürger diente. Bis zu 47.000 Menschen passten dort hinein. Noch heute stehen dort alte Öfen, Pumpen und eine Kapelle.

Die Zeit mit Klaus und Petra nutzten wir für Gespräche und den Austausch von Neuigkeiten, denn wir hatten uns das ganze Jahr nicht gesehen. Klaus erzählte uns, dass er mit der Bundesli-

gamannschaft an den Wochenenden oft unterwegs war, bei internationalen Fußballspielen war er sogar oft zwei bis drei Tage
unterwegs. Ich sah in Petras Gesicht und meinte, erkennen zu
können, dass ihr das manchmal nicht gefiel. Petra war der Typ
Frau, die den Mann und die Kinder täglich gerne zu Hause hatte,
nur dass das bei seinem Job nicht möglich war. Regina und ich
erzählten von der Sporthalle und Georgs Therme. Weiter habe
ich noch erzählt, dass Anna jetzt in Hannover studiert und ihren
Master machen wollte. Den Grund für den Studienortwechsel
habe ich natürlich nicht erwähnt, das ging die beiden nichts an.
Zum Abschluss machte ich noch etliche Bilder von Klaus, Petra,
Max und Ines. Als Klaus uns zum Auto brachte, erkundigte er
sich nach Georg, so dass ich ihm das ein oder andere erzählte.
»Sage Georg bitte, dass es mir leidtut« , antwortete Klaus, aber
Petra habe ihm bezüglich des Erbe mit Scheidung gedroht.

Ende der ersten Januarwoche 2014 fuhr Anna zurück nach
Hannover zum Studium und ich berichtete Georg von meinem
Treffen mit Klaus, Petra und den Kindern. Ich sagte Georg auch,
dass Klaus es bedauert und ich das Gefühl hätte, dass er nur
noch wegen Max und Ines mit Petra verheiratet ist. »So ist mein
kleiner Bruder, kein Arsch in der Hose« , antwortete Georg.

In der zweiten Woche im Januar gab es eine Hiobsbotschaft
in der Praxis. Unsere langjährige Assistentin hatte sich in einen
Arzt aus Nürnberg verliebt und wollte im Juli heiraten. Somit
benötigten wir zum 1.05. oder spätesten zum 1.06. eine neue
Assistentin. Anna war noch nicht so weit, deshalb setzten wir
eine Annonce in diverse Zeitungen. Wir bekamen bis Ende März
sieben Bewerbungen, die Bewerbungsgespräche legten wir in den
April.

Fünf von den sieben Bewerberinnen fielen bei der Prüfung
der Bewerbungen durch, aber die letzten beiden waren interessant. Beide waren zwischen 35 und 40 Jahre alt, wohnten in
Hamburg und Umgebung, waren verheiratet und hatten jeweils
zwei Kinder. Als wir auf den Wohnort zu sprechen kamen, sagte
uns die eine, dass ein Umzug nicht in Frage kommen würde.

Die andere war bereit nach Geesthacht zu ziehen, wenn wir ihr behilflich wären, ein Haus zu finden. Ihr Mann war bei einer Versicherung tätig und ob sein Büro in Hamburg oder Geesthacht war, war völlig egal. Günter, mein Praxiskollege und ich fragten Regina, ob sie bei der Suche nach einem Haus mit Büro behilflich sein könnte. Regina sagte zu, suchte einige Häuser aus und verabredete nach Rücksprache mit der neuen Assistentin die Besichtigungstermine. Sie fanden auch ein Haus in Tespe, so dass unsere neue Assistentin am 1.05. mit einer zweimonatigen Einarbeitungszeit anfing.

Zurück zum Phantom. Das Phantom hatte eine Spur gefunden, die in Münster endete und fragte Regina, ob er die Beamten informieren solle. Regina sagte ihm nur, dass sie das selbst regeln würde. »Das ist gefährlich«, antwortete das Phantom. »Ich mache dir jetzt einen Vorschlag. Du recherchierst weiter. Wenn du Geld finden solltest, kannst du dir es nach meinem Okay holen. Gib mir bitte die Adresse.« Regina bekam die Adresse. Anschließend fragte sie Georg, ob Kurt und Anton Zeit für einen Job hätten. Nachdem die beiden zugesagt hatten, gab sie ihnen den Auftrag, die Leute und ihre Verhaltensweisen in Münster zu beobachten.

Es handelte sich um zwei Männer, die auf dem Schlachthof in Münster arbeiteten. Die beiden waren schätzungsweise zwischen 35 und 45 Jahre alt. In der Woche fuhren die beiden in das Gewerbegebiet »An der Kleinmannbrücke«, wo sie in eine Halle in der Nähe der Eisenbahnlinie gingen. Kurt und Anton fotografierten die beiden, den Arbeitsplatz, ihre Wohnung und die Halle. An der Wohnungsklingel stand der Name W. und R. Gablinski. Samstags gingen die Zwei immer in die in Münster bekannten Discos und Kneipen. Die Namen gab Regina an das Phantom weiter, damit er ihre finanzielle Lage zu prüft. Auch den Namen des Firmenschildes gab Regina weiter, damit das Phantom recherchieren konnte.

Ein paar Tage später meldete sich das Phantom bei Regina. Bei W. und R. Gablinski handelte es sich um zwei vorbestrafte

Schläger, die gegen Bargeld so ziemlich alles erledigten. Der Name Gotthardt auf dem Firmenschild brachte bessere Informationen. Die Firma Gotthardt ging 2010 in Konkurs, wurde von den Brüdern Notiz übernommen, die die Mitarbeiter entließen. Die Halle diente lediglich als Lagerraum, da die Brüder Notiz in der Pornobranche tätig waren. Die Filmstudios befanden sich in Köln, Frankfurt und München. Ihre Filme wie »Unterm Dach wird gejodelt« oder »Schwarze werden gehackt« machten sie zu Millionären.

Kurt und Anton bekamen von Regina den Auftrag, sich in der Halle umzusehen. Dazu mussten sie als erstes die Kamera und die Alarmanlage außer Betrieb nehmen, was von dem Phantom erledigt wurde. Kurt und Anton gingen in die Halle, schauten sich um, machten Bilder und sahen Sextoys jeder Art und auch ein paar Filmmaterialien. Selbst ein Esel und ein großer Hund befanden sich in der Halle. Beide waren in einem Käfig. Kurt und Anton verschwanden wieder und das Phantom schaltete die Kamera und die Alarmanlage wieder ein.

Bei einem weiteren Treffen sagte das Phantom, dass er an die Konten von den Brüdern Notiz kommen könnte und dass rund 2,5 Millionen Euro darauf verbucht wären. Wenn er die Konten abgeräumt hätte, müsste er aber seine Spuren verwischen und erstmal untertauchen. Regina stimmte unter der Bedingung zu, dass er 500.000 Euro an Kurt und Anton abtritt.

Nun mussten wir warten, bis wir die Brüder Gablinski und Notiz gemeinsam in der Halle antreffen würden. Im Mai passierte es dann. Die Brüder Gablinski hatten ein junges Pärchen erwischt. Nach dem Anruf von Kurt verkleidete sich Regina, holte ihre Waffen und fuhr nach Münster zur Halle. Unterwegs schaltete das Phantom die Alarmanlage sowie die Kamera aus und räumte die Konten der Gebrüder Notiz leer. Das Geld schickte das Phantom über verschiedene Banken zweimal um die Welt, bis es endlich in Luxemburg landete. Die letzte Überweisung nach Luxemburg kam über die Cayman-Inseln und damit war das Geld weg. Kurt und Anton bekamen ihr Geld in cash über einen Mittelsmann.

Als Regina ankam, hatten Kurt und Anton die vier schon au-ßer Gefecht gesetzt. Das junge Pärchen legten sie auf eine Decke in eine Ecke der Halle, sodass die Beiden das nun Folgende nicht sehen konnten. Regina zog die Brüder Gablinski nackend aus und dachte nur noch daran was sie mit Anna und ihrer Freundin gemacht haben. Sie nahm aus dem Regal eine Peitsche und schlug sie blutig. Dann nahm sie sich die Geschlechtsteile vor, mit Nadeln stach sie den Brüdern in die Hoden und in den Penis. Die Geschlechtsteile sahen nach der Behandlung aus wie Igel. Zu guter Letzt schob sie den beiden noch einen dicken Vibrator in den Anus, so dass der Anus gerissen ist.

Die Brüder Notiz waren noch schlimmer dran, denn ihnen zerschnitt Regina das Gesicht, brach ihnen mit Hilfe eines Baseballschlägers die Knie und die Arme. Anschließend holte sie den Esel, damit dieser die Brüder Notiz vergewaltigen konnte. Zu guter Letzt sahen ihre Geschlechtsteile ebenfalls aus wie ein Igel. Kurt und Anton beseitigten die Spuren in der Halle sowie die Spuren und Reifenabdrücke außerhalb.

Kurz vor Hamburg rief Regina die Polizei in Münster an und informierte sie über den Standort. Das Phantom schickte der Polizei einen Link aus dem Darknet mit dem Spruch: »Versaut es nicht.« Unterwegs haben alle Beteiligten ihre Prepaid-Handys zerlegt und die Einzelteile getrennt entsorgt. Wieder zu Hause nahm ich Regina erstmal in den Arm und fragte, ob alles erledigt sei. Regina nickte nur und ich bohrte nicht weiter nach. Irgendwann würde sie mir schon alles erzählen.

Die Polizei war 45 Minuten nach Reginas Anruf vor Ort. Als sie das Ganze überblicken konnte, wurden die Kripo und die Spurensicherung informiert, die sich sofort auf den Weg machten. Weiter wurden von den Polizisten sechs Krankenwagen und zwei Notärzte geordert. Die sechs Krankenwagen wurden für die Brüder Gablinski, die Brüder Notiz und das Pärchen benötigt. Vernehmungsfähig war noch keiner der Personen.

Das Filmmaterial und die Bilder wurden ins Präsidium gebracht, so dass die Beamten gegen 14:00 Uhr den ersten groben

Überblick hatten. Der Polizeipräsident wurde über die Sachlage informiert und erteilte aufgrund der Erkenntnisse sofort den Auftrag, eine Sonderkommission einzurichten. Die Soko bekam den Namen Darknet und verfügte über 15 Personen. Nach Durchsicht der Unterlagen wurde der Soko bewusst, wie groß und weitläufig dieser Fall eigentlich war. Immer mehr Kleinigkeiten kamen ans Tageslicht. Weitere Personen aus dem Darknet wurden verhaftet. Auch die Presse bekam davon Wind, so dass es eine deutschlandweite Berichterstattung gab.

Die Soko wurde in drei Gruppen geteilt: Die erste Gruppe kümmerte sich um das Darknet und die Internetverbindungen. Die zweite. Gruppe suchte alle geschlossenen Vergewaltigungsfälle raus und sprach nochmals mit allen Opfern und die dritte Gruppe verhörte stundenlang die Inhaftierten. Es wurden eine Menge Erfolge mit dieser Vorgehensweise erzielt. Gruppe 1 löschte alle Filme und Bilder im Darknet und über die Geldeingänge auf der Darknet-Seite konnten die Personen identifiziert werden, die sich diese Filme und Bilder angesehen hatten. Es hagelte Vorladungen und Anzeigen für die Verdächtigen. Da es sich die Anzeigen hauptsächlich gegen Männer richteten, kam es in der Folge zu einer Menge Scheidungen. Das was Gruppe 1 nicht gelang, war, das Geld der Brüder Notiz aufzufinden. Es war spurlos verschwunden. Gruppe 2 fand 48 Vergewaltigungsfälle, mit deren Opfern die Beamten noch einmal reden mussten. Auch Anna und Susanne war dabei. Endlich glaubten die Beamten den beiden. Gruppe 3 kam mit ihren Verhörmethoden auch Schritt für Schritt weiter. Der Staatsanwalt erhob Anklage und der Gerichtstermin wurde auf das Frühjahr 2015 festgelegt.

Im Herbst 2014 kam die nächste Hiobsbotschaft. Wie von mir geahnt, trennten sich Klaus und Petra. Petra hatte es satt, dass Klaus ewig arbeitete, denn sie wollte ihr Leben genießen. Vorerst zog Klaus in den Keller des Hauses, was automatisch zu weiteren Ärgernissen führte. Petra war immer öfter nachts weg und kam erst morgens gegen 9:00 Uhr nach Hause. Klaus blieb nichts anderes übrig, als morgens die Kinder zur Schule zu bringen. Petra bereitete das Essen für sich und die Kinder vor, damit diese nach der Schule etwas zu Essen hatten. Wenn Klaus nach Hause kam, verschwand Petra wieder. Petras Eltern hielten sich aus der Sache raus. Sie passten aber auf die Enkelkinder auf, wenn Klaus am Wochenende arbeiten musste.

So ging es ein halbes Jahr lang weiter. Klaus wusste mittlerweile, dass Petra mit einem 10 Jahre jüngeren Kubaner zusammen war, den sie auch finanziell unterstützte. Durch viele Telefonate wusste ich einigermaßen über den Stand der Ehe Bescheid und gab diese Infos an Georg weiter. Georg fragte mich, ob er etwas unternehmen sollte. Ich antwortete nur, dass es sein lassen sollte, da Petra nur auf seine Einmischung warten würde. Im Februar des Jahres 2015 leerte Petra das Konto wie auch das Sparbuch und verschwand mit 60.000 Euro und ihrem Liebhaber nach Kuba.

Klaus reichte die Scheidung ein, beantragte das alleinige Sorgerecht und das Aufenthaltsbestimmungsrecht für die Kinder. Es war nun schwierig für Klaus, denn das Haus, der Haushalt, Kinder und Schule machten ihm zu schaffen. Als Georg das hörte, telefonierte er mit Klaus an und bot ihm Hilfe an. Weinend nahm Klaus die Unterstützung an uns so schickte Georg ihm eine 50-jährige Witwe, die sich um den Haushalt und die Kinder kümmern sollte. Die Witwe war auf das Geld, dass Georg ihr zahlte, angewiesen, denn mit 800 Euro Rente konnte sie mehr schlecht als recht leben. Die Witwe, ihr Name war Anneliese, zog in das Zimmer im Keller, während Klaus wieder ins Eheschlafzimmer zog. Mit Anneliese hatte Klaus das große Los gezogen. Das Haus war sauber, die Kinder hatten täglich ihr Essen und die Wäsche erledigte sie auch noch. Nur um den Garten musste Klaus sich kümmern. Ende des Jahres war die Scheidung, auch in Abwesenheit von Petra, durch.

Anna war mittlerweile im zweiten Semester ihres Masterstudiums. Wir gingen davon aus, dass sie Ende des Jahres 2016 ihren Master haben und ab Sommer 2017 bei uns in der Praxis arbeiten würde. Dann war Anna 24 Jahre alt. Peter und Paul waren jetzt

11 Jahre alt und würden ab Sommer 2016 ins Gymnasium wechseln. Streit gab es ab und an zwischen den beiden, aber das ist nicht außergewöhnlich bei Geschwistern. Die Schule erledigten sie im Schlaf, so dass es mir oft vorkam, als wenn sie unterfordert wären. Aus diesem Grund schickten Regina und ich sie in die Sporthalle. Oftmals gingen wir auch mit, um uns fit zu halten.

In den Sommerferien fuhren wir nach Frankreich, um ins Disneyland zu gehen. Dazu hatte Regina für zwei Tage zwei Zimmer und Eintrittskarten reserviert. Die Zwillinge freuten sich riesig, aber die beiden Tage im Disneyland waren für Regina und mich zwar schön, jedoch auch stressig. Peter und Paul jagten uns von Fahrgeschäft zu Fahrgeschäft und von Kletterbaum zu Kletterbaum. Zwischendurch gab es Getränke, Pommes und Eis. Nach 10 Stunden Disneyland reichte es auch. Nachdem die Zwillinge endlich im Bett lagen, hatten Regina und ich auch mal Zeit für uns.

Vom Disneyland fuhren wir in Richtung Paris, denn nördlich von Paris lag der Asterix-Park, dem wir auch einen Besuch abstatten wollten. Auch hier hielten uns Peter und Paul auf Trab. Abends fragte mich Regina: »Paul, wann haben wir beide mal einen Urlaub allein verbracht?« »Eigentlich noch nie« , antwortete ich. »Wir holen das nach, wenn die Kinder nicht mehr mit uns fahren wollen.« Regina grinste nur und sagte: »Das kann ja noch lange dauern.«

Auf dem Rückweg nach Hause legten wir noch ein Stopp in Belgien ein, um den Freizeitpark Walibi für zwei Tage zu besuchen. Am ersten Tag ging es in den Freizeitpark Walibi mit seinen vielen Aktivitäten und der Riesenachterbahn, den zweiten Tag besuchten wir Aquawalibi, welches direkt neben den Freizeitpark liegt. Hier konnten Regina und ich den Tag etwas mehr genießen, denn durch die vielen Rutschen und Schwimmmöglichkeiten waren die Zwillinge beschäftigt.

Den letzten Stopp legten wir in Fühlingen bei Klaus ein. Klaus und die Kinder Max und Ines freuten sich sehr über unseren Besuch. Der selbstgebackene Kuchen von Anneliese schmeckte sehr gut. Am anderen Morgen ging es frühzeitig weiter, denn Klaus musste arbeiten. Anneliese bereitete uns noch ein Frühstück mit Eiern, Wurst, Käse, Schinken und Kaffee. Gegen 9:00 Uhr fuhren wir nach Hause, wo wir gegen 16:00 Uhr eintrafen.

Nach unserem Kinderurlaub fuhr ich jede zweite Woche nach Hannover, um Anna beim Lernen für ihren Master-Abschluss zu helfen. Annas Schwäche war, dass ihr das Lernen schwerfiel, so dass sie meine Hilfe benötigte. Samstagsabend gingen wir meist etwas Essen oder ins Kino. Geschlafen habe ich in einem Hotel, denn in meinem Alter in einer WG zu schlafen, wollte ich mir nicht antun. Wenn Anna nicht weiterkam, gab ich ihr Tipps und zeigte ihr, wie ich das Problem angehen würde. Eines Abends fragte Anna mich: »Paul, bevor ich bei dir anfange zu arbeiten, würdest du oder Regina mit mir zwei Wochen in Urlaub fahren? Allein in den Urlaub möchte ich nicht. Ich habe das Geschehene noch nicht gänzlich verarbeitet.« »Im Prinzip spricht nichts dagegen«, antwortete ich. »Ich kläre das mit Regina.« Regina machte dann den Vorschlag schon in den nächsten Semesterferien zu fahren, damit Anna etwas Ablenkung hatte.

Regina gab Anna den Auftrag, sich um ein Urlaubsziel zu kümmern und zwei Ziele zur Auswahl vorzuschlagen. Ein paar Tage später rief Anna uns aus Hannover an und sagte uns ihre Urlaubsideen. Zum einen sollte es nach Hurghada in Ägypten gehen, zum anderen nach Sansibar. Regina und Anna entschieden sich für Hurghada, und zwar wollten sie ins Dana Beach. Das Dana Beach ist eine nach Landeskategorie eingestufte 5-Sterne-Anlage. Es gab dort fünf Restaurants, vier Bars, zwei Pools und einen eigenen Strand. Der Service galt als hervorragend. Regina buchte einen Bungalow für fünf Personen. Somit flogen wir, Regina, Anna, Peter, Paul und ich von Hamburg nach Hurghada. Unsere Erwartungen im Dana Beach wurden zu unserer vollsten Zufriedenheit bestätigt. Wir schliefen bis gegen 9:00 Uhr, frühstückten in aller Ruhe, gingen dann zum Strand, verbrachten den Nachmittag im Pool und waren gegen 18:00 Uhr zum Abendessen unterwegs. Nach dem Abendessen sahen wir uns die täglich wechselnde Show an, nahmen ein paar Drinks und gingen dann zurück zum Zimmer.

Zwei Ausflüge machten wir ebenfalls mit. Regina und Anna unternahmen eine Shoppingtour in die Stadt Hurghada, während ich mich mit den Zwillingen im Pool vergnügte. Als die beiden von der Shoppingtour kamen, dachte ich, dass die beiden Hurghada leer gekauft haben. Hosen, T-Shirts, Jogginganzüge, Bikinis und Spielzeug für Peter und Paul hatten sie mitgebracht, wobei ich nur ein hässliches buntes T-Shirt bekommen habe. Am Donnerstag war die Fahrt mit einem Ausflugsdampfer zu einer der Inseln geplant. Dort konnten wir an Land gehen, etwas essen und trinken und zu guter Letzt gingen wir schnorcheln, um uns die vielen verschiedenartigen bunten Fische anzusehen. Auch wenn den Zwillingen das nicht passte, sie mussten eine Schwimmweste tragen.

Anna erzählte Regina in einem stillen Moment von ihren Schwierigkeiten mit der Verarbeitung der Vergewaltigung. Sie hatte seitdem keinen Freund mehr gehabt, geschweige dann Sex. Auch Sextoys packte sie nicht an. Regina war eine gute Zuhörerin, die Anna den nötigen Trost spendete. Die Zeit heilt alle Wunden, nur die Narben blieben. Als Regina und Anna mit ihren neuen Bikinis schwimmen gingen, musste ich ihnen hinterherpfeifen, sie sahen einfach toll aus.

Das restliche Jahr verlief eigentlich normal. In der Praxis hatte Günter wieder einen Problemfall. Günter musste ein Gutachten über eine Familie mit sieben Kindern erstellen. Die Eltern waren 26 und 27 Jahre alt und lebten vom Sozialamt. Er war zu faul, um arbeiten zu gehen und meinte, dass er sich ebenfalls um die Kinder kümmern müsste. Die Eltern waren Alkoholiker, was zur Folge hatte, dass die Nachbarn sich häufig beschwerten, so dass Polizei und Jugendamt dort öfters auftauchen mussten. Das Jugendamt tendierte dahin, den Eltern die Kinder abzunehmen. Bei den Besuchen in der Wohnung der Eltern war es nicht gerade sauber und die Kinder schienen auf sich allein gestellt zu sein. Natürlich wehrten sich die Eltern mit Hilfe eines Rechtsanwaltes gegen das Gutachten, aber das Jugendamt setzte sich durch. Die Kinder wurden auch schon mehrfach beim Diebstahl von Süßigkeiten erwischt. Ich machte innerlich drei Kreuze, dass nicht ich, sondern Günter die Arschkarte hatte. Ich will nicht lange darüber berichten, denn Günter würde während der Gespräche auf übelste beschimpft, bedroht und bespuckt. Die Familie war asozial. Am Ende wurden den Eltern die Kinder weggenommen und diese in einem Heim untergebracht. Im Nachhinein gaben die Eltern die Kinder zur Adoption frei.

Zwischen Weihnachten und Neujahr trafen sich Georg, Harry, Mary, Regina und ich, um über die Sporthalle und Georgs Therme zu sprechen. Wir hatten mittlerweile 21 Angestellte. Mary stellte die Ausgabenseite vor, wobei neben Steuern, Grundbesitzabgaben, Strom, Wasser und Gas die Personalkosten und die Kosten für die Aufrechterhaltung des Betriebes der größte Batzen waren. Auf der Einnahmenseite standen die Dauerkarten und die Eintritte. Unter dem Strich ergab das ein gutes positives Ergebnis. Wir beschlossen 33 % des positiven Ergebnisses als Rücklage für Reparaturen zu verwenden.

Zwischen Weihnachten und Neujahr besuchte uns Klaus zu Hause, worüber ich mich sehr freute. Max und Ines waren so lange bei Georg geblieben. Als wir so über dies und das redeten, merkte Regina wohl, dass Klaus mir etwas erzählen wollte und fuhr mit den Kindern in die Stadt. Als Regina weg war, kam er mit der Sprache raus. Klaus hatte eine lockere, freundschaftliche Beziehung mit seiner Arbeitskollegin. Die Arbeitskollegin heißt Svenja, war 35 Jahre alt, geschieden und hatte keine Kinder. Sie tranken ab und zu einen Kaffee zusammen, gingen mal Essen oder ins Kino. Klaus hatte nun das Problem war, wie er die neue Beziehung seinen Kindern beibringen sollte. Meine Antwort war: »Eigentlich ist es ganz einfach. Lade Svenja doch zum Kaffee oder zum Essen zu dir nach Hause ein, dann siehst du doch wie Max und Ines reagieren. Erst dann kannst du mit Svenja eine feste Beziehung eingehen.«

Das Jahr 2016 fing ganz normal an. Praxis, Sporthalle und

Georgs Therme öffneten wieder und der Betrieb lief problemlos. In der Therme gab es ab und zu Probleme mit einer Gruppe von 16-Jährigen, die andere Gäste anmachten und zum Teil beleidigten. Darunter war auch der Sohn des Bürgermeisters. Harry erteilte ihnen sofort Hausverbot. Das passte dem Bürgermeister überhaupt nicht, weil sein Sohn das Geschehen zu Hause falsch darstellte. Nach einem klärenden Gespräch mit den Beteiligten, sah der Bürgermeister ein, dass sich sein Sohn nicht korrekt verhalten hatte.

Ostern hatte Georg einen Schlaganfall und er lag sechs Wochen auf der Intensivstation. Die Ärzte machten uns wenig Hoffnungen. Ich habe Klaus sofort informiert, der sich auch ein paar Tage freinahm, um Georg zu besuchen. Zu dem Schlaganfall kam dann noch eine Lungenembolie und Georg verstarb am 5. Mai 2016. Georg war für mich wie ein Bruder, ein Mentor und Freund. Ich habe in meinem Leben ja nicht oft geweint aber bei Georg kamen mir die Tränen. Ich glaube, dass ich ihm in vielen Dingen näher stand als Klaus. Klaus bat mich, die Beerdigung vorzubereiten. Das ging relativ problemlos, da es ja ein Testament gab. Georg wurde verbrannt und bekam eine Baumbestattung. Sein Wunsch, dass eine Bank an dem Baum aufgestellt werden sollte, konnte nicht so einfach umgesetzt werden, denn wir benötigten dazu das Einverständnis der Stadt Geesthacht. Die Zulassung für die Aufstellung der Bank bekamen wir erst im Juli. Die Testamentseröffnung beim Notar fand Mitte Mai statt. Im Grunde genommen wussten wir ja, was darinsteht und so kam es zu keinem Einwand seitens der Erben. Beate und Julia erbten das Haus in Büdlingen. Klaus, Max und Ines die Anteile an den Juweliergeschäften und Harry, Mary, Regina und ich erbten die Sporthalle zu je 25 % und je 50 % an Georgs Therme. Somit gehörten Regina und mir zusammen 75 % der Sporthalle und 50 % von Georgs Therme.

Harry und ich fuhren in die Schweiz, um uns zu erkundigen, wie viel Geld dort noch vorhanden war. Es waren noch 340.000 Euro vorhanden, die Harry und ich uns teilen mussten.

Das Haus in Büdlingen verkauften Beate und Julia für 1,95 Millionen Euro. Beate und Julia zogen nach Spanien, um dort ihren Lebensabend zu verbringen und wir hörten nie mehr etwas von ihnen. Wenn man unter Georgs Leben einen Strich zieht, kann man sagen, dass er mit seinem Geld für seine engsten Mitarbeiter, Freunde und Bruder Gutes getan hat. Unsere Zukunft war gesichert. Im Grunde genommen hat Georg mit schmutzigem Geld viel Gutes getan.

Kommen wir zum Sommer. Regina und ich planten noch einmal einen Urlaub mit dem Wohnmobil, und zwar in die Rostocker Heide. Peter und Paul freuten sich tierisch auf den Urlaub. Klaus, Max, Ines und Svenja wollten auf Grund unserer Empfehlung auch dorthin kommen. Als Regina mich fragte, wer Svenja ist, musste ich ihr beichten, dass ich ganz vergessen hatte, ihr von Svenja zu erzählen. Das holte ich schleunigst nach.

Als wir uns in dem Ostseecamp & Ferienpark Rostocker Heide trafen, dauerte es nicht lange, um Svenja in unserer freundschaftlichen Beziehung aufzunehmen. Die Kinder Max und Ines respektierten Svenja nach anfänglichen Anlaufschwierigkeiten und mit Regina lag sie sofort auf einer Wellenlänge. Svenja erzählte uns von ihrem Leben und von ihrer Scheidung. Ihr Ex wollte unbedingt Kinder und als es mit Svenja nicht klappte, suchte er sich eine Jüngere. Klaus sagte uns, dass Svenja und er eventuell Ende des Jahres zusammenziehen wollten. Svenja grinste und sagte nur: »Du weißt ja, Klaus, nur wenn Anneliese bleibt, denn ich möchte weiterarbeiten gehen.« Es wurde ein schöner Urlaub. Die Kinder spielten, abends wurde gegrillt und nach dem Grillen saßen wir noch zusammen und redeten über Gott und die Welt. Zwei Wochen gingen schnell vorbei. Wir verabredeten noch, dass wir Silvester bei uns feiern wollen.

Zu Hause bereiteten wir nach dem Urlaub den Umzug der Zwillinge ins Gymnasium vor. Sie benötigten neue Schulbücher, Hefte, Sportsachen und alles, was sonst noch dazu gehört. Anna bereitete ihre Masterarbeit vor. Ich fuhr weiterhin alle zwei Wochen nach Hannover, um sie zu unterstützen. Es war auch ein bisschen Eigennütz dabei. Zum einem blieb ich auf den neuesten Stand und zum anderen war ich froh, wenn Anna am 1.01.2017 bei uns arbeiten würde, um Günter und mich zu entlasten. Um es kurz zu machen, Anna bestand die Prüfung, wenn auch mit Mühe und Not. Mir war klar, dass Anna keine Einserschülerin ist, aber eine Drei reichte auch, denn später zählte nur der Erfolg und nicht die Zensur. Nach der Prüfung räumte Anna ihr Zimmer in der WG und kam sofort nach Hause. Sehr zum Unverständnis der anderen Absolventen.

Die Abschlussfeier holten wir im Restaurant Hala nach. Regina hatte nach Rücksprache mit Anna einen Tisch für fünf Personen bestellt. Eingeladen haben wir dazu auch noch Günter mit seiner Frau, der für Anna zur Begrüßung einen Strauß Blumen mitbrachte. Das Restaurant Hala in Hamburg ist ein libanesisches Restaurant, in dem es libanesische, mediterrane und orientalische Gerichte aller Art gibt. Da wir alle noch nicht in diesem Restaurant gegessen hatten, ließen wir uns von der Bedienung Vorschläge für Vorspeisen, Hauptspeisen, Nachspeisen inklusive Getränke machen. Anna, Regina und ich wählten drei verschiedene Gerichte, weil wir möglichst viel probieren wollten. Günter wählte ein Fleischgericht und seine Frau Fisch. Das empfohlene Essen war hervorragend. Da Günter und ich schon einige Drinks intus hatten, mussten die Frauen auf der Rückfahrt fahren.

Die Zeit zwischen Weihnachten und Neujahr nutzte Anna, um ihr Büro zu renovieren und sich Möbel zu kaufen. Regina, Harry, Mary und ich waren mit der Abrechnung der Sporthalle beschäftigt. Außerdem plante Regina die Silvesterfeier bei uns. Ich will hier nicht lange über Zahlen reden, nur so viel sagen, dass am Ende für uns ein Gewinn übriggeblieben ist, mit dem wir gut leben konnten. Einen Wermutstropfen gab es dennoch. Wir mussten zwei Mitarbeiter, die in die Kasse gegriffen hatten, entlassen und zwei Neue einstellen.

Silvester feierten wir mit fünf Kindern (Max, Ines, Kevin, Peter und Paul) sowie mit Harry, Mary, Klaus, Svenja, Regina und Anna. Da wir genug Platz hatten, schliefen auch alle bei uns.

Regina hatte ein libanesisches Buffet aus dem Hala bestellt. Zuerst schauten unsere Gäste etwas misstrauisch auf das Buffet, denn sie hatten so etwas noch nicht gegessen. Da sich erst keiner traute, bediente ich mich als erster am das Buffet. Zu dem Buffet gab es selbstverständlich Getränke aller Art. Es wurde eine lustige Silvesterfeier, auf der viele Witze und Anekdoten aus unserer Jugend erzählt wurden. Um Mitternacht sahen wir die bunten Raketen am Himmel und stießen auf das neue Jahr an. Für die Kinder hatten wir ein Kinderfeuerwerk besorgt. Das neue Jahr konnte beginnen.

Da wir erst am Anfang der zweiten Januarwoche die Praxis wieder öffneten, nutzte Anna die Gelegenheit, um in Geesthacht noch einiges an Equipment für ihr Büro zu kaufen. Ihr Büro unterschied sich von Günters und meinem Büro sehr, denn Anna brachte Farbe ins Spiel. Sie schlenderte durch die Stadt, kaufte sich ein großes Glas mit bunten Lutschern, rosa und pinkfarbene Kugelschreiber und eine moderne Schreibtischlampe.

Als Anna dabei durch die Geschäfte ging, traf sie ihren Jugendfreund Hans wieder. Hans freute sich tierisch, denn er hatte Anna noch nicht vergessen. Sie gingen in ein Café und erzählten einander, wie es ihnen den letzten sechs Jahren ergangen war. Anna erzählte ihm von ihrer Studienzeit in Münster und Hannover und dass sie während dieser Zeit in einer WG gewohnt hatte. Anna erzählte ihm auch, wie es so in einer WG abläuft mit dem Hausputz und der Wäsche. Der ein oder andere WG-Bewohner war nicht unbedingt das, was man sauber nennt. Sabina, so hieß eine Bewohnerin, ließ ihre schmutzige Wäsche öfters liegen, so dass die Mitbewohner zu drastischen Mitteln greifen mussten. Sie schmissen ihre Sachen einfach in den Müll. Hans lachte. Von der Vergewaltigung erzählte Anna natürlich nichts. Hans fing nach ihrer Trennung damals bei der Stadtverwaltung in Geesthacht an. Zurzeit arbeitete er im Sozialbereich mit jungen Leuten, außerdem leistete er Gewerkschaftsarbeit und engagierte sich in der Politik. Auf diesem Wege versuchte er, die Karriereleiter zu erklimmen. Zum Abschied fragte er Anna, ob er sie wieder sehen darf. Anna sagte: »Ja, aber lass uns die Sache langsam angehen, denn ich möchte mich erst beruflich festigen.« Anna gab ihm ihre Visitenkarte, auf der außer Name und Telefonnummer stand »Master of Science. Hans war erstaunt.

Zu Hause erzählte Anna natürlich über ihr Treffen mit Hans. Was sollten Regina und ich nur dazu sagen? Anna wurde im Februar 2017 24 Jahre alt und im Grunde genommen musste sie selber wissen, was sie macht. Ich sagte Anna nur: »Anna, du warst vor deiner Studienzeit schonmal mit Hans zusammen, du weißt im Grunde genommen, wie er tickt.«

In der Praxis lernte Anna relativ schnell. Sie durfte nach Rücksprache mit den Patienten an den Sitzungen bei Günter und mir teilnehmen. Das erste halbe Jahr saß sie nur dabei, hörte zu und machte sich Notizen. Nach jeder Sitzung sprach Anna dann mit Günter oder mir über das Ergebnis. Im dritten Quartal des Jahres gaben wir ihr die Gelegenheit, sich an den Gesprächen mit den Patienten zu beteiligen. Im letzten Quartal des Jahres überließen wir Anna die ersten leichten Fälle.

Zurück zu Annas Privatleben. Anna hatte Hans zu ihrem Geburtstag eingeladen. Als Geburtstagsgeschenk brachte er Parfüm einer bekannten Marke mit, worüber Anna sich sehr freute. Hans blieb ansonsten zurückhaltend. Er spielte zwischendurch mit Peter und Paul oder unterhielt sich mit mir über seine geplante Karriere. Nach dem Abendessen ging er mit Anna spazieren und zum Abschied küsste er sie auf die Wange. Regina war natürlich neugierig und fragte Anna, wie es denn so lief. Anna antwortete, dass außer einem Kuss auf der Wange nichts passieren würde. Sie wollte sich aber wieder mit Hans treffen und ging es bis in den frühen Sommer weiter. Anna fing an, Hans zu vertrauen. Sie fuhren an einem Wochenende nach Hannover, wo Anna ihm die Universität und die Sehenswürdigkeiten zeigen wollte. In Hannover wurden die beiden wieder ein Paar. Sie blieben in den nächsten Monaten zusammen, so dass Anna uns am Ende des Jahres fragte, ob wir etwas dagegen hätten, wenn Hans bei uns einziehen würde. Da er ja sowieso schon die Hälfte der Woche da war, hatten Regina und ich kein Problem damit.

Die Zwillinge bekamen Ende Januar ihre ersten Zeugnisse und ich muss sagen, ihre Noten waren gut. Die Versetzung Mitte des Jahres war zu keiner Zeit gefährdet. Das hatte ich im Prinzip auch erwartet, denn in unserer Familie gab es keine Lernschwierigkeiten. Peter und Paul hatten sich auch jeder einen kleinen Freundeskreis aufgebaut. Es kam die Zeit, dass sich ihre Wege langsam trennten. Peter, der unruhigere der beiden, strolchte lieber mit seinem Freund durch die Gegend und trainierte dreimal in der Woche in der Sporthalle. Als er es dort mal zu wild trieb, knickte er um und verstauchte sich den Fuß. Paul, der ruhigere, trainierte zwar auch dreimal wöchentlich in der Sporthalle, hielt sich aber immer an die Vorgaben der diversen Trainer. Mit seinem Freund saß er stundenlang am Computer, um sämtliche Spiele auszuprobieren.

In den ersten drei Wochen der Sommerferien flogen wir mit den Zwillingen nach Florida. Wir hatten den Zwillingen versprochen uns, diverse Themenparks anzusehen. In Orlando angekommen, stand unser Wohnmobil schon bereit. Wir gingen einkaufen und fuhren dann in Richtung Key West. Wir mussten über den Overseas-Highway fahren, der über 32 Inseln und 42 Brücken nach Key West führt. Die längste Brücke war die Seven-Miles-Bridge. Auf dem Weg dorthin sahen wir uns eine Show der Sky-Driver an. Die Sky-Driver sprangen mit 20 Mann aus einem Flugzeug und zeigten uns in der Luft eine Anzahl von Figuren, bevor sie punktgenau auf einem gekennzeichneten Kreis landeten. Dass wir eine Menge Bilder und Filme aufnahmen, ist, denke ich, klar.

Auf der Weiterfahrt hielten wir an dem kleinsten Postoffice der Welt an, das nur einen Quadratmeter groß ist, das heißt, nur eine Person passte dort hinein. Die Zwillinge fanden das einfach nur blöd. Unser nächster Halt waren die Everglades, wo eine Fahrt mit dem Airboot geplant war. Damit die Mücken uns nicht zu sehr bearbeiteten, bekamen wir die Gelegenheit, uns

Mückenschutzmittel zu kaufen. Nach dem Benutzen stanken wir allerdings wie die Iltisse. Bevor das Airboot ablegte, ließ der Skipper eine Rolle Toilettenpapier umhergehen. Wir sollten es in Stücke reißen und uns in die Ohren stecken. Er selbst fuhr mit Hörschutz.

Während der einstündigen Fahrt sahen wir ein paar Schlangen, nur keine Alligatoren. Die Alligatoren tauchten erst auf einer freien Wasserfläche auf, nachdem der Skipper einige Stücke Fleisch ins Wasser geworfen hatte. Wieder zurück an Land begann die Alligator-Show. Das Highlight war, als einer der Einheimischen seinen Kopf in das Alligatormaul steckte. Die Zuschauer waren erschrocken, als sie das sahen. Der Showmaster klärte uns auf, dass der Alligator nur zubeißt, wenn er an der Innenseite seines Mauls etwas spürte. Das bewies er uns, indem er mit einem kleinen Stock die Zunge berührte. Zum Abschluss durften Peter und Paul noch einen Babyalligator auf den Arm nehmen. Auf einem Drive-Inn übernachteten und duschten wir, damit wir den Gestank des Mückenschutzmittels endlich loswurden.

Endlich in Key West angekommen, besichtigten wir erst einmal des südlichsten Punkt der USA. Eigentlich hätten wir uns die Besichtigung des beschmierten Betoneis sparen können, es war ein hässliches Teil. Nachdem wir eine Parkmöglichkeit für unser Wohnmobil gefunden hatten, gingen wir zu Fuß in die Stadt, um das Ernest-Hemingway-Haus zu besichtigen. Auf dieser fast einstündigen Führung erzählte uns der Führer Geschichten über Hemingway und seine Frau. Peter und Paul gefiel das gar nicht.

Folglich buchten wir für den nächsten Tag eine Glasbootfahrt, um uns die Vielzahl der bunten Fische anzusehen. Regina, Peter, Paul und ich saßen auf dem Vorderdeck und genossen unseren Big Mac. Eine junge Frau mit einem Baby auf dem Arm sprang plötzlich auf, drückte Regina ihr Baby in den Arm, lehnte sich über die Reling und kotzte sich die Seele aus dem Leib. Sie war wohl schon seekrank und als sie sah, wie wir genüsslich in den

Big Mac bissen, brachte das ihren Magen zum Überlaufen. Ihr Mann kam angelaufen, gab ihr ein Mittel und übernahm das Baby. Die Frau wurde unter Deck gebracht, um sich auf einer Liege auszuruhen. Am gleichen Tag übernahmen wir noch eine Seefahrt, um Wale zu beobachten. Die Wale hielten sich dezent zurück, so dass wir wenig von ihnen sahen.

Am nächsten Tag besichtigten wir den Dry Tortugas National Park. Die Fahrt dorthin dauerte fast zwei Stunden. Auf dem Boot gab es Getränke und etwas zum Essen, was im Fahrpreis inbegriffen war. Dort angekommen, besichtigten wir Fort Jefferson. Die alten Gemäuer befanden sich in einem guten Zustand. Nach der Besichtigung des Forts ging es an den Strand zum Baden und zum Schnorcheln. Um 15:00 Uhr ging es zurück nach Key West. Bevor wir am nächsten Tag wieder zurück nach Orlando fuhren, wollte Regina unbedingt noch den Friedhof von Key West sehen. Dazu muss man wissen, dass die Toten in Steinsärgen beerdigt werden bzw. wurden. Der Grund ist ganz einfach und nachvollziehbar. Die Menschen konnten keine Gräber in dem felsigen Gestein ausheben, so dass die Steinsärge bis zu vierfach übereinandergestapelt wurden.

In Orlando tauschten wir das Wohnmobil gegen einen PKW aus und zogen in ein Hotel. Von dort aus planten wir, welche Sehenswürdigkeiten wir uns in Orlando ansehen. Insgeheim wussten Regina und ich, dass jetzt die stressige Zeit des Urlaubs begann, denn die Zwillinge wussten schon, wo sie hinwollten. Der Stress begann mit der Besichtigung von The Wizarding of Harry Potter. Hier geht es vom Gleis 9 ¾ mit dem Hogwards Express nach Hogsmeade. In Hogsmeade war mit sehr viel Liebe zum Detail die Welt des Harry Potter nachgestellt. Am nächsten Tag legten wir sehr zum Unmut der Zwillinge eine Pause zum Relaxen und Schwimmen im Pool ein. Am dritten Tag ging es ins Universal`s Islands of Adventure. Die verrückten Aktivitäten gingen über kuriose Achterbahnen und den Themenparks von Marvels Superhelden bis hin zum Jurassic Park.

Die nächste Besichtigung am fünften Tag fand im Universal

Orlando Resort statt. Hier drehte sich alles um Filme und Shows. An den Fahrgeschäften von dem Weißen Hai oder Erdbeben standen wir über eine Stunde in der Schlange. Den Tower of Terror fuhren wir mit einem Gefährt nach oben. Oben angekommen, öffnete sich für 30 Sekunden ein Tor und wir hatten einen wunderschönen Überblick über das Resort. Das Tor schloss sich und das Gefährt schoss mit etwa 8 Meter je Sekunde den Turm hinunter. Fünf Meter vorm Aufschlag bremste das Gefährt und wir wurden sanft abgesetzt, aber uns war das Herz in die Hose gerutscht. Regina sagte nur: »Mit mir nicht mehr.« Die Zwillinge grinsten nur. Tag 7 ging es zum Freizeitpark Epcot, der in der Walt Disney World liegt und in zwei Themenparks unterteilt ist. Im Themenpark Future World werden die Gäste durch Raum und Zeit geschickt, um die Zukunft und den Mars zu sehen. Ein Flug mit dem Space Shuttle durch den Raum und durch die Zeit zum Mars hin war unglaublich. Im Themenpark World Showcase ging die Reise mit einem Shuttle über den gesamten Erdball. Hier waren die Weltwunder, Hauptstädte und Sehenswürdigkeiten zu sehen.

Am vorletzten Tag unseres Urlaubs ging es in Disney's Typhoon Lagoon Water Park. Peter und Paul konnten sich an den unzähligen Rutschen und Schwimmbecken noch einmal so richtig austoben. Regina und ich nutzten die Zeit, um zu relaxen. Am nächsten Tag wurden die Koffer gepackt, der Mietwagen wurde zurückgegeben und ab ging es zum Flughafen. Nach einem elfstündigen Flug landeten wir in Hamburg, wo Harry uns schon erwartete und nach Hause brachte.

Wieder zurück in der Praxis gab es einen kurzen Informationsaustausch über die letzten drei Wochen. Der Austausch war wirklich kurz, denn Günter saß schon auf gepackten Koffern. Günter, seine Frau Daniela und der Sohn Urs liebten die Berge und somit ging es nach Österreich, um zu wandern. Als Günter weg war, erzählte mir Anna noch einige Details aus den letzten drei Wochen. Auf meine Frage, wie es mit Hans läuft, meinte sie nur: »Es läuft gut, ich fange mehr und mehr an, ihm zu vertrauen.« Damit war auch dieses Thema durch.

Der Rest des Jahres 2017 verlief ohne besondere Höhen und Tiefen. Regina und ich genossen diese Zeit. Auch die ersten drei Monate des Jahres 2018 war alles normal, bis sich Herr Ulda wieder bei mir meldete. Herr Ulda bat um ein Treffen im Novotel Hamburg City, zu dem Regina und ich fuhren. Als wir das Novotel betraten, sahen wir Herrn Ulda mit einem weiteren älteren Herrn an einem Tisch in einer ruhigen Ecke sitzen. Der ältere Herr stellte sich als Herr Hermann Gabel vor. Herr Gabel war Mitbegründer einer großen und weltweit bekannten Software-Firma.

Nach dem üblichen Begrüßungsgeplänkel kam Herr Gabel zum Thema unseres Treffens. Er erzählte uns, dass er einen Sohn namens Frank und eine Tochter namens Mia hatte. Mit seiner Tochter hatte er eine derbe Auseinandersetzung gehabt, an der er sich die Schuld gab. Daraufhin verschwand Mia in Richtung Südamerika. Ab und an sah er anhand der Kontoauszüge, wo Mia sich aufhielt. Er zeigte mir auch einige Fotos von der 20-jährigen Mia. Dann fragte er mich mit Tränen in den Augen, ob ich Mia nicht suchen könnte. Ich sagte zu Herrn Gabel: »Was genau soll ich denn tun?« Mir war das nicht klar. »Warum nehmen Sie denn keinen Südamerikaner?«, fragte ich Herrn Gabel. Er antwortete: »Weil keiner mitbekommen soll, dass ich reich bin. Ich möchte nicht, dass Mia eventuell entführt wird und ich dann erpresst werde. Sie sollen Mia nur finden, ihr einen persönlichen Brief von mir geben und sie bitten zurückzukommen. Wenn sie das nicht möchte, bitten Sie sie mich einmal anzurufen.« »Wie kommen Sie ausgerechnet auf mich?«, fragte ich Herrn Gabel. »Herr Ulda hat Sie mir empfohlen und außerdem sind Sie in unseren Kreisen bekannt. Sie gelten als seriöser Mann.«

Regina sagte zu mir: »Deine Entscheidung, aber nur suchen und finden. Aus allem anderen halt dich bitte raus.« »Ich mache es unter folgenden Bedingungen:

- Ich brauche zwei Wochen Vorbereitung,
- Alle Kosten werden von Ihnen übernommen,

- ich brauche Bilder von Mia und Ihren Brief,
- alle Orte, an denen Mia ihre Kreditkarte genutzt hat,
- Bezahlung, auch wenn ich sie nicht finde,
- ich mache das nicht allein.«

Herr Gabel stimmte zu. Auf dem Rückweg nach Hause diskutierte ich mit Regina über den Auftrag. »Sei bloß vorsichtig. Südamerika ist gefährlich und nimm bitte Kurt und Anton mit.« Am nächsten Tag rief ich die beiden an und fragte sie, ob sie Lust auf einen Auftrag hätten. Kurt sagte schlicht, ja und fragte wohin. »Nach Südamerika, wir sollen eine Frau suchen.«

Jetzt musste ich nur noch mit Günter und Anna reden, weil sie die Arbeit in der Praxis allein bewältigen mussten, wenn ich unterwegs war. Als Grund gab ich an, dass ich einem Bekannten helfen musste. Auch Harry informierte ich kurz.

Herr Gabel ließ mir über einen Boten eine Kreditkarte, 5.000 Euro, Bilder von Mia und die Namen der Standorte, an denen Mia Geld vom Konto gehoben hatte, zukommen. Mit Kurt und Anton traf ich mich zwei Tage vor dem Flug. Ich hatte schon eine Karte von Südamerika besorgt, um mit ihnen Mias bisherige Stationen nachzuvollziehen. Mia hatte in Kolumbien in den Städten Bogata, Cali und Popayan Geld abgehoben, aber zum Glück immer nur kleine Beträge, vermutlich um nicht aufzufallen. Weiter ging sie nach Ecuador, um in den Städten Quito, Cuenca und Iquitos Geld abzuheben. Dann verlor sich erstmal die Spur des Geldes. »Wenn ich die Zeitabstände der Geldabholung und die kleinen Beträge sehe, gehe ich davon aus, dass Mia als Rucksacktouristin, eventuell mit einer Gruppe unterwegs ist.« Es sah im ersten Schritt so aus, als wenn ihre Reise durch die Anden führen würde. Wir besorgten uns noch ein Satellitentelefon, um unterwegs weitere Informationen von Herrn Gabel über die Geldabholungen zu bekommen.

Am nächsten Tag flogen wir von Hamburg aus nach Quito in Ecuador. Dort besorgten wir uns einen großen Geländewagen mit Seilwinde, eine Campingausrüstung und Proviant, dazu kamen noch Macheten, einige Messer und zwei Beile. Weiter ging es mit dem Geländewagen über Cuenca nach Iquitos. Hier mussten wir warten, bis die nächste Geldabhebung von Mia getätigt wurde. Wir saßen fest, denn entweder ging Mias Tour weiter durch die Anden oder nach Osten in Richtung Brasilien. Wir nutzten die Zeit um uns in Iquitos umzuhören. Mit Hilfe von einigen Euroscheinen erzählte uns ein Mann aus der Bank, dass Mia hier mit einer Freundin gewesen war, aber mehr war auch nicht aus ihm herauszuholen.

36 Stunden später meldete sich Herr Gabel mit der Info, dass Mia Geld in Manaus in Brasilien abgehoben hatte, und zwar diesmal eine größere Summe. Wir besorgten uns eine Karte von Brasilien, denn wir wussten nicht, wo Manaus liegt. Folglich fuhren wir von Iquitos in Richtung Brasilien und wurden an der Grenze erst einmal von den Behörden gründlich kontrolliert. Etwa 50 Kilometer hinter der Grenze benötigten wir einen Führer, da wir den Amazonas entlang nach Manaus mussten. Richtige Straßen gab es teilweise nicht. Auf jeden Fall sahen bzw. erkannten wir sie nicht auf unserer Karte. Anton meinte nur, dass ist ja schlimmer als eine Schnitzeljagd sei Dazu kamen noch Hitze, Mücken und jede Menge anderes Getier. Der Führer kostete uns 1.000 Euro. In der letzten Nacht vor Manaus versuchte er uns dann zu beklauen. Der Führer wollte mit dem Geländewagen abhauen, aber da wir ihm von vornherein nicht trauten, kam er mit einer Tracht Prügel davon. Am Morgen ließen wir ihn zurück und fuhren allein nach Manaus. Dort bezogen wir erst mal ein Hotelzimmer, weil wir duschen und mal wieder in einem richtigen Bett schlafen wollten.

Nach dem Frühstück am anderen Morgen kümmerte sich Anton um unseren Geländewagen. Er kontrollierte Öl, Wasser, Luftdruck und tankte das Fahrzeug und die Reservekanister voll. Danach vervollständigten wir unsere Verpflegung. Kurt und ich gingen in die Bank, zeigten Bilder von Mia und fragten, ob sie hier gesehen wurde. Einer der Kassierer erkannte Maria wieder und nachdem ich ihm 50 Euro zugesteckt hatte, sagte er uns, dass Mia vor drei Tagen mit einer Freundin da gewesen war. Das hörte sich gut an, denn wir waren ihr nähergekommen. Als ich den Kassierer fragte, wie man von hier wegkommen könnte, sagte er, dass es nur mit dem Bus oder mit einem Auto geht. Ich holte die Karte raus und ließ mir den Weg zeigen. Da hielt er noch einmal die Hand auf und ich legte ihm weitere 50 Euro hin.

Der nächste Weg führte uns zum Busbahnhof. Dort bekamen wir die Info, dass es nur eine Busverbindung nach Santarem gibt, aber wir konnten noch nicht weiter. Denn das Hotel konnten wir noch mit der Kreditkarte bezahlen, aber Bargeld hatten wir nicht mehr. Wir mussten uns erst eine andere Bank suchen, um uns brasilianische Real zu besorgen. Das war nicht ungefährlich hier in der Wildnis. Ich ging in eine Bank und holte mir 10.000 Real ab. Das sind umgerechnet 1.500 Euro, was viel Geld in dieser Gegend ist.

Gegen Abend merkten wir, dass uns ein Fahrzeug folgte. Wir ließen zu, dass uns das Fahrzeug überholte. Etwa drei Kilometer weiter sahen wir im Scheinwerferlicht, dass uns das Fahrzeug den Weg versperrte. Als wir langsam und vorsichtig weiterfuhren und noch etwa 300 Meter entfernt waren, stoppten wir. Auf der Straße standen drei Mann, davon einer mit einem Gewehr und zwei mit Macheten bewaffnet. Ich schnappte mir eine Machete und ein Messer und stieg geräuschlos aus dem Auto. Kurt fuhr im Schritttempo weiter, damit ich unseren Geländewagen als Deckung nutzen konnte. Kurt und Anton bewaffneten sich mit Macheten in unserem Fahrzeug. 20 Meter vor den Dieben, hielt Kurt an. Der Anführer bedrohte Anton und Kurt mit den Gewehr und forderte sie auf, auszusteigen. Die Angreifer kamen näher, Kurt und Anton hatten die Hände gehoben. Bevor mich einer der Diebe sehen konnte, warf ich das Messer auf den Gewehrschützen und traf ihn in die Brust. Kurt und Anton sprangen mit den Macheten aus dem Auto. Einer von ihnen wollte sich das Gewehr schnappen, aber mein Messer war schneller. Ich traf ihn in die Schulter. Kurt und Anton entwaffneten die Diebe und zerstörten den Motor ihres Fahrzeugs. Dann verdufteten wir schleunigst, denn die Polizei in Brasilien und deren Gefängnisse waren berüchtigt.

Erst 100 Kilometer weiter an einem Bus-Stopp hielten wir an. Kurt und Anton legten sich hin und ich ging in den Store, zeigte Mias Bild und fragte nach ihr. Mia war mit einer Freundin weitergefahren. Diese Information kostete mich 500 Real. Im Amazonas Delta verloren wir ihre Spur wieder, denn das Gebiet war einfach zu groß. Ich telefonierte mit Herrn Gabel und sagte ihm, dass wir in einer Woche die Suche abbrechen würden, da es wie die Suche nach einer Stecknadel im Heuhaufen war. Das gefiel ihm nicht, aber wir jagten schon fünf Wochen hinter Mia her.

Aber dann kam uns das Glück zu Hilfe. Herr Gabel rief mich an und sagte mir, dass Mia an ein Krankenhaus in Macapa 4.000 Real überwiesen hatte, so dass wir uns sofort auf den Weg dorthin machten. Mia lag noch im Krankenhaus, denn sie hatte sich bei einem Ausflug im Amazonas Delta den linken Fuß gebrochen und außerdem eine 15 Zentimeter lange Wunde an der Wade. Ich ging zu ihr ins Krankenhaus, während Kurt und Anton uns Zimmer besorgten. Ich stellte mich vor und sagte, dass ich sie im Auftrag ihres Vaters schon seit fünf Wochen suchen würde. Daraufhin schnauzte sie mich an und sagte: »Der ist für mich gestorben.« Jetzt waren meine psychologischen Fähigkeiten gefragt und so erklärte ihr meinen Auftrag, sagte ihr noch, dass ihr Wille zähle, und nicht das, was ihr Vater sage. Mia war trotz allem noch bockig und meinte: »Das hätte er sich eher überlegen sollen.« Bevor ich ihr Zimmer verließ, sagte ich ihr noch, dass ihr Vater geweint hatte, als er mir den Auftrag gab. Ich übergab ihr den Brief ihres Vater und sagte: »Lese ihn bitte und dann kannst du immer noch entscheiden.« Dann ging ich.

Als ich am anderen Morgen in ihr Zimmer kam, sah ich, dass Mia den Brief gelesen hatte. Ich sah sie nur an und schon begann sie zu weinen. Mia erzählte mir, wie es zu dem Bruch kam. »Ich weiß, dass es Vater nur gut meint, aber er kann nicht immer seinen Willen durchsetzen. Wenn ich eine andere Meinung habe, dann wird er aufbrausend und auch mal beleidigend. Das geht so nicht. Ich werde 21 Jahre alt und habe eine eigene Meinung. Ich möchte erst mit 24,25 Jahren in seine Firma einsteigen.« Ich konnte Mia verstehen.

Unter dem Vorwand, dass ich zur Toilette müsste, ging ich aus dem Zimmer und rief Herrn Gabel an und informierte ihn über mein Gespräch mit Mia. Ich riet ihm, über seinen Umgang mit Mia nachzudenken. Als ich wieder in Mias Zimmer kam, hatte sie den Brief ihres Vaters in der Hand und weinte leise. Ich gab ihr das Satellitentelefon und sagte ihr: »Wenn du möchtest, ruf ihn an. Wir sehen uns morgen.«

Kurt und Anton warteten schon in der Lobby auf mich. Wir gingen essen, danach legte ich mich aufs Bett und sprach mit Regina. Anschließend schlief ich ein. Anton und Kurt amüsierten sich in der Stadt, dabei haben sie es wohl mit dem Alkohol übertrieben. Beim Frühstück am anderen Morgen meinte Kurt, dass Brasilianerinnen ganz schön heiß sind. Als ich in Mias Zimmer kam, sagte sie: »Komm, wir gehen nach draußen in die Sonne und reden.« Auf Krücken kam sie hinter mir her und wir setzten uns auf eine Bank und redeten. Mia erzählte mir, dass sie mit ihrem Vater mehrmals telefoniert hatte und dass sie mit nach Hause komme. Ich gab ihr noch den Rat, einfach das Zimmer zu verlassen, wenn ihr Vater wieder aufbrausend werden sollte. Aus Wut weglaufen, bringt nichts. Auf der Station fragte ich den Arzt, ob ich Mia mit nach Hause nehmen könnte. Das war kein Problem. Ich besorgte noch die Flugtickets für den anderen Tag und genehmigte mir ein Abendessen mit ein paar Drinks. Am nächsten Tag bezahlte Mia noch die Rechnung und ab ging es mit dem Flieger nach Frankfurt. In Frankfurt gab es ein herzliches Wiedersehen zwischen Vater, Tochter und Bruder. Herr Gabel bedankte sich noch bei Kurt, Anton und mir und meinte, dass wir den Rest in ein paar Tagen erledigen könnten.

Ein paar Tage später kam der Fahrer mit Mia zu mir nach Hause, er übergab mir die Koffer und Regina einen großen Strauß Blumen. Mia bedankte sich bei Regina und mir und sagte: »Wenn du nicht so viel mit mir geredet hättest, wäre ich nicht zurück gegangen.« Mia meldete sich auch später noch das ein oder andere Mal, um mit mir zu reden. Als sie weg war, rief ich Kurt und Anton an und sagte ihnen, dass ihre Koffer bei mir stehen und sie diese abholen sollen. Als sie die Koffer abholten und hineinsahen, meinte Kurt, dass sie mit mir immer wieder gerne unterwegs wären. Dann verschwanden die beiden.

Der Sommer stand vor der Tür und wir redeten über Urlaub. Die Zwillinge waren mittlerweile 14 Jahre alt und wollten nicht mehr mit uns verreisen. Regina konnte sich da gar nicht mit anfreunden. »Allein zu Hause bleibt ihr nicht. Dafür seid ihr noch zu jung.« Wie auf Kommando sagten die beiden: »Wir wollen mit der Arbeiterwohlfahrt drei Wochen nach Norderney zelten.« »Wie kommt ihr denn da drauf?« , fragte Regina. »Einige unser Klassenkameraden und Freunde fahren dort auch hin« , antwortete Paul. Regina sah die beiden misstrauisch an und antwortete: »Gebt mir mal die Adresse und den Ansprechpartner von dem Organisator.« »Hier, Mama, hast du einen Flyer.« Regina traute den Braten immer noch nicht und meinte: »Ich prüfe das.« Am anderen Tag telefonierte Regina mit dem Organisator und verabredete einen Termin. Der Organisator war jemand von der Arbeiterwohlfahrt und erzählte Regina, dass sie jedes Jahr mit einer Gruppe von 20 Kindern zwischen 14 und 16 Jahren in ein Zeltlager fahren und dieses Jahr war Norderney als Ziel geplant. Zu dieser Gruppe gehörten dann noch vier Aufsichtspersonen, die Eltern der teilnehmenden Kinder seien. Zudem würde dieses Zeltlager finanziell vom Land unterstützt. Regina ließ sich noch eine Liste geben, mit dem was die Kinder benötigten und wie viel Taschengeld die Eltern den Kindern mitgeben sollten. Die Höhe des Taschengeldes war natürlich nur eine Empfehlung. Regina sprach abends mit mir über das Zeltlager. Ich hatte nichts dagegen und sagte zu Regina, dass wir dann ja allein in den Urlaub fliegen können. Diese Antwort passte Regina aber überhaupt nicht. »Wenn die Zwillinge nach Norderney ins Zeltlager fahren, bleiben wir schön brav zu Hause. Es kann ja mal etwas passieren.« Ich hielt lieber den Mund, denn in Bezug auf die Zwillinge war Regina wie eine Glucke. Wider Erwarten stimmte Regina letztendlich zu. Als wir Peter und Paul zum Bus brachten, mit dem die Kinder nach Norderney fahren sollten, redete Regina noch einmal eindringlich auf die Zwillinge ein. Das war den Zwillingen schon peinlich, denn sie verschwanden ganz schnell im Bus.

Am Tag nach der Abreise der Zwillinge ging ich wieder in die Praxis, um zu arbeiten. Das Problem war, dass es in den Sommerferien ruhiger zuging, weil unsere Patienten auch größtenteils in Urlaub fuhren. Ich machte Günter das Angebot, eine Woche länger Urlaub zu machen, das Angebot nahm er dankend an. Anna gab ich auch eine Woche frei, die sie nutzte, um mit Hans nach München zu fahren. Da Regina nichts Großartiges zu tun hatte, ließ sie Wohnzimmer, Esszimmer und Küche neu streichen. Nach Feierabend gingen wir dreimal wöchentlich in die Sporthalle und am Wochenende in Georgs Therme. Die letzten drei Tage vor der Rückkehr der Zwillinge nervte mich Regina extrem, denn sie konnte deren Rückkehr nicht mehr erwarten. Als wir die Zwillinge am Bus abholten, kam es mir vor, als wären die beiden drei Jahre weg gewesen, so überschwänglich wurden sie von Regina begrüßt. Peter und Paul war diese Begrüßung wohl peinlich. denn Paul sagte: »Mama, jetzt ist es aber gut.« Zu Hause erzählten die beiden auch nur, dass es schön war und sie eine Menge Spaß hatten.

Peter und Paul kamen in die Pubertät. Das merkten wir daran, dass die ersten Barthaare sprießten und wir nicht mehr ohne Anklopfen in ihre Zimmer kommen sollten. Sie achteten auch auf ihr Aussehen und ihre alten Klamotten waren nicht mehr in. Vor der Schule wurden die Haare gestylt, die Kombination ihrer Klamotten musste farblich passen und der Verbrauch an Deodorant stieg. Als ich mit Regina allein war, sagte ich zu ihr: »Unsere Jungs werden langsam erwachsen.«

Im Herbst kam die nächste freudige Überraschung. Anna und Hans sagten uns, dass sie im Mai 2019 heiraten und im Jahr 2020 das erste Kind wollten. Anna legte noch einen drauf und erzählte uns, dass sie bis zu ihrem 30. Geburtstag zwei Kinder haben wollte. Regina und ich freuten uns. Wir konnten gar nicht fassen, dass wir 2020 Oma und Opa werden würden. Anna war für uns eine Tochter, die wir auch so akzeptierten. Zum Jahreswechsel 2018/19 zog Hans bei uns ein. Hans kam auch mit den Zwillingen klar, so dass es diesbezüglich keine Probleme gab.

Wie jedes Jahr gab es zum Jahresende ein Gespräch mit Harry und Mary bezüglich der Bilanzen der Sporthalle und Georgs Therme. Die Zahlen sahen positiv aus. Wir machten einen guten Gewinn und hatten eigentlich geplant 50 % des Gewinnes in die Rücklagen zu stecken. Harry hatte einen Einwand und schlug vor, nur 25 % in die Rücklagen einzuzahlen und die restlichen 25 % sollten für die Überarbeitung und Modifizierung genutzt werden. Zudem sollten die Mitarbeiter eine kleine Prämie erhalten. Wir unterstützten den Vorschlag von Harry.

Am Neujahrsabend rief Klaus mich an und sagte mir, er habe eine gute und eine schlechte Nachricht. Zuerst die Gute. Svenja, Max, Ines und Klaus verstanden sich hervorragend und Svenja wohnte mittlerweile bei Klaus in Fühlingen. Weihnachten hatten sie bei Svenjas Eltern verbracht. Jetzt zu den schlechten Nachrichten. Petra war aus Kuba zurück und verklagte Klaus auf Unterhalt. Die Kinder wollte sie auch zurück, denn sie war ja die leibliche Mutter. »Petra rief mich auch noch persönlich an und drohte mir, alles auffliegen zu lassen bezüglich Georgs Vermögen« , erzählte Klaus. »Petra ist pleite und lebt vom Sozialamt, vermutlich hat ihr kubanischer Lover sie verlassen, als das Geld weg war.« »Gut, das du mich informiert hast« , sagte ich zu Klaus, »halte mich auf dem Laufenden.«

Nach dem Gespräch rief ich Harry an und sagte ihm, dass Regina und ich sofort kommen und wir reden müssten. Harry und Mary wussten gar nicht, was mein plötzlicher Besuch bedeuten sollte. Bei einer Tasse Kaffee erzählte ich den beiden von dem Telefonat mit Klaus. Harry sagte nur: »Dieses Miststück. Was machen wir jetzt?« Wir entschieden, dass wir einen Rechtsanwalt beauftragen wollten, um unsere Verträge auf Unstimmigkeiten zu prüfen, um ggf. gegensteuern zu können. Vier Wochen später bekamen wir Antworten von dem Rechtsanwalt. Unsere Verträge waren sauber. Es blieb nur die Frage, woher Georg das Vermögen hatte. Da konnten wir uns dummstellen und sagen, dass wir es nicht wissen. Georg war verstorben und Klaus wusste ebenfalls nicht, wie Georg sein Geld verdient hatte. Julia und Beate hatten das Haus in Büdlingen verkauft und waren auch verschwunden. Die Verträge mit den Juwelieren, die Klaus verwaltete, waren ebenfalls wasserdicht.

Petra ließ nichts unversucht. Sie ging zur Polizei, erzählte irgendetwas von Konten in der Schweiz, von den 50.000 Euro, die Klaus als Darlehen von Georg bekommen und nie zurückgezahlt hat, von Georgs Geschäften in Hamburg und sogar von Georgs Absicherung für ihre Kinder. Es ging nur um Geld. Die Beamten mussten Petras Aussage überprüfen, aber die Konten in der Schweiz konnten nie nachgewiesen werden. Dass Klaus das Darlehen nicht zurückgezahlt hatte, war Familiensache und dass Georg seine Bars und die andere Unternehmen verkauft hatte, konnten die Beamten nachvollziehen. Nur wo das Geld aus den Verkäufen geblieben war, wusste keiner. Auch wir wurden befragt, konnten aber keine Auskunft geben. Die Aussagen verliefen im Sand.

Nachdem alle Fakten auf dem Tisch lagen, wurde die Anklage abgewiesen. Dass Petra ihre Kinder und Svenja in diese Geschichte mit reingezogen hatte, war unterste Schublade. Selbst Max und Ines wollten Petra nicht mehr sehen. Klaus konnte Svenja dankbar sein, dass sie ihn unterstützte. Im Sommer 2019 war dieser Spuk vorbei.

So ganz nebenbei galt es ja noch, eine Hochzeit zu planen. Anna und Hans planten eigentlich eine Hochzeit im kleinen Kreis. Nach Aufstellung der Hochzeitsliste sahen sie, dass das nicht funktionierte. Hans wollte außer seinen Eltern und Geschwistern mit Anhang, jeweils zwei Arbeitskollegen, zwei Personen aus der Gewerkschaft und zwei Personen aus der Partei, alle mit Frauen, einladen. Somit kamen von Hans Seite schon

20 Personen zusammen. Anna wollte Regina, mich, die Zwillinge und Günter, Daniela und ihren Sohn Urs einladen. Jetzt waren es 27 Personen. Das war wohl nichts mit dem kleinen Kreis. Die Trauzeugen kamen von Hans Seite. Zwischenzeitlich hatten wir auch Hans Eltern kennengelernt, die bei Regina und mir einen guten Eindruck hinterließen.

Für die Hochzeitsfeier mieteten Anna und Hans einen Saal für bis zu 60 Personen. Es wurde ja noch Platz für den Alleinunterhalter, für die Tanzfläche und für die Geschenke benötigt. Den Hochzeitssaal hatten die Vermieter geschmückt. Nach der standesamtlichen Trauung ging es um 13:00 Uhr zur kirchlichen Trauung und zum Fotografen. Gegen 15:30 Uhr gab es einen Sektempfang und anschließend Kaffee und Kuchen. Das Abendessen wurde um 19:30 Uhr gereicht. Nach dem Abendessen brachte der Alleinunterhalter richtig Stimmung in den Saal mit Tanzmusik und jeder Menge Spiele. Im Morgengrauen kamen wir nach Hause und fielen todmüde ins Bett. Als Regina und ich mittags aufstanden, fanden wir nur einen Brief von Anna mit den Worten: »Sorry, aber wir sind auf Hochzeitsreise und sind in zwei Wochen wieder da. Holt bitte unsere Geschenke aus dem Saal ab, denn uns fehlte die Zeit dafür.« Regina rief Hans Eltern an und informierte sie über den gefundenen Brief.

Ende November, Anfang Dezember gab es bei uns plötzlich unerwarteten Ärger mit den Zwillingen. In den jeweiligen Cliquen verkehrten jetzt auch Mädchen, so dass bei uns zu Hause, außer den uns schon bekannten Jungen, auch mal das ein oder andere Mädchen auftauchte. Peter, mehr der leichtsinnige Typ, machte sich bezüglich der Mädels keine großen Gedanken. Ich muss auch sagen, dass Peter sich besser stylte und die Mädchen sich eher zu ihm hingezogen fühlten und das nutzte er auch aus. Paul, der Ruhigere war eher bodenständig. Die Jungen und Mädchen, die Paul besuchten, waren fast immer die gleichen Freunde.

Eines dieser Mädchen mit dem Namen Birgit war mehr als hübsch. Gute Figur, stets ein freundliches Lächeln und lange blonde Haare ergaben eine tolle Ausstrahlung. Man sah Paul an, dass er in Birgit verliebt war. Wenn sie uns besuchte, war Paul stets aufmerksam und zuvorkommend ihr gegenüber. Regina bemerkte das sofort. Durch einen Zufall lernte Birgit auch Peter kennen. Vier Wochen später hatte Peter seinem Bruder Paul das Mädchen ausgespannt. Regina und ich bekamen das erst gar nicht mit. Wir merkten nur, dass Birgit nicht mehr zu uns kam und Paul traurig wirkte. Ich fragte ihn, was los ist. Er antwortete: »Nichts, was soll denn schon sein.« Wenn Peter Paul sah, grinste er nur immer. Eines Tages, es war an einem Freitag, rief Regina mich in der Praxis und sagte: »Paul, komm sofort nach Hause, die Zwillinge haben sich geprügelt.« Zu Hause angekommen, sah ich das Übel. Zerrissene Kleidung, blaue Flecken und Wunden am Körper, dazu kam, dass Peter noch ein blaues Auge hatte.

Als ich die beiden zur Rede stellte, bekam ich erst keine Antwort. »Okay« , sagte ich, »ihr bleibt hier sitzen, bis einer von euch redet.« Peter startete den Versuch, aufzumucken, den ich im Keim erstickte. Regina kochte mir eine Tasse Kaffee, mit der ich mich zu ihnen an den Tisch setzte. Nach zwei Stunden fing Peter an, zu reden und sagte: »Ich habe etwas mit Birgit angefangen, obwohl ich wusste, dass Paul sie mag.« Paul weinte und ich war sauer. Dabei erinnerte ich mich an meine Jugend, als es mir ebenso erging. Der Unterschied war nur, dass es nicht um meinen Bruder ging. Jetzt musste ich die richtigen Worte finden. Ich sah Peter an und sagte: »Peter, man spannt dem Bruder nicht die Freundin aus, das ist unmoralisch. Hast du das verstanden?« Peter nickte. Dann wendete ich mich in Richtung Paul und sagte: »Paul, ich kann mir vorstellen, dass das sehr weh tut, aber überlege doch mal, was ist eine Freundin wert, die sich mit dem Bruder einlässt. Jetzt geht euch waschen und umziehen, wir fahren zum Arzt, damit er sich eure Schrammen, blauen Flecken und Peters blaues Auge ansehen kann.« Als sich die beiden umgezogen hatten, fragte ich Regina: »Wer hat gewonnen?« Petras Antwort: »Paul natürlich, denn er ist konzentrierter und nicht so impulsiv wie Peter.« »Wir müssen besser aufpassen, Regina, denke mal an unsere Erlebnisse.«

Es gab aber zum Jahresende noch eine erfreuliche Sache. Anna war schwanger. Der Geburtstermin war der 13. Juli 2020.

Im März 2020 kam es zu einer weltweiten Katastrophe. Menschen über 60 Jahre starben reihenweise an einem unbekannten Virus. Es gab keinen Impfstoff, aber die Pharmaindustrie arbeitete Tag und Nacht daran. Die Politik ordnete einen Lockdown an, so dass Schulen, Sportstätten und Geschäfte geschlossen wurden. Offen blieben Ärztepraxen, Apotheken und Lebensmittelgeschäfte. Masken mussten in der Öffentlichkeit getragen werden und Arbeitgeber spezielle Hygienevorschriften beachten. Die Arbeitslosenzahlen stiegen und Firmen gingen bankrott. Auch wir mussten die Sporthalle und Georgs Therme schließen und unsere Leute mit Ausnahme unseres Hausmeisterehepaares entlassen. Unser Vorteil war, dass wir genügend Rücklagen gebildet hatten.

Aber es ging noch weiter. Die häusliche Gewalt stieg an, denn viele Eltern mit mehr als zwei Kindern waren überfordert. Das hatte zur Folge, dass unsere Praxis überlastet war, was aber nachzuvollziehen war. Die Kinder konnten nicht ihre Freunde besuchen, mussten zu Hause bleiben und wollten beschäftigt werden. Das führte automatisch zu Konflikten innerhalb der Familien bis hin zu Gewalttätigkeiten. All diese Menschen mussten psychologisch betreut werden.

Im Oktober 2020 hatte die Pharmaindustrie erste Gegenmittel erforscht, die aber noch eine Zulassung benötigten. Diese Zulassung dauerte etwa ein Vierteljahr, so dass im Februar 2021 Impfpläne erstellt wurden und sich die Menschen auf freiwilliger Basis impfen lassen konnten.

An dieser Stelle endet meine Geschichte, denn kein Mensch kann heute voraussagen, wann und wie es weitergeht.

Ich hoffe, das Lesen hat Euch so viel Spaß gemacht wie mir das Schreiben.

Siegfried Ristau